In Daddys Schuld

Dirty Daddys-Reihe
Buch 4

Aubrey Cara

Übersetzt von
Franziska Humphrey

Midnight
ROMANCE

In Daddys Schuld Copyright 2023 Aubrey Cara
Englischer Titel: In Debt to Daddy Copyright 2018 Aubrey Cara
Vorheriger Originaltitel: Candi's Debt Copyright 2015 Aubrey Cara
Deutsche Übersetzung: Franziska Humphrey für My German Text
Lektorat: Kasmit Covers

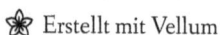 Erstellt mit Vellum

Inhalt

HOLEN SIE SICH IHR KOSTENLOSES BUCH!

Tragen Sie sich in meine E-Mail Liste ein, um als erstes von Neuerscheinungen, kostenlosen Büchern, Sonderpreisen und anderen Zugaben zu erfahren.

https://geni.us/jungfrauunddervampir

Kapitel Eins

Hank

Warum ich mich von meinem Freund Wyatt überreden ließ, zu einer verdammten Anti-Valentinstagsparty zu gehen, weiß ich auch nicht. Und doch bin ich hier und trinke warmes Bier aus einem roten Plastikbecher. Ich bin von mir selbst genauso angewidert wie von dem Gebräu. Alle hier sind so verdammt jung. Ich komme mir uralt vor.

Und wo zum Teufel ist Wyatt? Nirgendwo, verdammt noch mal. Er ist nicht da.

Ich gehe um die Ecke in das Wohnzimmer des einem Studentenwohnheim ähnlichen Partyhauses und mustere den rauchigen Nebel. Die Höhle der Verderbtheit ist ein Gedränge von Anfang Zwanzigjährigen in gemischten Graden von betrunken bis zügellos. Irgendeine Art Techno-Pop lässt meinen Schädel dröhnen und ich frage mich, ob ich das einzige Arschloch hier bin, das es hasst.

Endlich entdecke ich Wyatt in der Ecke. Oder zumindest den Scheitel des dunklen Schopfs dieses Schwachkopfes. Sein Gesicht ist in den Titten einer Brünetten vergraben. Die

1

wiederum hat ihre langen Gliedmaßen um seine Taille geschlungen und ihre Hände in sein Haar gekrallt. So wie es aussieht, rubbelt sie sich bis zum Gehtnichtmehr an dem Typ. Mein Schwanz kribbelt vor Mitgefühl für die Scheuerstellen, die dort drüben entstehen müssen. Ja, ich bezweifle, dass irgendwer mich vermissen wird, wenn ich verschwinde. Ich brauche keinen Bro-Code zu prüfen, um zu wissen, dass ich nicht verpflichtet bin, hierzubleiben. Ich bin auf dem Weg zum Ausgang und kämpfe gegen den Drang an, einigen dieser Arschlöcher eine reinzuhauen, während ich mich mit den Ellbogen durch den überfüllten Raum in Richtung Eingangstür dränge. Ich bin erst seit drei Tagen wieder in dieser Scheißstadt Gibson, Texas, und habe es schon wieder satt.

Als ich mit achtzehn hier wegging, schwor ich mir, nie wieder zurückzukehren, aber irgendwie habe ich mich hinreißen lassen. Mein alter Herr rief an und versprach mir seine Scheißbar, wenn ich sie ein Jahr lang führe. Seit ich das Militär verlassen habe, hat er das ein- oder zweimal pro Jahr gemacht. Das letzte Mal rief er zufällig zur gleichen Zeit an, als ein Freund mich bat, herzukommen und ihm einen Gefallen zu tun. Einen Gefallen, der davon abhängt, dass ich wie ein Einheimischer wirke.

Hier bin ich also, auf den Spuren schlechter Erinnerungen und in der Nähe meines lieben, alten Vaters.

Fuck. Ich muss über diesen Scheiß hinwegkommen oder ich laufe Gefahr, eine erbärmliche Pissnelke mit Vaterkomplex zu werden. Verdammt, ich fühle mich so ausgelaugt wie diese Party. Ich muss den Ausgang finden und meinen leeren Becher irgendwo wegwerfen – nicht unbedingt in dieser Reihenfolge.

Ich bin auf halbem Weg durch den Raum, als mir ein Mädchen mit einem anständigen Vorbau und einem halbwegs hübschen Gesicht in die Quere kommt und mich mustert. Ich weiß, was sie sieht. Mit meinen ein Meter fünfundneunzig, dem kurzen roten Haar und dem Bart habe ich diese Holzfällerausstrahlung, der die Mädels heutzutage hinterhersabbern. Im Gegensatz zu den meisten Hipster-Jungs, die diesen Look rocken, ist mein Körper durchtrainiert. Und ich habe diesen Körper nicht dadurch bekommen, dass ich mich jeden Tag zwei Stunden lang vor den Spiegeln des Fitnessstudios selbst bewunderte, während ich mein Instagram aktualisierte. Dieser Körper wurde beim Militär geschaffen und in Form gehalten, indem ich tatsächlich Zeit damit verbrachte, eine Axt zu schwingen.

Nicht ermutigend, nur anerkennend, nicke ich dem Mädchen zu, das mich jetzt praktisch mit den Augen fickt, während ich an ihr vorbeigehe. Normalerweise wäre ich bereit zu sehen, wohin dieser Flirt führt, aber nicht heute Abend. Seit ich texanischen Boden betreten habe, bin ich in einer gereizten Arschloch-Stimmung.

Zu meinem Pech blockiert ein blondes Pärchen, wie einem Country Club entsprungen, die Tür, als ich endlich den Eingangsbereich erreiche. Ken und Barbie haben einen Streit.

Barbie ist eine Zehn. Eine blonde Sexbombe mit kilometerlangen Beinen und einem Körper, von dem ich mir sicher bin, dass ihn sich jeder Kerl hier drin nackt vorstellt. Ich weiß, dass ich es tue. Ich würde gern darauf wetten, dass ihre Nippel blassrosa sind und ein kleiner blonder Landestreifen ihre Muschi ziert. Scheiße, sie ist allerdings eine Zehn. Sie sieht sogar heiß aus, während sie sich mit ihrem blöden Freund anlegt. Mit anderen Worten, die Art von Tussi, die ich besser meiden sollte.

Ich mache mir nichts aus hübschen Prinzessinnen, die sich nur auf ihr Aussehen verlassen. Und ihrem Äußeren nach zu urteilen, so aufgetakelt in einem kleinen schwarzen Kleid und pinkfarbenen Stöckelschuhen, ist sie genau so ein Mädchen.

Aubrey Cara

Ganz zu schweigen davon, dass sie offensichtlich keinen Funken Verstand hat. Nicht, wenn sie mit einem Typen zusammen ist, der sie am Valentinstag zu einer Anti-Valentinstagsparty schleppt.

Jung und dumm.

Ich nähere mich und versuche, einen Weg zu finden, wie ich durch diese Tür gehen kann, ohne den Streit der Liebenden zu unterbrechen. Ich kann hören, was sie über diese abscheuliche Clubmusik schreit.

„Ich kann nicht glauben, dass ich mich überreden lassen habe, zu dieser beschissenen Party zu gehen!"

„Fick dich. Hör auf, so ein dramatisches Miststück zu sein, Candi", sagt der Trottel Ken.

Ich rolle mit den Augen. Natürlich hat diese Tussi einen Namen wie *Candi*. Wahrscheinlich schreibt sie das *i*-Tüpfelchen in Herzform.

„Ich bin bereit, zu gehen."

„Niemand hält dich auf."

Nun, Barbie scheint in Sachen Männer ein Händchen für eine gute Wahl zu haben.

„Verdammt, bist du wieder high? Du hast mir versprochen, dass du dich nicht mehr zudröhnst!", sagt sie und schlägt das Arschloch mit ihrer fadenscheinigen, winzigen Handtasche.

„Was ist los mit dir? Bist du immer noch sauer, weil ich versucht habe, die dumme Schlampe zu ficken, mit der du arbeitest?"

„Das warst du?" Barbie greift sich an die Brust und stolpert schockiert zurück, als wäre es eine Szene aus einer verdammten spanischen Seifenoper. „Cody, wie konntest du nur?" Sie ohrfeigt den guten alten Cody so heftig, dass er zusammenzuckt und wütend rot anläuft.

Mein Gott, wie eine beschissene Liveshow mit Südstaaten-Akzent.

4

In Daddys Schuld

Ich wollte mir gerade einen anderen Weg nach draußen suchen, aber ich bin mir ziemlich sicher, dass die Kacke hier gleich richtig dampfen wird. Und sosehr ich auch gehen will, hält mich etwas zurück. Nennt es eine tief verwurzelte Militärausbildung oder zu viele Jahre mit einer selbstzerstörerischen Mutter. Wie auch immer man es nennen mag, die Szene hat mich zu sehr gefesselt und ich will sehen, wie diese Shitshow ausgeht. Ich will nicht mit hineingezogen werden, aber wenn ich eingreifen muss ...

„Du machst mich krank, Cody. Ich will dich nie wiedersehen."

„Schlampe!" Cody stößt sie so hart, dass sie zu Boden fällt, und dann ist er da. Er schwebt über ihr und hat die Faust geballt.

Das ist mein Stichwort. Ich trete zwei Schritte nach vorn, bereit, jeden Schlag dieses Idioten abzublocken, als der Idiot Cody plötzlich von Freunden umringt wird, die ihn zurückziehen. Sie sagen: „Hey Mann, beruhige dich" und „Bleib cool", und versuchen zu entschärfen, was zu einer ernsthaft brisanten Szene hätte werden können.

Wo zum Teufel waren diese Arschlöcher vorhin?

Seufzend gehe ich hinüber, um Barbie aufzuhelfen und sie abzuputzen. „Geht es dir gut?", frage ich, um höflich zu sein. Ich weiß, dass es nicht so ist. Tränen laufen über ihr Gesicht und ihre Schminke ist völlig verschmiert.

Sie unterdrückt ihre Tränen und greift nach meiner Hand. „Komm mit", sagt sie und zieht mich mit sich. Wie ein Idiot lasse ich mich zum Ende des Flurs führen, wo sie eine Tür zu einem scheinbaren Homeoffice öffnet.

Ich verkneife mir einen Fluch, als sie mich hinter sich herzieht. Das ist die Strafe dafür, dass ich versucht habe, ein guter Mensch zu sein.

„Hör mal, ich glaube, hier liegt ein Missverständnis vor ..."

5

„Hast du ein Auto?", fragt sie und unterbricht mich.

„Was? Ja, warum?"

„Ich brauche eine Mitfahrgelegenheit zu meinem, aber ich muss erst ein bisschen nüchterner werden und aufhören zu weinen." Sie sagt es durch einen Schwall von Tränen.

Ich atme verärgert aus und fahre mir mit der Hand durch die Haare. Ich brauche diese Scheiße wirklich nicht. Und weiß dieses Mädchen denn nicht, dass man sich nicht mit verdammten Fremden einlassen sollte? „Gibt es eine Freundin, die ich für dich anrufen kann?", frage ich und versuche, die Stimme der Vernunft zu sein.

Sie schüttelt den Kopf und schlingt ihre Arme um meine Taille, als heftige Schluchzer sie erschüttern.

Barbie ist schlank und groß und all ihre Kurven schmiegen sich perfekt an mich. Toll, jetzt versuche ich, nicht zu bemerken, wie herrlich sich ihr Körper an meinem anfühlt. Und dabei ist es verdammt gut. Ich will gar nicht daran denken, wie gut sie riecht. Ein Hauch von Zigarettenrauch und Rum haftet ihr an, aber darunter liegt ein leichter, blumiger Parfümduft, der meinen Puls in die Höhe treibt.

Mein Schwanz zuckt zweimal und ich versuche, nicht zu tief einzuatmen.

Scheiße, scheiße, scheiße. Das brauche ich jetzt wirklich nicht. Ich reibe ihr über den Rücken und sage: „Na, na", und frage mich, was ich jetzt tun soll. Ich bin nicht der Typ, der den Ritter in glänzender verdammter Rüstung spielt. Das ist ein Paradebeispiel dafür, warum ich nur mit knallharten Tussis ausgehe, die Gefühlsausbrüche vermeiden. Wer braucht solche Scheiße schon regelmäßig? Diese Tatsache allein macht es noch schockierender, als ich mich sagen höre: „Ich glaube, es gibt hier in der Nähe ein Vierundzwanzig-Stunden-Diner. Warum gehen wir nicht einen Kaffee trinken und dann fahre ich dich zu deinem Auto?"

„Oh mein Gott, danke! Das wäre großartig", sagt sie und tätschelt mir die Brust. „Du bist so nett. Und süß." Sie kommt näher, um mich zu küssen, und ich zucke ein wenig zurück. Ich fühle mich verdammt zu ihr hingezogen, aber ich bin nicht der Typ, der bedürftige, verzweifelte Frauen ausnutzt. Unbeirrt sinkt das Mädchen auf die Knie und macht sich an meiner Gürtelschnalle zu schaffen.

Einen Moment lang rühre ich mich nicht. Ich atme kaum und stehe wie gebannt vor der hübschen Blondine auf ihren Knien, die meinen verdammten Gürtel öffnet. Unter anderen Umständen würde ich herausfinden, wie tief sie mich aufnehmen könnte. Sehen, wie hübsch ihre üppigen Lippen um meinen Schwanz herum aussehen würden, aber jetzt – ich gebe mir selbst eine mentale Ohrfeige. Meine Mutter war wie sie. Ein hinreißendes Flittchen. Wer weiß, wie oft sich dieses Mädchen auf Knien bei Männern ‚bedankt' hat. Ich weigere mich, wie die Männer zu sein, die meine Mutter ausgenutzt haben.

Angewidert davon, wie gern ich es ihr erlauben würde – wie gern ich meinen Schwanz in ihre Kehle gleiten lassen würde, bis sie ein wenig würgt –, packe ich eine Handvoll ihrer Haare und ziehe sie wieder hoch. „Hey, habe ich gesagt, dass du meinen Schwanz lutschen darfst?"

Ich weiß, dass ich das nicht sagen sollte. Es ist nicht einmal annähernd in der Kategorie ‚Nett' angesiedelt. Aber inzwischen ist es mir egal. Ich bin stinksauer, dass sie mich überhaupt in diese Situation gebracht hat. Trotzdem fühlt es sich an, als hätte ich einen Welpen getreten, als sie sich von mir abwendet und wieder anfängt zu weinen.

Verdammte Scheiße. Ich fahre mir mit der Hand durch die Haare, stapfe zur Tür, nur um mich wieder umzudrehen und zu ihr zurückzugehen, wo sie an der Wand hockt und große Krokodilstränen über ihr Gesicht laufen.

„Hey, hör auf zu weinen und lass dir etwas sagen."

Rot umrandete, feuchte, blaue Augen blinzeln zu mir auf. Sie schnieft und wischt sich die Nase am Arm ab. *Stilvoll.* „Du bist ein hübsches Mädchen. Du brauchst keine Schwänze zu lutschen, nur weil ein Typ nett zu dir ist."

„Fick dich", flucht sie und zieht eine Schachtel Zigaretten aus ihrer Tasche.

„Du bist kindisch."

„Du bist kindisch", spottet sie und verzieht das Gesicht, als sie sich eine Zigarette anzündet.

Ich presse meinen Kiefer so fest zusammen, dass meine Zähne schmerzen. Warum bin ich immer noch in diesem Raum? Dieses wunderschöne Chaos ist keine weitere Sekunde meiner Aufmerksamkeit wert. Ich sollte sofort durch die Tür hinausgehen und sie sich selbst überlassen. Stattdessen hocke ich mich vor sie hin und greife nach ihrem Kinn, damit sie zu mir aufschaut. „Willst du das wiederholen?"

Sie besitzt die Dreistigkeit, mir Rauch ins Gesicht zu blasen und mir gegen das verdammte Schienbein zu treten.

Ich nehme ihr die Zigarette aus der Hand und zerquetsche sie unter meinem Fuß, ohne mich darum zu kümmern, dass sie wahrscheinlich ein Loch in den Teppich brennt. Dann ziehe ich sie vom Boden hoch.

„Hey!", ist alles, was sie herausbekommt, als ich den armlehnenlosen Bürostuhl herüberziehe. Mit einer Bewegung setze ich mich und ziehe sie mit dem Hintern nach oben gestreckt über meinen Schoß. Ein Bein schlage ich über ihre strampelnden Beine.

„Was machst du da?", kreischt sie.

„Ich erteile dir eine Lektion, Prinzessin." Ich reiße ihr das Höschen herunter, während ich ihren Rock hochschiebe, und zögere nicht, bevor ich mit meiner flachen Hand auf ihren Hintern schlage.

In Daddys Schuld

„Was? *Nein!*"

Die Musik vor der Bürotür dröhnt im Rhythmus meines rasenden Herzens. Sie umklammert meine Knöchel und brüllt wie am Spieß. Das Geräusch übertönt das Klatschen meiner Hand auf ihrem Hintern. Ich bearbeite ihre üppigen Pobacken, bis sie rot glühen und sie sich nicht mehr dagegen wehrt. Erst dann werde ich langsamer. Ich reibe und schlage in einem anderen Rhythmus als zuvor.

Jetzt, da der wütende Nebel des Augenblicks verflogen ist, kann ich meinen Blick nicht länger von ihrer kleinen rosa Muschi abwenden, die unter ihren rot gefärbten Pobacken entblößt zur Schau gestellt wird. *Heiliger Strohsack.* Die Prinzessin hat eine Pornomuschi. Eine verdammt erstklassige, edle Pornomuschi. Völlig unbehaart und in jeder Hinsicht perfekt.

Ich kann nicht anders, als auf ihre rosigen Pobacken zu drücken, bevor ich ihr einen scharfen Klaps nach dem anderen gebe. Als sie anfängt, sich zu winden und auf meinem knallharten, sehnsüchtigen Schwanz zu stöhnen, kann ich mich nicht davon abhalten, mit den Fingern durch ihren perfekten, nackten Schlitz zu gleiten.

Feucht.

So verdammt feucht, dass ich einen Finger in ihrer Hitze versenken muss. Warm und *eng.* Ich kann mir gut vorstellen, wie sich ihre Muschilippen weit um meinen Schwanz spannen. Verdammt, wie es sich *anfühlen* würde.

Mein Schwanz stößt gegen den Hosenstall meiner Jeans, weil ihm gefällt, wohin meine Gedanken gehen. Ich ziehe den Finger heraus und umkreise ihre gierige Klitoris, die sich mir entgegenstreckt, bevor ich zwei Finger in sie schiebe.

Sie belohnt mich mit einem Keuchen und stößt ihre Hüfte gegen meine Hand zurück. Sie umklammert mein Bein fester und gräbt ihre Fingernägel in mein Fleisch. Ich bemerke es kaum, während ich beobachte, wie ihr Honig mit jedem Stoß meiner Finger in die Umklammerung der verdammt heißesten Muschi, die ich je erlebt habe, ein wenig mehr herausquillt.

„Gefällt dir das, Prinzessin?" Ihr eifriges Stöhnen verrät mir, dass es so ist. Ihre inneren Muskeln zucken. Ihr Griff wird fester. „So ist es gut. Du bist nah dran, nicht wahr?" Ich kralle meine Finger in die Vorderseite ihrer Fotze und bearbeite sie hart. Ihr ganzer verdammter Körper zittert. Sie wimmert. „Wehre dich nicht dagegen, kleines Mädchen. Komm auf Daddys Fingern."

Ihr erschrockenes Keuchen schallt durch den Raum und es sprudelt so viel Honig aus ihr, dass ein nasser Fleck auf meiner Jeans entsteht.

„So ist es gut. Komm für Daddy, verdammt, jetzt *sofort*." Ich stoße einen dritten Finger hinein und sie bäumt sich mit einem tiefen Heulen auf und reitet meine Hand.

Großer Gott. Ich ficke sie durch ihren Orgasmus und ihr Körper krümmt sich wieder. Ihre Fotze zieht sich so stark zusammen, dass ich fast in meiner Hose komme.

Immer noch schwer atmend rutscht sie von meinem Schoß und steht auf schwankenden Beinen auf. Als ich sie stützen will, streckt sie mir die Hand entgegen. „Oha. Nein. Alles gut", sagt sie.

Ihre feuchten, babyblauen Augen begegnen meinem Blick misstrauisch, als sie ihr rosa Spitzenhöschen hochzieht. Sie schnappt sich ihre Handtasche vom Boden und stolpert zur Tür, ohne auch nur einen weiteren Blick auf mich zu werfen.

Scheiße.

So schnell ich kann, presse ich meine Hand gegen die Tür, als sie sie gerade öffnen will. „Willst du irgendwohin?"

„Ja, ähm ... das war ... *interessant*, aber ich denke, ich werde eine andere Mitfahrgelegenheit nach Hause finden." Sie starrt auf die Tür, ihre Stimme schwankt. Ein neuer Schimmer von Tränen rollt über ihre Wangen.

Dieses Mädchen.

„Wen zum Teufel willst du finden, der dich nach Hause fährt?"

„Ich bin mir sicher, es wird nicht allzu schwer sein", sagt sie und wischt sich die verschmierte Schminke unter den Augen weg, während sie mich mit ihrem Blick fixiert.

Einen Moment lang hatte ich vergessen, dass sie dasselbe Mädchen ist, das mir einen blasen wollte, nur weil ich angeboten hatte, sie mitzunehmen. Die Vorstellung, dass sie einem Arschloch dort draußen dasselbe Angebot macht, macht mich stinksauer. „Du willst dein Glück also mit einem anderen Fremden versuchen?"

„Das war der Gedanke." In ihrem Tonfall ist Irritation zu hören.

„Alle dort draußen sind komplett betrunken."

Sie zuckt mit den Schultern. Ich ärgere mich sowohl über mich selbst als auch über sie.

Der rationale Teil meines Gehirns sagt mir, dass ich sie verdammt noch mal gehen lassen und das Problem jemand anderem überlassen soll. Ich fühle mich allerdings nicht sehr rational. Eine der schärfsten Frauen, die ich je in die Finger bekommen habe, zu versohlen und mit den Fingern zu ficken, macht so etwas mit einem Mann. Mein Schwanz will sich seinen Weg durch meine Jeans bohren und ich habe das Gefühl, gegen eine Wand schlagen zu wollen. „Willst du jemandem dort draußen dasselbe Angebot machen wie mir?"

„Fick dich."

„Aber, aber, Prinzessin. Für so eine Wortwahl bekommst du noch mal den Hintern versohlt." Ich knurre es ihr praktisch ins Ohr und freue mich, als sie erschaudert. Ich weiß, dass ich ein Arschloch bin, aber ich kann einfach nicht aufhören.

Sie stößt hervor: „Ich hasse dich."

„Dann ist es ja gut, dass du mich nicht mögen musst, nur

Aubrey Cara

um in meinem Auto mitzufahren." *Oder meinen Schwanz zu reiten.*

„Leck mich am Arsch."

„Ist das eine Einladung?"

Sie knurrt entrüstet durch zusammengebissene Zähne und stapft mit dem Fuß auf. Verdammt, wenn mich diese Geste nicht dazu bringt, sie gegen die Tür drücken und ihr die Frechheit aus dem Leib vögeln zu wollen. Sie will mich treten. Ich kann es in ihren Augen sehen.

„Warum zum Teufel lässt du mich nicht einfach gehen?"

„Weil du zu irgendeinem Zeitpunkt heute Abend beschlossen hast, mich zu deinem verdammten Ritter in glänzender Rüstung zu ernennen. Wir werden also gemeinsam hinausgehen, du wirst deinen hübschen kleinen Arsch in mein Auto schwingen und ich werde dich hinfahren, wo auch immer du hinwillst. Ist das klar?"

Ihre strahlenden, saphirblauen Augen sprühen vor Feuer, während sie mich mit vor der Brust verschränkten Armen anstarrt. Ihr Mund ist eine gerade Linie. Sie nickt knapp.

Es reicht. Ich nehme ihre Hand mit festem Griff, nur für den Fall, dass sie auf die Idee kommt, wegzulaufen. Dann führe ich sie durch die Party, die immer noch in vollem Gange ist, hinaus. Draußen ist die Luft klar und kühl. Ich bin versucht, sie zu fragen, ob sie einen Mantel mitgebracht hat, aber wenn sie mit etwas Dummem wie „Der würde nicht zum Outfit passen" antwortet, wäre ich mehr als nur ein wenig versucht, ihr noch einmal den Hintern zu versohlen.

Ohne ein Wort zu sagen, steigt sie in meinen alten 4Runner und rutscht unbehaglich auf ihrem Sitz hin und her.

Gut. Ich hoffe, dass sie sich an die Züchtigung von heute Abend erinnert, wenn sie das nächste Mal mit einem Fremden losziehen will. Bei dem Gedanken, dass sie genau das tun wird, presse ich den Kiefer zusammen. Mein Schwanz sehnt sich immer noch nach ihr und ich nutze die Gelegenheit, um ihn zurechtzurücken, während ich hinten um das Fahrzeug herumgehe.

Wir haben es noch nicht einmal die Hälfte der Straße entlang geschafft, als sie schon jammert: „Müssen wir uns das anhören?"

Ich hatte auf dem Weg zur Party einen Hardrock-Sender eingestellt. Ich winke mit der Hand. „Von mir aus nicht, Prinzessin. Hör dir an, was immer du willst."

„Danke, mach ich."

Sie schaltet auf einen verdammten Pop-Sender um und ich verdrehe die Augen. Katy Perrys Song „I Kissed A Girl" läuft und ich singe im Geiste mit: „I spanked a girl, and I liked it." Und das habe ich auch. Es ist schon lange her, seit ich einer Frau den Hintern versohlen konnte.

Die meisten Frauen, mit denen ich schlafe, sind die unabhängigen, feministischen Typen. Sie mögen es vielleicht, gelegentlich im Bett mit Unterwerfung zu spielen, aber sie würden erst zuschlagen und später Fragen stellen, wenn ich nur daran dächte, ihnen den Hintern zu versohlen, während mein Schwanz nicht bis zum Anschlag in ihnen vergraben ist.

Für einen Mann wie mich ist es verdammt frustrierend. Ich schaue zu Candi hinüber, die brav die Hände im Schoß faltet und aus dem Fenster starrt. Ihre Lippen sind gespitzt, als hätte sie gerade etwas Saures gegessen. Ich frage mich, ob ihr der Hintern schon einmal versohlt wurde. Ich vermute nicht, denn sie schien von der ganzen Sache überrascht zu sein. Einschließlich der Tatsache, wie sehr sie mein schmutziges Gerede erregt hat. Ich frage mich, ob sie die Art von Mädchen ist, die sich gern im und außerhalb des Schlafzimmers den Hintern versohlt lässt.

Meine Neugierde ist geweckt und ich überlege, ob ich sie

vielleicht falsch eingeschätzt habe. Sie zu schnell verurteilt habe. „Also, arbeitest du hier in der Gegend?"

Sie wirft mir einen kurzen Blick zu, bevor sie wieder aus dem Fenster starrt. „Ich kellnere in einer Bar."

Nun, sie ist nicht die verwöhnte Prinzessin, für die ich sie gehalten habe, aber sie ist trotzdem ein totales Chaos. Obwohl ... „Studierst du?" Sie sieht aus, als gehöre sie zu den Studenten.

Dieses Mal fummelt sie mit ihren Händen herum und schüttelt den Kopf. „Nein." Es scheint ihr irgendwie peinlich zu sein. Interessant.

„Weißt du, es ist nie zu spät, wenn du das tun willst ..."

Sie stößt einen Seufzer aus. „Hör mal. Es ist wirklich nett, dass du mich zu meinem Auto fährst, aber ich hatte einen total beschissenen Abend. Können wir den Small Talk einfach überspringen?"

Ich zucke mit den Schultern. Ich hätte gedacht, ich wäre nett gewesen, sie kommen zu lassen. Es gibt Leute, die wissen Dinge wie einen guten Orgasmus nicht zu schätzen. Ich wüsste so einen jetzt ganz sicher zu schätzen. Es würde *meinen* Abend auf jeden Fall wesentlich besser machen.

Ich greife hinüber und schalte auf den Klassik-Rock-Sender um. Sie sagt nichts und scheint sich ein wenig zu entspannen, als wir auf den Parkplatz des Schnellrestaurants biegen, wo ein alter Jeep Renegade ganz einsam unter einer Straßenlaterne steht. Ich frage mich, ob sie genug Verstand hatte, unter der Laterne zu parken, oder ob es einfach nur Glück war. Wenn ich an ihre Entscheidungen an diesem Abend zurückdenke, von ihrem idiotischen Freund bis zum Abhauen mit einem Fremden, nehme ich an, dass es Glück sein muss.

„Das ist meiner", sagt sie und reißt die Tür auf, als ich in der Parklücke neben dem Jeep halte.

„Man sieht sich, Prinzessin", rufe ich ihr nach, um sie zu ärgern.

„Das werden wir ja sehen", sagt sie, ohne sich umzudrehen.

Ich sehe zu, wie sie zu ihrem Fahrzeug geht, ihre langen Gliedmaßen werden von der Straßenlaterne angestrahlt. Der Wind schmiegt ihr kleines Outfit um ihren mörderisch heißen Körper und bläst den Rock ihres Kleides hoch, sodass er fast ihren wunderschönen Hintern entblößt. Mein Gott, ist die heiß. Zu schade, dass ich mich nicht mit heißen, hilfsbedürftigen Frauen einlasse. Und ihr steht *heißes Chaos* geradezu auf die Stirn geschrieben. Ich sehne mich vielleicht danach, eine Frau zu versohlen und in einer Beziehung die Oberhand zu haben, aber ich bin kein Ritter in glänzender Rüstung. Ich hatte noch nie einen Heldenkomplex, wie so viele Typen, die ich kenne. Ich bin niemandes Ritter. Ich habe kein Interesse daran, mich mit einer hilflosen Tussi einzulassen, die ich aus einem Problem nach dem anderen herausholen muss. Wie meine Mutter.

Der Gedanke lässt meine Brust schmerzen. Ich reibe die Stelle, während ich Candi wegfahren sehe.

Erst als ich wieder auf der Straße bin, wird mir bewusst, dass ich ihren vollen Namen nicht kenne. Das macht nichts, denke ich mir. Es ist ja nicht so, dass ich dieses kleine Stück Ärger jemals wiedersehen werde.

Aber trotzdem ...

Kapitel Zwei

Candi

Eine Sache. Es wäre wirklich toll, wenn nur eine verdammte Sache in meinem gottverdammten Leben richtig laufen würde. Die Demütigung schmerzt immer noch in meiner Brust und lässt meine Augen brennen. Es hat mich so angemacht, wie ein ungezogenes Kind versohlt zu werden ... und die schmutzigen Dinge, die er gesagt hat. Fuck. Ich spüre, wie ich rot werde, wenn ich nur daran denke. *Komm auf Daddys Fingern.* Und genau das habe ich getan. Es war der beste verdammte Orgasmus, den ich jemals hatte. Verdammt. Was zum Teufel stimmt mit mir eigentlich nicht?

Ich habe schon immer gewusst, dass mit mir etwas nicht ganz richtig ist. Männer schaffen es selten, mich zum Höhepunkt zu bringen. Das ist schon schlimm genug. Aber diese abartige Perversion ist ein neuer Tiefpunkt für mich. Mein eigener Körper hat mich verraten, als wüsste er, dass ich es nicht wert bin, nett, süß und normal geliebt zu werden.

Noch schlimmer ist das Wissen, dass mein Freund – nein, besser gesagt, Ex-Freund – das Ekelpaket Cody, der Typ ist, der vor zwei Monaten eine meiner Kolleginnen auf dem Parkplatz der Bar, in der ich arbeite, angegriffen hat. Es war spät und niemand hat es gesehen, aber ich hatte schon so ein Gefühl. Ich hätte damals die Polizei rufen sollen.

Cody und seine Freunde waren an diesem Abend in der Bar gewesen und hatten einen riesigen Tumult verursacht. John, der Besitzer, musste sie rauswerfen. Es ist überraschend, dass ich an diesem Abend nicht gefeuert wurde. Als ich Cody zur Rede stellen wollte, war er nirgends zu finden. Als ich ihn später in der Woche endlich wiedersah, schwor er mir, dass er es nicht war.

Welch ein verlogener Scheißkerl.

Ich hätte gern einen Mann, auf den ich mich verlassen kann, und dummerweise dachte ich, Cody könnte das sein. Er hat einen festen Job auf dem Bau. Bezahlt seine Rechnungen. Fährt einen schönen Truck und hat eine eigene Wohnung. Ich dachte, er wäre die Art von Mann, die ich mir immer gewünscht habe. Beständig, zuverlässig. Die Art von Mann, die einen guten Einfluss auf meinen jüngeren Bruder haben könnte. Das Gegenteil von meinem Vater und meinen älteren Brüdern.

Wie falsch ich doch lag. ‚Mr. Zuverlässig und Beständig‘ hatte ein Koksproblem und war mehr daran interessiert, vor seinen Freunden mit mir anzugeben, als wirklich Zeit mit mir zu verbringen.

Als ich durch die Stadt fahre, komme ich an einem Laden vorbei, in dessen Schaufenster Teddybären, Ballonherzen und kunstvolle Blumensträuße stehen. Cody hat mir eine kleine Schachtel mit Schokolade zugeworfen, bevor wir in das Restaurant gingen, wo wir mit seinen Kumpels gegessen haben. „Bitte schön, Schatz", hat er gesagt. Und ich fand das süß. Ich. Fand. Das. Süß.

Ich bin so ein verdammter Trottel.

Wer lässt sich am Valentinstag von seinem Freund zu einer Anti-Valentinstagsparty mitnehmen? Ich dumme Kuh. Genau ich. Ich kann immer noch nicht glauben, dass ich mich von ihm habe anfassen lassen. Er ist ein kranker ekelerregender Arsch. Noch schlimmer als der poversohlende Paul Bunyan-Doppelgänger, dem ich fast einen geblasen hätte.

Oh Gott! Das Übelkeitsgefühl ist wieder da und brennt mir ein Loch in den Magen. Ich habe versucht, einem völlig Fremden einen zu blasen. Allein der Gedanke daran, lässt mich kotzen wollen. Ich weiß es besser, als Rum zu trinken. Natürlich weiß Cody, dass Rum mich dazu treibt, mir das Höschen vom Leib zu reißen, und deshalb hat er dafür gesorgt, dass ich ein oder zwei Rum mit Cola trinke.

Nachdem ich in die Einfahrt meines alten einstöckigen Hauses im Ranchstil gefahren bin, stelle ich den Motor ab und schlage meine Stirn ein paarmal gegen das Lenkrad, während ich über die Beschissenheit des Lebens nachdenke. Das Quietschen von Reifen lässt mich zusammenzucken und ich schaue auf, um zu sehen, was zum Teufel los ist.

Was zum – eine Person wird aus der Seitentür eines Lieferwagens in meinen Vorgarten geschleudert, bevor die Reifen quietschen, als er die Straße hinunter und um die Ecke rast. Ich springe aus meinem Jeep und renne auf Zehenspitzen über den Hof, damit meine blöden Pfennigabsätze nicht im Gras versinken. Die zusammengesackte Gestalt liegt auf der Seite. Ich drehe ihn um und erkenne ihn sofort. Sogar im Dunkeln, selbst wenn sein Gesicht eine gebrochene, geschwollene Masse ist.

„Dilly Bean. Was zum Teufel ist mit dir passiert?" Mein kleiner Bruder, Dylan, stöhnt. „Komm schon", sage ich und versuche, ihn in eine sitzende Position zu bringen. Er umklammert seine Rippen und rührt sich nicht. „Wir müssen dich ins Krankenhaus bringen."

„Nein, Candi. Kein Krankenhaus. Keine Bullen."

Ich schlucke schwer, schaue zum Himmel und blinzle kurz die Tränen zurück. Jeder Mann in meiner Familie hat Probleme mit Glücksspiel und eine Vorliebe dafür, die falschen Leute zu verärgern. Es war nicht das erste Mal, dass einer meiner Verwandten im Vorgarten ausgesetzt wurde oder sich nach Hause schleppen musste. Diese Szene hat sich schon öfter abgespielt. Es ist jedoch das erste Mal, dass es meinem kleinen Bruder passiert. Ich hatte mir so viel mehr für ihn gewünscht.

„Verdammt noch mal, Dyl." Meine Stimme bricht wegen der Enttäuschung, die mir die Kehle zuschnürt. Ich schlucke schwer und würge sie hinunter. „Dann lass uns dich hineinbringen."

„Es tut mir leid, Candi", sagt er und greift meine Hand, während ich ihm helfe, sich aufzusetzen.

„Spar dir das."

Irgendwie schaffe ich es, ihn ins Haus zu bringen. Von allen meinen Brüdern ist er zum Glück der kleinste, nur ein paar Zentimeter größer als ich mit meinen eins fünfundsiebzig. Trotzdem ist er schwerer als ein Sack Ziegelsteine. Nachdem ich ihn auf unsere abgewetzte, alte Couch gelegt habe, hole ich den Erste-Hilfe-Kasten und einen nassen Waschlappen.

Als ich die Lampe auf dem Beistelltisch einschalte, zuckt er wegen des hellen Lichts zusammen. Geschieht ihm recht. Wütende Tränen laufen mir über das Gesicht, als ich das getrocknete Blut von seinem Gesicht und Hals wische. Seine Nase ist wahrscheinlich gebrochen. So wie er seine Brust umklammert, würde es mich auch nicht wundern, wenn er ein oder zwei gebrochene Rippen hätte.

„Wir sollten dich wirklich ins Krankenhaus bringen."

„Morgen. Nachdem ich mich frisch gemacht habe. Ich kann sagen, dass ich beim Footballspielen einen Schlag abbekommen habe."

Ich schnaube ungläubig. Das würde der Arzt nur glauben, wenn er sagt, er habe gegen einen Zementlaster gespielt.

„Sag mir eines, Dylan, fandst du es so verlockend, zu sehen, wie Dad, Ronnie und Robbie sich zu Brei schlagen ließen und hier hereingeschleppt haben, dass du es selbst auch versuchen musstest?" Wir waren noch so jung, als unser ältester Bruder für seine Dummheit getötet wurde.

Plötzlich greift Dylan nach meinen Händen. Der Blick, den er mir zuwirft, lässt mein Blut gefrieren. Selbst durch die geschwollenen Schlitze seiner Augen kann ich seine Angst und Verzweiflung spüren. „Ich stecke in großen Schwierigkeiten, Candi. In großen Schwierigkeiten. Ich ..." Er scheint das, was er wirklich sagen will, wieder hinunterzuschlucken. „Ich schulde ein paar bösen Männern eine Menge Geld."

Zu meinem Entsetzen fängt er an zu weinen. „Es tut mir leid, Candi. Es tut mir so leid."

„Was hast du getan? Wem zum Teufel schuldest du Geld?"

„Cody hat mich diesem Typen vorgestellt, bei dem er einkauft. Eins führte zum anderen ... Ich dachte, ich könnte schnelles Geld machen. Aber ich habe ein oder zwei Beutelchen verloren. Ich weiß nicht, was passiert es, ich schwöre es."

Er redet wirres Zeug. Aber ich weiß es. Mein Bauchgefühl verrät es mir. Er hat mit Drogen gedealt. Ich hatte schon befürchtet, dass er mit dem Glücksspiel angefangen hat, so wie unser Vater und unsere älteren Brüder, aber er ist direkt zum Drogendealer aufgestiegen. Und wenn Cody ihn vorgestellt hat, hat er kein Gras verkauft.

„Verdammt Dyl, sind dir diese verlorenen Beutelchen zufällig in die Nase gefallen?"

„Ich habe es nicht genommen. Ich schwöre es."

„Na sicher hast du das nicht."

„Wirklich nicht! Ich nehme keine Drogen. Niemals. Okay, ich rauche manchmal Gras ... und ich habe Molly probiert ...

zweimal. Aber sonst nichts. Ich schwöre es. Ich wollte schnelles Geld machen. Dir aushelfen. Du kümmerst dich doch immer um alles. Ich wollte nur ..."

Weil ich nichts von seinen gut gemeinten Drogengeschäften hören will, unterbreche ich ihn: „Wie viel schuldest du diesen Leuten?"

„Ich schulde ihnen nur drei Riesen."

„Ach, ist das alles? Das ist eine ganze Menge für ein oder zwei Beutelchen."

„Candi. Die sind verrückt. Sieh mich an. Sie werden mich umbringen. Du musst mir helfen."

Ich entziehe mich seinem verzweifelten Griff und gehe im Zimmer auf und ab, während ich mir verärgert mit der Hand durch die Haare fahre. Ich weiß, was ich zu tun habe, aber das macht es nicht leichter. Ich habe genau dreitausendfünfhundert Dollar auf meinem Sparkonto. Ich habe zwei Jahre gebraucht, um das anzusparen. Ich bin immer diejenige, die die Miete für dieses Drecksloch von einem Haus bezahlen muss, wenn mein Vater unweigerlich nicht auftaucht, um die Rechnungen zu bezahlen. Es ist zur Routine geworden, ein bisschen was zur Seite zu legen, Stück für Stück. Außerdem hatte ich gehofft, im Frühjahr einen Kurs an der Uni in der Nachbarstadt belegen zu können. Ich dachte dummerweise, wenn Dylan sieht, dass ich etwas aus mir mache, würde er es mir gleichtun wollen.

„Warum können wir nicht zur Polizei gehen?"

„Candi, bitte. Ich wurde schon einmal verhaftet. Und das war nur wegen minderjährigen Alkoholkonsums und solcher Scheiße, aber wenn ich dafür verhaftet werde ..."

Er braucht nicht zu Ende zu sprechen. Wir beide wissen genau, wenn er wieder verhaftet wird, können sie ihn für eine lange Zeit einsperren. Und wenn die Typen, denen er Geld schuldet, Verbindungen innerhalb des Gefängnisses haben –

was zweifellos der Fall ist – bedeutet das seinen Tod. Über drei verdammte Riesen.

„Wen muss ich bezahlen?", frage ich resigniert.

„Nein, du kannst nicht zahlen. Ich meine, ich brauche das Geld, aber du kannst nicht diejenige sein, die es übergibt."

„Wer dann? Du?" Er ist nicht nur nicht in der Lage, irgendwo hinzugehen, geschweige denn sich mit Kriminellen zu treffen, sondern ich traue ihm im Moment auch nicht genug, dass er nicht sofort abhaut, sobald er das Geld hat.

„Das ist mein Schlamassel, Candi."

Wie ironisch. Und ich werde trotzdem diejenige sein, die dafür bezahlt. „Du kannst nicht allein gehen."

„Cody. Du kannst Cody das Geld geben, damit er mit mir hinfährt."

Oh Mann, dieser Plan wird einfach immer besser. „Ich hasse es, dir das zu sagen, aber ich habe heute Abend mit ihm Schluss gemacht." Und ich werde ihm definitiv die Bullen auf den Hals hetzen.

„Kannst du ihn nicht um diesen einen kleinen Gefallen bitten, Candi?" Seine Stimme ist weinerlich und flehend und ich möchte ihn am liebsten schütteln. „Candi, bitte. Ich kann ihn für dich fragen. Du musst uns nur das Geld geben."

Natürlich, verdammte Scheiße.

Ich starre auf meinen blutenden, zerschlagenen Bruder auf der Couch und fühle so viel Schmerz und Groll in mir aufsteigen, dass ich zittere.

„Nie wieder. So etwas darfst du nie wieder tun. Du wirst mich nie wieder in diese Lage bringen, Dylan Zachariah. Hast du das verstanden?"

„Verstanden."

„Ich meine es ernst, Dylan. Ich kann das nicht. Ich dachte, es wäre anders, wenn es nur dich und mich gibt."

„Can-Can", sagt er und benutzt den Namen, den er mir

gegeben hat, als wir noch klein waren. Er ist nur drei Jahre jünger als ich, aber man könnte meinen, dass ich ihn aufgezogen habe.

„Versprich es mir, Dylan. Versprich mir, dass du dir einen normalen Job suchst und versuchst, an die Uni zu gehen. Versprich mir, dass dies das letzte Mal ist, dass du etwas so Dummes getan hast. Versprich es mir!"

„Ich verspreche es, Candi. Ich verspreche es."

Ich nicke knapp und stakse auf steifen Beinen in mein Zimmer. Ich kann jetzt nicht mit ihm in einem Raum sein. Nicht, wenn sich alles, wofür ich gespart und worauf ich gehofft habe, in Luft aufgelöst hat. Mein Studiengeld wird benutzt, um einen Drogendealer zu bezahlen.

Ich schlage die Tür zu, raufe mir die Haare, bis meine Kopfhaut brennt und stoße einen frustrierten Schrei aus. Ich gebe mich der hilflosen Wut hin, die in mir hochkocht, trete den Hocker unter meinem Schminktisch weg und schleudere in einem Anfall alles von meiner Kommode, bevor ich schluchzend zu Boden sinke.

Eine Sache. Ich wollte, dass nur eine Sache gut geht.

Kapitel Drei

Candi

Mein Vater sagte oft, dass er keinen größeren Rausch kannte, als wenn er große Mengen Geld in der Hand hielt. Ich bin sicher, das ist ein Teil dessen, was seine Sucht nährt. Ein Teil davon, warum er die Dinge tut, die er tut. Für Ray Dawson ist keine Wette zu hoch.

Als ich den braunen Umschlag umklammere, in dem sich mehr Geld befindet, als ich jemals auf einmal in der Hand hatte, spüre auch ich einen Rausch. Aber es ist eher so, als hielte ich eine tickende Bombe in der Hand, die jeden Moment hochgehen könnte. Als ich zu Cody hinüberschaue, der selbstgefällig hinter dem Lenkrad seines Trucks sitzt, verkneife ich mir einen Fluch und möchte meinem Bruder am liebsten eine weitere Ohrfeige geben.

Trotz seines Geredes hat sich mein Bruder dafür entschieden, zu Hause zu bleiben, seine gebrochenen Rippen zu pflegen und die Schmerztabletten zu schlucken, die ihm der Arzt verschrieben hat, zu dem ich ihn am Montag gebracht habe. Ich kann immer noch nicht glauben, dass er mich in diese

Lage gebracht hat. Cody sollte wegen Körperverletzung hinter Gittern sitzen. Wenn ich zu den Bullen gehe, wird er den Spieß umdrehen und meinen Bruder verpfeifen. Das hat er heute Morgen sehr deutlich gesagt, als er zu uns kam, um das Geld abzuholen. Ich habe mich geweigert, es ihm auszuhändigen. Ich will selbst sehen, wie er es den Verbrechern gibt, denen mein Bruder etwas schuldet. Dann ist es mir egal, ob ich zurück nach Gibson trampen muss. Ich werde mich ein für alle Mal von Cody Mathews trennen.

Wir halten vor einem unscheinbaren Wohnkomplex und Cody streckt die Hand aus. Ich schüttle den Kopf und öffne meine Tür.

Cody stöhnt. „Candi-Girl, das sind nicht die Art von Typen, von denen ich möchte, dass sie dich sehen", sagt er in einer besitzergreifenden Art, die ich mittlerweile verabscheue.

„Ich glaube nicht, dass das deine Entscheidung ist. Ich gebe dir das Geld nicht einfach so. Wahrscheinlich wirst du nur noch mehr Drogen kaufen und meinen Bruder im Stich lassen."

„Sie werden wahrscheinlich erwarten, dass du mitmachst."

„Du meinst, dass ich Droge mit ihnen nehme?"

„Ja."

„Warum?"

Er rollt mit den Augen und schüttelt den Kopf, als wäre ich ein Dummkopf. „Damit sie wissen, dass du nicht zu den Polypen gehörst."

„Polypen?"

„Du weißt schon, von den Bullen. Eine Drogenfahnderin."

Ich verdrehe die Augen über seinen seltsamen Slang, aber ich muss zugeben, dass er recht hat. Ich habe noch nie Koks gezogen und allein der Gedanke, dass man mir die Droge in die Nase zwingen könnte, bereitet mir Bauchschmerzen.

„Candi, du willst nicht auf dem Radar dieser Typen sein.

Du bist einfach zu ..." Er deutet mit seiner Hand über meinen Körper. „Alles. Süß, unschuldig und heiß. Wenn du dort hineingehst, werden sie sagen, dass dein Bruder ihnen doppelt so viel schuldet, nur um dir an die Wäsche zu gehen."

Cody hat recht und ich hasse es. Das bedeutet aber nicht, dass ich ihm vertraue. „Bitte lass meinen Bruder nicht hängen. Bezahle seine Schulden und komm wieder raus." Mir liegt eine Drohung auf der Zungenspitze, aber ich weiß, dass es nichts nützen wird. Außerdem ist er gerade so nett und das will ich nicht versauen, bevor er mir diesen Gefallen getan hat.

„Mach dir keine Sorgen. Ich kümmere mich immer um mein Mädchen", sagt er und fährt mit dem Finger über meine Wange. Ja, er hat sich so gut um mich gekümmert, als er meinem Bruder ein Leben als Drogendealer eröffnet hat.

Ich bemühe mich, nicht wegzuzucken. Das ist der Cody, mit dem ich vor Monaten zusammengekommen bin. Süß. Beschützend. Aber ich weiß jetzt, dass seine Persönlichkeit sich ständig verändert. Als er mich weiter berührt, möchte ich ihn am liebsten anschreien, seine Hände von mir zu lassen. Stattdessen schenke ich ihm ein sanftes Lächeln und versuche, nett zu sein, bis die Sache vorbei ist.

„Wenn du high bist, wenn du rauskommst, sollte ich fahren", sage ich und strecke die Hand nach dem Schlüssel aus.

„So high werde ich nicht sein. Sie kennen mich. Vielleicht nehmen sie einfach das Geld und schicken mich wieder weg."

Ich ziehe eine Augenbraue hoch, ohne meine Hand zu bewegen.

„Gut", sagt er und reicht mir widerwillig den Schlüssel. „Aber nur dieses eine Mal."

Das wird das letzte Mal sein, dass er mich überhaupt sieht, aber das sage ich nicht. Sobald ich die Schlüssel habe, gebe ich ihm das Geld. Ein Moment echter Panik durchfährt mich, als ich ihm den Umschlag in die Hand drücke. Ob es mir gefällt oder nicht, er ist meine einzige Option.

Etwas von meiner Besorgnis muss sich auf meinem Gesicht zeigen, denn er drückt meinen Arm und sagt: „Ich bin kein durchgeknallter Junkie, der sich ständig zudröhnen muss. Ich werde die Schulden deines Bruders begleichen und wieder rauskommen."

Ich nicke, denn ich kann nur hoffen, dass er ehrlich ist. „Danke, Cody."

„Für meine Candi würde ich alles tun."

Ich zucke innerlich zusammen, schaffe es aber dennoch, ein aufmunterndes Lächeln aufzusetzen, als er über den Parkplatz geht. Ich beobachte jeden seiner Schritte. Er hat alle meine Hoffnungen und Träume, die ich für das Leben meines Bruders aufgegeben habe, unter seinen Arm geklemmt. Drei Riesen mögen ein Klacks für manche Leute sein, aber für mich bedeuten sie alles. Ein Start in ein neues Leben. Miete. Essen auf dem Tisch. Sicherheit.

Während ich im Wagen sitze, mustere ich die Umgebung. Ich hatte erwartet, zu einem heruntergekommenen, abgelegenen Ort mit einer Lagerhalle oder einem abgewrackten Wohnwagen mitten im Nirgendwo gefahren zu werden. Aber nicht zu irgendeiner Wohnanlage mit anständiger Begrünung und einem netten Spielplatz vor der Tür. Eine Mutter kommt mit einem Kleinkind auf seinem Dreirad auf dem Bürgersteig vorbei und mir wird schlecht.

Die Leute, denen mein Bruder Geld schuldet, arbeiten für jemand Größeren. Viel gefährlicher. Ich bin nicht so naiv, dass nicht zu verstehen. Ich sollte die Polizei rufen. Wenn ich ein besserer Mensch wäre, würde ich genau das tun.

Als Cody wieder herauskommt, bin ich wie betäubt und er ist high, aber es ist geschafft. Mein Bruder ist seine Schulden los.

Ich fahre Cody zurück zu seiner Wohnung, steige aus und laufe anderthalb Kilometer bis zur nächsten Bushaltestelle. Sobald ich wieder in Gibson bin, laufe ich die sechs Kilometer zurück zu meinem Haus, ohne mich darum zu scheren, dass meine Füße von den dünnen, flachen Schuhen, in die ich heute Morgen geschlüpft bin, Blasen bekommen haben. Mein Magen will sich umdrehen, weil ich so hungrig bin, aber auch das ignoriere ich. Ich weiß, wenn ich etwas esse, müsste ich mich übergeben.

Da meine gesamten Ersparnisse weg sind, muss ich meinen Chef John um einen Vorschuss bitten, damit ich die Rechnungen bezahlen kann. John war immer nur freundlich zu mir. Er war der Einzige, der bereit war, mich einzustellen, nachdem ich bei drei verschiedenen Jobs gefeuert wurde. Drei Jobs, die ich wegen meines kleinen Bruders verloren habe. Ich hatte einen guten Job im Einzelhandel, aber ich musste eine Schicht ausfallen lassen, um die Kaution für meinen Bruder im Gefängnis zu bezahlen. Dann bekam ich einen Job in einem anderen Geschäft und er marschierte betrunken und streitsüchtig herein. Bei meinem letzten Job habe ich in einem Familienrestaurant gekellnert. Das war nicht seine Schuld. Tatsächlich bin ich eine wirklich beschissene Kellnerin, aber die Bezahlung war gut.

Ich hasse es, dass ich um einen solchen Gefallen bitten und möglicherweise erklären muss, was passiert ist. Aber ich muss zumindest in der Lage sein, die Miete zu zahlen. Es gibt keine Garantie, dass mein Vater das Geld hat, *wenn* er überhaupt auftaucht. Er kommt oft nicht nach Hause, es sei denn, er ist völlig pleite und muss sich vor denen verstecken, denen er Geld schuldet.

Als ich nach Hause komme, gehe ich direkt zum Medizinschrank und werfe die Schmerztabletten meines Bruders in die Toilette. Als ich spüle, sehe ich gefühllos zu, wie sie davonschwimmen. Ich möchte, dass Dylan jeden schmerzenden Tag seiner Genesung spürt. Vielleicht überlegt er es sich dann zweimal, bevor er jemals wieder so etwas Dummes tut.

* * *

Bereits als ich auf den Schotterparkplatz der *Rusty Spur* fahre, habe ich das Gefühl, dass alles irgendwie gut werden wird. Es mag eine heruntergekommene, alte Bar sein, aber für mich ist es der erste Ort, an dem ich wirklich brillieren kann. Ich habe den großen, stämmigen Besitzer John eines Abends dabei erwischt, wie er über den Zahlen brütete und dabei feststellte, dass keine der Additionen stimmte. Wenn ich etwas kann, dann sind es Zahlen. Ich gehöre zu den Menschen, die sich lange Zahlenfolgen merken und große Summen im Kopf ausrechnen können. So wie Rain Man. Es gibt vieles auf der Welt, was ich nicht verstehe, aber Zahlen? Zahlen verstehe ich.

Als ich noch klein war, nutzte mein Vater dies zu seinem Vorteil aus. Bis ich fünfzehn wurde und beschloss, nicht länger sein Schauäffchen zu sein, das für seinen alten Herrn die Karten zählt.

John nutzt meine Gabe, indem er mich seine Buchhaltung machen und prüfen lässt, was zum Steuerberater weitergeleitet wird. Aber er bezahlt mich nicht nur für die zusätzliche Arbeit, er ermutigt mich auch, „etwas zu lernen", wie er es nennt, damit ich eines Tages der einzige Steuerberater sein kann, dem er sein Geld anvertraut. Jedes Mal, wenn er das zu mir sagt, muss ich lächeln. Ich hasse den Gedanken, dass ich ihn vielleicht enttäuschen werde. Aber wenn es einen gibt, der mir helfen wird, ohne mich deswegen schlecht fühlen zu lassen, dann ist es John.

Es wird eine Weile dauern, bis ich meinen Bruder ansehen kann, ohne wütend auf ihn zu sein, aber ich weiß, dass es nur ein Rückschlag ist. Gibt es nicht irgendein dummes Zitat, das etwas über das Leben sagt, das passiert, während man damit beschäftigt ist, andere Pläne zu schmieden? Mir hat das Leben allerdings einen Strich durch die Rechnung gemacht. Ich parke vor der Tür, da es erst um drei am Mittwochnachmittag ist. Die Bar wird nicht vor halb fünf geöffnet. Wenn ich mir die heruntergekommene Fassade im Tageslicht ansehe, kann ich nur den Kopf schütteln. Ich habe John mehr als einmal gesagt, dass dieser Ort großartig sein könnte, wenn er nur ein paar Änderungen vornehmen würde. So wie Gibson wächst, könnte er eine Bar und ein Restaurant daraus machen und es wäre eine wahre Goldmine.

Zumindest bin ich dieser Meinung, nachdem ich mir die Folgen von *Bar Rescue* bei Cody angeschaut habe. Cody hat das Premium-Kabelpaket und einen Fernseher mit Hochauflösung. Ich werde seinen Fernseher mehr vermissen als ihn. Ich selbst habe nur das „Bitte schaltet den Strom nicht ab"-Paket auf einem alten zerbeulten Kastenfernseher bei mir zu Hause.

John hörte sich meine Geschäftsvorschläge an, klopfte mir dann mit einer seiner riesigen, fleischigen Hände auf den Kopf und murmelte etwas über alte Hunde und neue Tricks. Es ist wirklich schade. Diese Bar könnte so viel mehr sein als die Spelunke, die sie derzeit ist.

Als ich eintrete, müssen sich meine Augen erst an das dunkle Innere gewöhnen. Ein sanfter Schein liegt über der Bar, aber alle anderen Lichter sind ausgeschaltet, sodass die Ecken, in denen die Billardtische und Sitzecken stehen, in völliger Dunkelheit liegen. Nicht, dass ich Licht bräuchte, um zu wissen, wohin ich gehe. Jetzt, da ich hier bin, möchte ich schnell mit John sprechen und es hinter mich bringen. Ich hasse es, ihn um Geld zu bitten, aber ich erinnere mich daran, dass die Miete fällig und mein Vater, wie üblich, nicht da ist.

Im hinteren Flur stocken meine Schritte, als Kat aus der

Bürotür kommt. Es ist das erste Mal, dass ich die zierliche Rothaarige sehe, seit ich erfahren habe, dass es Cody war, der sie vor zwei Monaten angegriffen hat. Ihre Wange ist längst verheilt, aber ich kann mich noch lebhaft an den Bluterguss erinnern, der noch über zwei Wochen lang ihr Gesicht zierte.

„Willst du den ganzen Tag dastehen und mich anstarren, oder gehst du mir aus dem Weg?", fragt Kat mit ihrem üblichen freundlichen Auftreten.

„Tut mir leid", sage ich und trete zur Seite, um sie vorbeigehen zu lassen. Ich weiß nicht, wieso, aber sie hat mich vom ersten Moment an, als ich meine Arbeit hier anfing, nie gemocht und hat keine Skrupel, es mir zu zeigen. Jetzt hat sie allen Grund, mich zu hassen, sie weiß es nur nicht. Ich atme aus und spüre, wie sich das Gewicht der Schuld wie ein verdammter Elefant auf meine Brust legt.

Einen Moment lang spiele ich mit dem Gedanken, Cody die Polizei auf den Hals zu hetzen, obwohl er gesagt hat, er würde meinen Bruder verraten. Er könnte meinen Bruder nicht wirklich anzeigen, ohne sich selbst zu belasten, oder? Ich schüttle den Kopf über meinen eigenen Denkfehler. Wenn er verhaftet würde, könnte ihm alles egal sein, und er würde jeden, den er kennt, den Wölfen zum Fraß vorwerfen. Ich kann nicht riskieren, dass Dylan ins Gefängnis kommt.

Ich versuche, die Schuldgefühle, die mich plagen, abzuschütteln und meine Schultern durchzudrücken. Ich liebe meinen Job und ich liebe John. Es war eine harte Woche, aber das wird sich gleich ändern, ich kann es spüren. Ich klopfe zweimal an die leicht angelehnte Bürotür, schiebe sie auf und bleibe wie erstarrt stehen. Mein warmes Lächeln erstirbt auf meinem Gesicht.

„Was zum Teufel machst du denn hier?", frage ich entrüstet. Der große rothaarige Blödmann vom letzten Wochenende sitzt hinter Johns Schreibtisch. Meinem Schreibtisch.

In Daddys Schuld

Als er vom Computer aufschaut, huscht Überraschung über sein Gesicht, bevor er sich zurücklehnt und lächelt, während er seine Hände auf arrogante Weise hinter seinem Kopf verschränkt. „So, so, so. Sieh mal einer an. Wenn das nicht die Barbie-Prinzessin in Fleisch und Blut ist."

Ich knirsche mit den Zähnen und verschränke die Arme vor der Brust, sowohl aus Empörung als auch um die Tatsache zu verbergen, dass meine Brustwarzen bei seinem Anblick kribbeln. „Wo ist John und warum zum Teufel sitzt du hinter seinem Schreibtisch?"

Meinem Schreibtisch!

„Mein lieber alter Vater ist mit einer Frau verreist, die er kennengelernt hat. Er hat mir die Verantwortung übertragen."

„V-Vater?" Ich weiß, dass John einige Male verheiratet war und eine Handvoll Kinder hat, aber ich habe nur seinen Ältesten kennengelernt, der in seinen Vierzigern ist. Wenn ich nur an ihn denke, bekomme ich eine Gänsehaut. Er war für meinen Geschmack viel zu handgreiflich. Und übergewichtig wie sein Vater, aber ihm fehlte Johns Charme und Integrität.

Dieser Mann ist mit Sicherheit groß, aber ich kann kein Gramm Fett an ihm entdecken. Ich erinnere mich allerdings, dass auch er etwas handgreiflich ist. Und was die Integrität betrifft, weiß ich es nicht genau. Sicher, er hat mir den Hintern versohlt, aber er hat nicht zugelassen, dass ... nun, darüber will ich nicht nachdenken.

„Das stimmt. Ich bin Hank, Johns Jüngster." Er streckt mir seine Hand zum Schütteln entgegen.

Hank. Das ist der Name des geheimnisvollen Mannes, den ich hoffte, nie wiederzusehen. Es ist kein gewöhnlicher Name für Männer unter fünfzig, aber er scheint zu ihm zu passen. Stämmig, aber auch ein wenig arrogant und stolz. Ich starre eine Sekunde lang auf seine ausgestreckte Hand, bevor ich sie zögerlich schüttle. Sein Griff ist stark und warm, seine Hand-

33

Aubrey Cara

fläche schwielig und rau an der meinen. Und der Funke, der mich bei seiner Berührung durchzuckt ... es lohnt sich nicht, ihn zu analysieren.

Ich ziehe meine Hand zurück und wische sie an meiner Jeans ab, als ob ich das Gefühl irgendwie auslöschen könnte.

Er bemerkt die Geste und grinst, aber mir fällt auf, dass er leicht verärgert scheint. „Was kann ich für dich tun?", fragt er.

„Nichts." Absolut nichts. Die Litanei von „nur eine Sache" beginnt wieder in meinem Kopf zu kreisen. Ich möchte, dass nur eine verdammte Sache einmal so läuft, wie ich es will. „Ich muss unbedingt mit John sprechen."

Ich habe noch fünfhundert Dollar auf meinem Sparkonto und insgesamt sechsunddreißig Dollar achtzehn auf meinem Girokonto. Die könnte ich leer räumen, aber es reicht immer noch nicht für die Miete, geschweige denn für Miete und Nebenkosten. Ich fühle mich, als hätte jemand meinen Hund überfahren, und lasse mich auf den klapprigen Stuhl plumpsen, der dem alten vernarbten Schreibtisch gegenübersteht, um über meinen Mangel an Möglichkeiten nachzudenken.

Ich könnte zu Cody gehen, aber allein bei dem Gedanken dreht sich mir vor Übelkeit der Magen um. Es ist schon schlimm genug, dass ich ihn nicht der Polizei ausliefere.

„Hmm", sagt der Blödmann-Sohn und runzelt nachdenklich die Stirn. „Du bist doch nicht etwa schwanger von ihm, oder?"

„Was?" Das unterbricht meinen Gedankengang sofort. „Igitt, nein, eklig. John ist wie ein Vater für mich." In der Sekunde, in der ich es sage, wird mir bewusst, wie sehr es stimmt. Außerdem ist der Mann ein alter, übergewichtiger Alkoholiker.

Er reißt seine Hände hoch, als wolle er sich ergeben. „Entschuldigung. Ich musste einfach fragen. Du scheinst verärgert zu sein und sagtest, du müsstest mit John reden ...

Warte mal. Bist du *Candice*? Candice Dawson? Arbeitest du hier?"

„Ja, das bin ich."

„Oh, ich habe den Dienstplan für die nächsten zwei Wochen fertig, falls du dir darüber Gedanken gemacht hast. Aber ich warne dich, wenn du frei brauchst, um mit deinem tollen Macker zu einer blöden Party zu gehen, solltest du jemanden finden, der deine Schicht übernimmt."

Ich ignoriere die abfällige Bemerkung und sage: „Ich muss deinen Vater um einen Gefallen bitten. Weißt du, wann er zurück ist?"

„Welche Art von Gefallen?"

Ich schlucke meinen Stolz hinunter und spucke es aus: „Ich brauche einen Vorschuss. Nur einen kleinen, damit ich die Miete bezahlen kann."

„Was ist denn los, Prinzessin? Hast du dein ganzes Geld für frivole Dinge ausgegeben, die du nicht tun solltest?"

„So etwas in der Art." Ich weigere mich, diesem selbstgefälligen Trottel meine Umstände zu erklären. Er weiß bereits mehr über mich, als mir lieb ist. Allein der Gedanke an die intimen Dinge, die er mit mir gemacht hat, lässt meine Wangen heiß werden. Ich hasse ihn dafür.

Ich hasse die Art, wie er mich in diesem herablassenden Ton Prinzessin nennt, als wäre ich eine flatterhafte, verwöhnte Göre, die zu dumm ist, um auf sich selbst aufzupassen. Ich bin sicher, dass diese Situation nach außen hin so aussieht, aber verdammt, ich werde ihn nicht erleuchten. Und vor allem hasse ich ihn dafür, dass er mich an dem einzigen Ort unwohl fühlen lässt, an dem ich mich immer sicher und geborgen gefühlt habe. An dem einzigen Ort, wo ich ich selbst sein konnte.

Der selbstgefällige Idiot hat seinen Blick auf mich gerichtet wie auf einen Käfer, bei dem er nicht weiß, ob er ihn zerquetschen oder leben lassen soll. Ich starre zurück, als wäre es mir egal, aber innerlich koche ich vor Wut. Ich kann nicht glauben, wie lächerlich diese Situation ist. Natürlich ist John heute nicht hier. Natürlich ist das arrogante Arschloch von der Party sein Sohn. Natürlich. Verdammt. Warum auch nicht. Und ich muss hier sitzen und mir seinen Scheiß anhören.

Wenn ich eines mit Sicherheit weiß, dann, dass das Universum es liebt, Kackhaufen kosmischen Ausmaßes direkt auf mich abzuladen.

Plötzlich sprudelt ein Lachen aus mir heraus und ich kann es nicht unterdrücken. Es ist kein fröhliches, normales Lachen, sondern das einer verrückten Person. Es ist schrill und ein wenig hysterisch. In dem Moment, in dem es nachlässt, kann ich die Tränen, die mir übers Gesicht laufen, nicht länger zurückhalten.

Das ist großartig. Einfach großartig.

„Vergiss es", sage ich und stehe auf, um zu gehen. „Vergiss, dass ich etwas gesagt habe."

„Warte", schnauft er, als ich durch die Tür hinausgehe.

Ich bin mir nicht sicher, warum ich stehen bleibe. Ich sollte einfach weitergehen. Ich scheine mich nach Bestrafung zu sehnen, denn aus irgendeinem Grund drehe ich mich um. „Was?"

Kapitel Vier

Hank

Die Barbie-Prinzessin dreht sich um und Tränen laufen langsam über das schöne, absolut niedergeschlagene Gesicht. Heute trägt sie eine Jeans, ein T-Shirt und keine Schminke, was sie wie das durchschnittliche Mädchen von nebenan aussehen lässt. Nun ja, wenn das Durchschnittsmädchen von nebenan in die Mittelseite eines Magazins gehört. Ich kann nicht glauben, was ich gleich sagen werde, aber ich kann sie nicht so gebrochen von hier weggehen lassen. „Wie viel brauchst du?"

Meine Mutter war ein hilfloses Wrack, genau wie Candice. Ein Teil von mir hat sich immer gefragt, was passiert wäre, wenn ihr jemand ein wenig Struktur gegeben hätte. Eine helfende Hand, anstatt Almosen. Nicht, dass die Almosen umsonst gegeben worden wären. Sie musste sie sich auf die altmodische Art verdienen, auf dem Rücken und auf den Knien.

„Siebenhundert und ich kann John jede Woche ein wenig zurückzahlen."

„Du würdest es nicht John zurückzahlen. Du würdest es mir zurückzahlen."

„*Du* willst mir einen Vorschuss geben?" Sie klingt, als wäre das der absurdeste Vorschlag, den sie je gehört hat.

Ja, ich kann es auch nicht glauben.

Ich lasse den Blick über dieses unverantwortliche Mädchen vor mir schweifen und denke wieder an meine Mutter. Ich habe Bilder von meiner Mutter gesehen, als sie jünger und umwerfend schön war. Schade, dass sie keinen Funken Verstand hatte. Was hätte ich mir gewünscht, das jemand zu ihr sagt? Für sie getan hätte? John, mein Vater heiratete sie und schwängerte sofort eine andere, bevor er seine neue Braut mit mir schwängerte. Als meine Mutter von der Affäre erfuhr, packte sie unsere Sachen und zog nach Chicago. Und von da an ging alles bergab, wie man so schön sagt.

Diesem Mädchen fehlt es offensichtlich an Führung und Disziplin. Die kann ich ihr geben, aber zuerst muss ich sicherstellen, dass das Geld, das sie braucht, nicht dafür ist, um die Kaution für ihren dämlichen Freund im Gefängnis zu zahlen oder für etwas ähnlich Schwachsinniges.

„Wofür brauchst du das Geld?"

Meine kleine Barbie macht einen Schritt ins Büro und verschränkt die Arme vor der Brust. Dieses Mal ist es nicht aus Trotz, sondern eher eine Schutzhaltung. Als wollte sie sich selbst daran erinnern, sich zusammenzureißen. Da sie aufgehört hat zu weinen, tut sie vielleicht genau das.

„Miete und Nebenkosten." Sie kratzt mit einer Zehe über den Boden und weicht meinem Blick aus.

„Sieh mich an", sage ich und bereue es sofort, als sie mich mit ihren tiefblauen Augen anschaut. Ihr Feuer und ihren Zorn, die kann ich ertragen. Als sie auf meinem verdammten Schoß zum Höhepunkt kam, teilweise verwirrt, irritiert und vor Leidenschaft glühend ... verdammt, ja. Allein der Gedanke daran lässt meinen Schwanz erwachen. Aber das hier ... scheiße. Sie scheint verloren und verlassen. Bereit zum Aufgeben. Und so verdammt verletzlich.

Es gefällt mir überhaupt nicht.

Ich verspüre den Drang, sie zu schütteln und zu fragen, wo zum Teufel all ihr Kampfgeist geblieben ist. Dadurch klingt meine Stimme viel rauer, als ich es beabsichtige. „Ich werde dir das Geld geben, ohne Gegenleistung. Aber es wird Bedingungen geben. Ich stelle die Checks für die Miete und das Gas direkt an deinen Vermieter und das Gasunternehmen aus, oder wem du sonst noch Geld schuldest. So weiß ich, dass du die Kohle nicht für irgendetwas Dummes wie Klamotten oder Drogen ausgibst."

Als ich Letzteres sage, gibt sie ein humorloses Glucksen von sich, das an das hysterische Lachen von zuvor erinnert, also fahre ich schnell fort. „Keine Zigaretten mehr, keine Partys und kein Kauf von Dingen, die du nicht brauchst. Wenn du deine Rechnungen nicht bezahlen kannst, kannst du dir auch keine Partys leisten."

Sie reißt den Kopf hoch. Oh, da ist ja der Funke. Das Feuer. Wenn Blicke töten könnten, wäre ich jetzt nur noch glühende Asche.

„Fick dich", sagt sie und aus ihren Augen sprühen blaue Flammen.

Ich versuche, mir ein Lächeln zu verkneifen, aber ich weiß, dass es mir nicht gelingt, als meine kleine Prinzessin ein wütendes, knurrendes Geräusch ausstößt. Verdammt ist das heiß. Wenn ich mich an die anderen kleinen kehligen Geräusche erinnere, die sie von sich gegeben hat, als sie neulich Abend gekommen ist, steht mein Schwanz auf halbmast.

„Fluchen ist auch ein Tabu. Du bist eine Dame und ..."

„Ein Scheißdreck bin ich! Das ist eine sexistische Kacke. Glaube ja nicht, dass ich nicht bemerkt habe, dass dein Mundwerk genauso unflätig ist wie meins. Wenn ich nicht fluchen darf, darfst du es auch nicht."

Ich starre sie an, aber sie streckt nur das Kinn in die Höhe. „Gut", sage ich.

Sie zieht eine hübsche blonde Augenbraue hoch, stemmt die Hände an die Hüfte und steht mit leicht gespreizten Beinen da. Ich denke, sie würde in einem Wonder Woman-Kostüm großartig aussehen. Vielleicht auch als Supergirl. Bei ihrer Haltung kann ich mir das gut vorstellen.

Es ist verdammt ablenkend.

Mein ganzes Blut fließt schnell nach Süden. Worüber haben wir noch mal gesprochen?

„Was zum Teufel meinst du mit *gut*?"

Ach ja, stimmt ja. Ich erteile dem kleinen Mädchen eine Lektion. „Ich meine, dass ich mich an die schillernden Worte in meinem Wortschatz halten werde." Es wird das Opfer wert sein, wenn ich sie das nächste Mal über meinen Schoß lege, wenn sie mich verflucht, was wahrscheinlich in etwa zwei Sekunden der Fall sein wird, wenn man bedenkt, wie rot sie wird.

„Du arrogantes Arschgesicht. Du willst verdammt noch mal aufhören, zu fluchen, nur damit du dich über mich erheben kannst? Was hat das für einen Sinn?"

„Vorsicht. Du willst doch nicht ausrutschen und etwas Falsches sagen." Ich schenke ihr ein kackfreches Grinsen. Es lässt sich nicht vermeiden. Ich kann ihren Arsch fast unter meiner Hand spüren.

„Warum siehst du mich so an? Hör damit auf. Hör auf, so zu grinsen. Ich werde dein Geld nicht annehmen."

Als Antwort darauf glucke ich nur. „Doch, das wirst du. Du wirst mein Geld annehmen. Du wirst dich an meine Regeln halten und du wirst lernen, wie man ein verantwortungsvoller Erwachsener ist."

„Sagt wer?"

„Sage ich."

„Warum? Warum kümmert dich das?"

Dessen bin ich mir auch nicht sicher. „Ich schätze, ich fühle mich einfach wohlwollend." Aber das bin ich nicht. Nicht ganz. Ja, ich will, dass dieses Mädchen ihre Scheiße in Ordnung bringt, aber ich würde lügen, wenn ich nicht auch zugeben würde, dass ich es ein wenig genießen werde. Als ich mir vorstelle, wie ich ihr den Hintern versohle, muss ich wieder lächeln. Ich werde es sogar sehr genießen.

„Warum glaube ich dir das nicht?"

Ich zucke mit den Schultern. Ich schätze, sie ist klüger, als sie aussieht. „Weißt du, was ich sehe, wenn ich dich anschaue?"

„Oh, bitte, sag es mir", sagt sie wie eine schnippische Göre.

„Ich sehe ein Mädchen, das ein paar schlechte Entscheidungen getroffen hat, aber verzweifelt versucht, die richtigen zu treffen." Ich halte sie für ein Mädchen mit Vaterkomplex und glaube, dass ich recht habe, als sie die Arme erneut vor der Brust verschränkt. Sie neigt immer noch trotzig ihr Kinn, aber ihre Körpersprache wirkt unsicher.

„Vielleicht sind die Entscheidungen, die ich getroffen habe, die einzigen, die ich treffen konnte."

„Dann sieh mich als denjenigen an, der deine Entscheidungsmöglichkeiten erweitert. Komm, gib mir dein Handy." Ich halte meine Hand hin.

„Warum?", fragt sie mit mehr als nur ein wenig Vorbehalt.

„Ich werde meine Nummer in deine Kontakte speichern, damit du mir die Angaben deines Vermieters schicken kannst und wie viel du ihm schuldest."

Sie wirft mir einen Blick zu, als wäre ich ein fremdartiges Wesen, dem sie nicht ganz traut, zieht aber dennoch ihr Telefon aus der Tasche und reicht es mir.

Es ist ein altes kleines Klapphandy und völlig unerwartet.

Ich hätte gedacht, die Prinzessin hätte das neueste Smartphone-Modell, das ihr wahrscheinlich von einem Arschloch, das sie gevögelt hat, wie dem reizenden Cody, gekauft wurde. Als ich sie noch einmal mustere, nehme ich ihr Äußeres genau unter die Lupe. Ihre Klamotten sind nicht neu oder so auffällig wie ihr Outfit vom letzten Wochenende, aber es ist Mittwoch, das muss also nichts heißen. Außerdem sind alte T-Shirts und abgetragenen Jeans in Mode. Trotzdem komme ich nicht umhin, mich zu fragen, wo zum Teufel ihr ganzes Geld hinfließt. Vielleicht hat sie wirklich ein Drogenproblem.

Mein Vater hat Candice Dawson angepriesen, bevor er ging. Sie sei von unschätzbarem Wert, wenn es um die Bücher geht, und würde eine große Hilfe sein, während er weg ist. Ich bin erstaunt über die Dummheit meines Vaters. Dieses Mädchen kann nicht einmal ihre eigenen verdammten Finanzen verwalten und versteckt vielleicht sogar eine üble Drogensucht. Wohin sollte ihr Geld sonst fließen? Ich bezweifle, dass sie es an ein Waisenhaus schickt.

„Hier", sagt sie und wedelt ungeduldig mit dem Handy vor meiner Nase herum. Mir wird klar, dass ich das verdammte Ding gedankenverloren angestarrt habe.

Ich klappe es auf und gebe meine Nummer ein, aber jetzt habe ich fast ein schlechtes Gewissen, weil ich weiß, dass es für sie mühsam werden wird, mir eine SMS zu schicken. Sie wird jede Nummer eine Handvoll Male anklicken müssen, nur um mir eine kurze Nachricht zu schicken. Unwillkürlich denke ich daran, ihr ein moderneres Telefon zu kaufen, und möchte mich selbst in den Hintern treten.

So ein Typ werde ich nicht sein.

Dass sie sich mit SMS abmühen muss, hat sie offensichtlich nicht motiviert, klug mit ihrem Geld umzugehen. Wenn es eine Herausforderung ist, mir eine SMS zu schicken, dann muss sie es einfach als Teil der weiteren Schmerzen betrachten, die ich ihrem Hintern zufügen werde.

„Du stehst heute Abend nicht auf dem Dienstplan, also versuche, keinen Ärger zu machen", sage ich, gebe ihr das Telefon zurück und überlege, ob ich ihr eine Ausgangssperre auferlegen soll.

„Es ist Mittwoch", sagt sie, als sollte ich wissen, warum das wichtig wäre. „Mittwochs gehe ich die Bücher durch und überprüfe die Inventarliste für John."

„Ja, das hat mein alter Herr mir gesagt. Ich glaube nur nicht, dass das, alles in allem betrachtet, eine gute Idee ist. Ich kann die Zahlen und die Inventur auch selbst durchgehen."

„Nein."

„Nein?"

„Nein, es steht dir nicht zu, zu sagen, dass ich meine Arbeit nicht mehr machen kann."

„Hör mal, Prinzessin", sage ich und merke, wie sie daraufhin mit den Zähnen knirscht. „Ich bin sicher, du bist gut darin, im Büro auszuhelfen." Selbst ich kann die Lüge in meinen Worten hören. „Aber jetzt, da ich hier bin, ist es einfach nicht mehr nötig."

Oh ja. Das gefällt ihr nicht. Meine kleine Prinzessin knurrt aus tiefster Kehle und fletscht praktisch die Zähne vor mir. „Wage es ja nicht, so herablassend mit mir zu sprechen, als würdest du mich kennen. Du kannst über mich denken, was du willst, aber ich bin mehr als nur ‚gut' darin, im Büro zu helfen. Ich werde es beweisen. Aus dem Weg."

Ich unterdrücke ein Augenrollen und will gerade „Ja, klar" sagen, als sie um die Ecke des Schreibtischs kommt. Ihr beunruhigend angenehmer Duft strömt automatisch in meine Nase. Sie zerrt an meinem Schreibtischstuhl.

„Was machst du da?"

„Ich zeige dir, warum John mich die Buchhaltung machen lässt."

Jetzt, da sie meinen Stuhl zurückgeschoben hat, beugt sie sich über die Tastatur und Maus. Mir läuft das Wasser im Mund zusammen, als ihre abgetragene Jeans über ihren köstlichen Hintern spannt, der sich direkt vor mir befindet. Meine Handflächen jucken, nach ihrem Arsch zu greifen, an den ich mich nur allzu gut nackt erinnere.

„Was machst du da?", frage ich, um mich von der Tatsache abzulenken, dass mein gesamtes Blut fast einen Meter südlich von meinem Gehirn fließt.

„Hier, sieh mal", sagt sie, steht auf und zeigt auf den Computerbildschirm. Sie hat die Barabrechnung der letzten Woche aufgerufen. Es sind dieselben Zahlen, die ich gerade durchgesehen habe, bevor sie mich unterbrochen hat.

Ich zucke mit den Schultern. „Was genau soll ich mir da ansehen?"

„Dein Vater hat ein veraltetes System und du musst alle Beträge unserer Einnahmen von Hand eintippen, was ein mühsamer Prozess ist. Es gibt Kassenregister und Software, die es dem Mann leichter machen würden, aber er macht es sich gerne schwer."

„Ja, das ist eine allgemein bekannte Tatsache über den Mann."

„Kannst du irgendwelche Diskrepanzen zwischen den Papierquittungen und den Angaben im Computer feststellen?"

„Das habe ich gerade getan. Ich habe noch nichts gefunden."

„Wirklich? Und du hast die Zahlen addiert, um sicherzustellen, dass alles übereinstimmt?"

„Wie ich schon sagte, habe ich ..."

„Ich hoffe, du hast gerade erst angefangen, denn du hast

schon zwei Fehler übersehen, und ich habe nur einen Blick darauf geworfen."

Jetzt hat sie meine Aufmerksamkeit. Ich beuge mich vor und versuche, zu sehen, wovon sie redet, verdammt noch mal. Ich habe mich bereits eine Stunde lang durch die Auftragslisten und so weiter gewühlt, bevor sie hier hereinkam. Der Typ, dem ich hier in der Stadt helfe, hat mich angerufen und mir ein paar Details mitgeteilt. Es war nur eine kurzzeitige Ablenkung, aber trotzdem ... „Ich sehe nichts."

„Siehst du hier und hier. Laut den Büchern sollte die Summe zehntausendvierhundertsiebenundachtzig Dollar und siebenundzwanzig Cents sein. Das hier sind nur zehntausenddreihundertvierundneunzig und achtzehn Cents."

Das Programm des Computers hat die Addition durchgeführt, um auf zehntausenddreihundertvierundneunzig zu kommen, aber jetzt starre ich auf das aufgeschlagene Buch mit den Zahlen und versuche, herauszufinden, wie sie sie so schnell addiert hat.

„Nur zu." Mit einer überheblich hochgezogenen blonden Augenbraue reicht sie mir den Taschenrechner. „Überprüfe es selbst."

Aus irgendeinem Grund glaube ich ihr. Das hält mich aber nicht davon ab, alles zusammenzurechnen. Ich brauche dafür wesentlich länger. „Heilige Scheiße." Ich starre auf den Taschenrechner und dann wieder zu ihr auf.

Jetzt lächelt sie. Es ist halb selbstgefällig, halb Frühlingssonne. Ich verdränge diesen dümmlichen, poetischen Vergleich aus meinem Kopf und starre wie blöd auf die Zahlen, bevor ich sie wieder ansehe.

„Wie zum Teufel hast du das gemacht?" Ich kann es einfach nicht glauben. Sie hat nur einen Blick auf die Bücher geworfen. Flüchtig. „Warst du Anfang der Woche hier drin und hast alles zusammengerechnet?" So muss es gewesen sein.

Es ist unmöglich, dass sie nur einen Blick auf die Beträge wirft und weiß, wie viel sie zusammengerechnet ergeben.

„Schreib ein paar Zahlen auf", sagt sie und legt mir einen Block Papier vor die Nase.

Immer noch skeptisch, nehme ich den Stift vom Schreibtisch und schreibe eine Reihe von Zahlen auf, wobei ich eine Hand über die geschriebenen lege, um sie vor ihrem Blick zu verbergen. Da ich es ihr nicht leicht machen will, gehen viele der Zahlen in die Tausender.

Sie lehnt sich völlig ungestört lässig an den Schreibtisch. Meine Schulter streift ihre Hüfte und ich kann nicht anders, als mir vorzustellen, wie ich sie nach hinten drücke und ihre langen Beine weit spreize. Ich räuspere mich, um ihre Aufmerksamkeit auf mich zu ziehen und meine eigene zu konzentrieren. Ich muss meinen Kopf aus der Gosse ziehen und mich daran erinnern, dass dieses Mädchen Ärger bedeutet. So wie meine Mutter.

Genau. Wie. Meine. Mutter.

Ja, es funktioniert nicht. Die Verbindung zwischen meinem Gehirn und meinem Schwanz ist offensichtlich unterbrochen, denn mein Schwanz sieht keinen Zusammenhang zwischen der umwerfenden, gut duftenden Blondine vor mir und meiner Mutter. Nicht einmal im Geringsten.

„Bist du fertig?", fragt sie und mir wird bewusst, dass sie mich dabei beobachtet hat, wie ich sie wie ein Idiot anstarre.

„Ähm, ja. Hier." Immer noch ein wenig abgelenkt von dem, was mir gerade durch den Kopf ging, gebe ich ihr den Notizblock.

„Siebenhundertsechsundachtzigtausend dreihundertdreiundzwanzig", sagt sie einen Moment, nachdem ich ihr den Zettel gereicht habe.

Ich reiße ihn ihr aus den Händen und rechne alles mit dem Taschenrechner zusammen. Heilige Scheiße. „Warum arbeitest du nicht für die NASA?", frage ich fast ernsthaft. Sie ist ein verdammtes ... ähm *gewaltiges* Genie. Ich kann nicht begreifen, wie sie in der Lage ist, solche Zahlen zu addieren.

Ihr angenehm klingendes Lachen ist alles, was ich als Antwort bekomme. Sie hat die Arme vor der Brust verschränkt und drückt ihre hübschen Brüste nach oben. Ich frage mich immer noch, ob ihre Brustwarzen zartrosa oder eher dunkelrosa sind. Vielleicht auch pfirsichfarben. Sie könnten pfirsichfarben sein.

„Hier oben spielt die Musik, Kumpel."

Babyblaue Augen, wie ich sie noch nie gesehen habe, starren mich hochmütig an. Mein Gott, sie hat mich gerade dabei erwischt, wie ich ihr wie ein zwölfjähriger Junge auf die Titten glotze. Und ich habe gestarrt, als hätte ich einen Röntgenblick. Ich werfe noch einen Blick auf die Zahlen.

„Sag mal, Prinzessin", sage ich nur, um zu sehen, wie sie sich aufregt. „Wie kommt es, dass ein Mädchen, das so verdammt gut mit Zahlen umgehen kann, so schlecht mit ihrem Geld umgeht?"

„Eine Ironie des Lebens schätze ich. Gehst du mir jetzt aus dem Weg und lässt mich meine Arbeit machen?"

Ich stoße mich vom Schreibtisch ab und stehe auf. „Es liegt mir fern, dir nach dieser beeindruckenden Vorführung in die Quere zu kommen. Sorge nur dafür, dass ich nicht bedaure, dich das machen zu lassen. Ich werde alles prüfen, um sicherzugehen, dass du kein Geld abschöpfst oder so."

Sie rollt mit den Augen, als sie sich hinsetzt und mit dem Stuhl an den Schreibtisch rollt. „Du kannst gern hierbleiben und der Magie zusehen. Vielleicht lernst du ja noch ein oder zwei Dinge", sagt sie und streckt ihre Hände aus, als würde sie ihre Fingerknöchel knacken.

„Das ist schon in Ordnung. Ich lasse dich in Ruhe." Ich mache Anstalten zu gehen, bleibe aber in der Tür stehen, um ihr bei der Arbeit zuzusehen. Sie strahlt förmlich, ihre Augen huschen nach links und rechts, während sie die Zahlen überfliegt.

„Geh nicht zu weit weg. Wir müssen noch die Inventur machen", sagt sie, schaut jedoch nicht auf. Wenn sie es täte, glaube ich nicht, dass sie sich verzählen würde.

Es ist offensichtlich, dass in Candi viel mehr steckt, als ich ihr zugetraut habe. Ich mache einen Schritt zurück ins Büro und will mich gerade dafür entschuldigen, dass ich zuvor so ein Arschloch war, als es hinter mir an der Tür klopft.

„Hey, Blödmann. Ich habe mich schon gefragt, wo du steckst."

Wyatt.

„Und wen haben wir hier?" Mein Freund betritt das Büro und richtet seinen Blick auf Candi.

Die blauäugige Schönheit mustert meinen attraktiven Freund mit einem schüchternen, aber strahlenden Lächeln. Ein Lächeln, wie sie es mir noch nie geschenkt hat.

Ein Gefühl, mit dem ich mich nicht einmal ansatzweise anfreunden kann, lässt mich die Arme vor der Brust verschränken, um meinen Freund nicht zu schlagen. Stattdessen lehne ich mich an den Türpfosten und hoffe, lässig und unbeteiligt zu wirken.

Ich mache mir keine Sorgen. Warum sollte ich besorgt sein?

„Wyatt Hatlen, zu Ihren Diensten" Wyatt streckt ihr die Hand entgegen.

„Ähm, hi. Ich bin Candi." Ihre zarte Hand wird von Wyatts rauer, sonnengebräunter Hand komplett verschlungen, als sie lachend zu dem Drecksack aufschaut.

Wyatt stützt sich mit der Hüfte gegen die Ecke des Schreibtisches und grinst wie ein Volltrottel auf Candi hinunter. „Was machst du da?"

„Sie macht die Buchhaltung, also sollten wir sie besser nicht stören."

„Mmm, klug und schön."

„Oh, nein. Hank hat das meiste davon gemacht. Ich beende es nur, damit er ein paar andere Dinge erledigen kann. Ich bin nicht ..."

„Eigentlich ist sie ...", *brillant mit Zahlen*, will ich gerade sagen, aber Candi wirft mir einen irritierten „Halt die Klappe"-Blick zu.

„Und sie ist bescheiden", sagt Wyatt und lenkt Candis Aufmerksamkeit wieder auf sein Gesicht.

Ich will wissen, warum zum Teufel sie ihre Intelligenz plötzlich herunterspielt. Und ich werde es herausfinden ... später. Im Moment muss ich meinen hormongesteuerten Freund von Candi abbringen. Sie braucht seine Art von Dummheit nicht in ihrem Leben. Und das ist der einzige Grund, warum es mich kümmert, oder zumindest rede ich mir das ein.

„Was machst du hier, Wyatt?" Sollte ich mich wie ein Arschloch anhören, ist es mir egal. Es wäre nicht das erste Mal.

Wyatt wirbelt herum, als hätte er vergessen, dass ich hier stehe. „Oh, ich bin nur vorbeigekommen. Zum Teil, weil mir langweilig war, und zum Teil, um zu sehen, was du heute Abend machen willst."

„Ich weiß es nicht, Mann. Ich bin mir nicht sicher, wie lange ich hier sein werde."

„Hey", sagt er und wendet sich wieder an Candi, „hast du Lust, heute Abend mit uns auszugehen?"

„Ich, ähm, ich könnte nicht ...", sagt Candi, aber auf eine süßlich kokette Art, bei der ich am liebsten kotzen will. Oder Wyatt ins Gesicht schlagen.

„Was ist mit der Tussi von der Party am Samstagabend passiert?", frage ich Wyatt, nur um ein Arsch zu sein.

„Tatsächlich stellte sich heraus, dass sie einen Freund hat, der mir fast den Kopf abreißen wollte. Es hat sich gezeigt, dass sie mich nur benutzt hat, um ihn eifersüchtig zu machen", sagt der Idiot mit einem übermäßig erbärmlichen Hundeblick. „Und ich dachte, wir hätten eine echte Verbindung, weißt du?" Ähm, ja, ich kann mir gut vorstellen, auf welche Weise sie „verbunden" waren.

Candi hingegen neigt mitfühlend den Kopf, so wie Mädchen es tun, und schnurrt: „Oh, das tut mir so leid. War es zufällig Jackie Müller?"

„In der Tat", sagt Wyatt, der in diesem Moment genauso südstaatlerisch klingt wie Candi. „Woher wusstest du das?"

„Sie macht solche Sachen", sagt Candi achselzuckend. „Tatsächlich ist sie in der Stadt sogar verrufen dafür. Und ihr Freund Chase ist wirklich ein Schläger. Außerdem habe ich sie bei der Party gesehen."

„Du warst bei der Party? Ich würde mich erinnern, dich gesehen zu haben", sagt Wyatt. Ich verzichte darauf, ihn darauf hinzuweisen, dass er Candi nicht gesehen hat, weil sein Gesicht in Jackie Millers Titten vergraben war.

„Oh, ich war nicht lange da", sagt sie und wirft mir einen Seitenblick zu. Ich grinse, als sie errötet. „Wir kamen spät an, dann habe ich mich von meinem Freund getrennt und bin kurz darauf gegangen."

„Du armes Ding", sagt Wyatt und legt seine Hand auf ihre.

„Es ist schon in Ordnung, wirklich. Es war an der Zeit."

„Trotzdem. Das kann hart sein." Wyatt behält seinen traurigen, mitfühlenden Gesichtsausdruck noch eine Sekunde länger bei, bevor er aufheitert und fragt: „Also, Abendessen. Bist du dabei?"

„Ich wünschte, ich könnte, wirklich ..."

„Das ist ein Ja. Du weißt, dass du Ja sagen willst."

„Ich, ähm, es wäre ein Ja, aber ..." Sie schaut zu mir auf und ich glaube, dass sie sich aufrichtig unbehaglich fühlt. „Ich muss für meinen kleinen Bruder zu Hause sein."

Oh, das hätte ich nicht erwartet. Es scheint, als würde ich heute Nachmittag alle möglichen Dinge über meine Barbie-Prinzessin erfahren.

„Warum bringe ich nicht etwas zum Grillen mit. Ich mache tolle Hamburger und Kinder lieben Burger."

„Das ist so süß von dir."

Ich rolle mit den Augen. Nur Wyatt kann sich selbst bei jemandem zu Hause einladen, und derjenige findet das auch noch nett.

„Aber du solltest wissen, dass mein Bruder nicht wirklich ein Kind ist", sagt Candi. „Als ich sagte, dass ich mich um ihn kümmern muss, meinte ich, dass er einen Unfall hatte."

„Noch ein Grund mehr, zum Grillen vorbeizukommen. Wie lange liegt der arme Kerl denn schon flach?"

„Ähm." Sie schaut wieder nervös zu mir auf und ich frage mich, was es damit auf sich hat. „Es ist Samstagabend passiert ... ein Autounfall."

„Es tut mir leid, das zu hören", sagt Wyatt.

„Danke. Er wird schon wieder", sagt sie und winkt ab.

„Also ist es abgemacht?"

„Ähm, ich denke schon. Kommt Hank auch?" Sie runzelt besorgt die Stirn, während sie nervös eine lose Haarsträhne über ihren Finger zwirbelt.

„Ich bin sicher, Hank hat zu viel zu tun ..."

„Ich komme mit", sage ich und unterbreche Wyatt.

Sie schauen beide zu mir auf. Wyatt mit einem Mann-sei-bloß-kein-Schwanzblocker-Ausdruck und Candi ... nun, sie wirkt ein wenig enttäuscht und genervt.

Ist das nicht einfach zu schade? Ich will auch nicht mehr Zeit mit der kleinen, armen Prinzessin verbringen, als ich muss, aber ich werde Wyatt nicht allein mit ihr lassen. Also zucke ich mit den Schultern, als hätte ich mich nicht gerade in ihren gemeinsamen Abend eingemischt. „Ein Mann muss essen."

Candis Blick huscht zu mir und dann zu Wyatt. Nervös spielt sie mit dem Stift auf dem Schreibtisch herum. „Ich warne euch, mein Haus ist wirklich ... ähm, ich habe selten jemanden zu Besuch, eigentlich nie."

„Du solltest unsere Wohnung sehen. Sie ist fast immer ein Schweinestall. Es sei denn, ein hübsches Mädchen kommt vorbei", sagt der Depp mit einem Augenzwinkern. „Kein Problem für uns."

Candi kichert. „Für dich vielleicht nicht ..."

„Was soll das denn heißen? Hank, warst du wieder so kratzbürstig wie immer? Ich verspreche, Hank wird sich heute Abend von seiner besten Seite zeigen", sagt Wyatt und mir ist danach, ihm den Mittelfinger zu zeigen.

„Nun, dann sehe ich euch beide später", sagt sie. „Ich sollte um halb sechs hier fertig sein, aber gebt mir etwas Zeit, um nach Hause zu kommen, bevor ihr vorbeikommt. So zwischen sechs und halb sieben? Ich schreibe euch meine Adresse auf."

„Perfekt." Wyatt zwinkert Candi zu, bevor er sich mit einem süffisanten Grinsen zu mir umdreht. Er steckt den gefalteten Zettel mit Candis Adresse in seine Hosentasche, klopft mir auf die Schulter und macht sich schließlich auf den Weg hinaus.

Ich widerstehe dem Drang, meine Faust in sein Gesicht zu schlagen.

„Hey Mann, ich gehe alles besorgen und komme dann zurück, um dich abzuholen."

„Großartig", sage ich und nicke, als wollte ich nicht irrationalerweise irgendetwas zerschlagen. Ich werde den Abend damit verbringen, den Anstandswauwau für die beiden zu spielen. „Einfach großartig."

Kapitel Fünf

Candi

Nachdem Wyatt gegangen ist, kann ich spüren, wie sich Hanks Blick in meinen Kopf brennt. Wenn der Todesblick auf seinem Gesicht während der ganzen Zeit, in der sein hinreißender Freund hier war, ein Hinweis ist, dann will ich nicht hören, was er zu sagen hat. Und ich habe das Gefühl, dass er mir unbedingt sagen will, was ich nicht hören will. Also ignoriere ich ihn einfach und mache mich wieder an die Arbeit, als wäre er gar nicht da.

„Glaubst du wirklich, dass jetzt der beste Zeitpunkt für eine Verabredung ist?"

Nun, das hat ja nicht lange gedauert. Ich werfe einen Blick auf die Uhr am unteren Rand des Bildschirms. Mr. Blödmann hat ganze zwei Minuten gewartet.

„Ich bin einundzwanzig, Single und bereit, mich zu amüsieren. Manche Leute würden sagen, dass dies der beste Zeitpunkt ist. Und ich verabrede mich ja nicht mit deinem Freund, obwohl er nett zu sein scheint, ... außerdem hat er Grübchen." Ich hatte schon immer eine Schwäche für Männer mit Grübchen. Er ist in der Tat süß und charmant und viel sympathischer als der gute alte Hank.

„Ernsthaft?"

„Ernsthaft."

„Wyatt ist nicht *nett*. Er ist eine wandelnde Erektion, auf die du scheinbar nur zu gern springen würdest." Ich schnappe empört nach Luft, aber der Arsch ignoriert mich und spricht einfach weiter. „Und was soll dieser Schei-*Kram*, dass du herunterspielst, wie klug du bist?"

„Vielleicht mag ich es, ein wenig geheimnisvoll zu sein. Und zu deiner Information, ich will auf gar nichts springen. Was zum Teufel ist dein Problem? Wenn du so ein Problem mit mir hast, warum kommst du dann heute Abend vorbei?"

„Ich habe kein Problem mit dir. Ich habe ein Problem damit, dass du eine Menge Probleme hast und denkst, es sei kein Problem, dich mit einem notgeilen Idioten zu verabreden, während du noch dabei bist, deinen Schei-*Kram* auf die Reihe zu kriegen."

„Oh, pass bloß auf. Du willst doch nicht eine deiner eigenen Regeln brechen."

Ich bin überhaupt nicht überrascht, als er mich deswegen anknurrt. Aber ich bin schockiert, dass meine Brustwarzen kribbeln. Sein wildes Knurren scheint das Kribbeln direkt in meine privaten Teile zu schießen. Das ist beunruhigend. Ich presse die Knie fest zusammen. Ich weigere mich, dieses Kribbeln anzuerkennen.

Ich *weigere* mich.

Der Feuerdämon namens Hank macht mich wirklich überhaupt *nicht* an.

„Apropos Regeln, Prinzessin, ich glaube, ich füge der Liste noch etwas hinzu. Keine Verabredungen."

„Das ergibt keinen Sinn. Diese Regel ist dumm. Ich werde mich nicht daran halten."

„Sie ergibt absolut Sinn. Und du wirst dich an meine Regeln halten, wenn du weißt, was gut für dich ist."

Du und welche Armee wollen mich dazu zwingen?, sage ich leise zu mir selbst und schaue den Blödmann finster an. „Wie auch immer. Warum gehst du nicht einfach und lässt mich weiterarbeiten?"

Als sich Hanks hochaufragende Gestalt über den Schreibtisch beugt, kämpfe ich gegen den Drang an, mich auf dem Sitz kleinzumachen. Warum verschwindet dieses schwerfällige Biest nicht einfach? Seine Wangen sind so rot wie sein Bart und aus seinen Augen sprühen Funken. Er sieht aus, als würde er gleich Feuer speien. Die Muskeln in seinen Unterarmen spannen sich an, als würde er sich zurückhalten, mich zu packen, während er sich auf dem Schreibtisch abstützt. Verdammt, wenn mir nicht auffällt, wie er auf jede Art sexy wütend ist.

„Pass bloß auf, kleines Mädchen." Das tiefe Grollen in seiner Stimme klingt höhnisch. „Du willst doch nicht wieder über Daddys Knie gelegt werden, oder?"

Ich kann nichts anderes tun als meine Empörung herauszuschnaufen. Mein Mund öffnet und schließt sich wie der eines Fisches. Meine Gedanken sind leer und mein Höschen wird bei der Erinnerung an das letzte Mal, als ich über seinem Schoß lag, ganz nass. Ich merke, wie mein Gesicht komplett rot wird.

Nein, ich möchte nicht über Daddys irgendetwas gelegt werden, aber warum macht mich allein der Gedanke so an ... nein! Nein, nein, nein!

Er lächelt mich abschätzend an und sagt: „Hmm, vielleicht doch. Du überraschst mich immer wieder aufs Neue, Prinzessin." Glucksend dreht sich das Arschloch schließlich um und verlässt das Büro. Ich versuche, angesichts der Wahrheit in seinen Worten nicht zusammenzuzucken.

Mit zitternder Hand öffne ich die linke Schublade des Schreibtisches und ziehe die Zigarettenschachtel heraus, die John dort aufbewahrt. Ich brauche drei Anläufe mit dem Feuerzeug, bis ich meine Zigarette endlich angezündet habe. Ich nehme einen langen Zug und lasse den satten Rauch in meine Lunge strömen. Als ich ausatme, fällt ein Teil der Anspannung von mir ab.

Ich weiß, dass ich gegen eine von Mr. Blödmanns Grundregeln verstoße, aber das ist mir scheißegal. Mein Körper, meine Regeln. Ich bin fertig mit dem Arsch. Ich kann sein Geld auf gar keinen Fall annehmen. Es wäre wie ein Leben unter der Herrschaft des Terrors. Ich drücke meine Wirbelsäule durch und denke mir, dass ich mir einfach etwas anderes einfallen lassen muss. Ich werde nicht zulassen, dass er mich beherrscht, und werde es ihm auch sagen, sobald ich ihn sehe.

Nach einer halben Zigarette fühle ich mich bereits ruhiger, als das Objekt meiner Überlegungen zurück ins Büro schlendert. Er bleibt sofort stehen, als er mich sieht. Sein finsterer Gesichtsausdruck, als er die Zigarette in meiner Hand entdeckt, ist meine einzige Warnung.

„Rauchst du etwa?" Seine bernsteinfarbenen Augen funkeln wie Feuer und Schwefel, als er den Schreibtisch umrundet und mich anvisiert. Es liegt mir auf der Zunge, frech „Sieht so aus" zu sagen, als er mir die Zigarette aus der Hand reißt. Bevor ich reagieren kann, drückt er sie in den Aschenbecher und reißt mich mit Leichtigkeit von meinem Stuhl hoch. Er presst mich auf die breite Oberfläche des alten Schreibtisches.

Vielleicht ist es das unangenehme Gefühl von kaltem Holz und Akten unter mir. Mein geliebtes Gehirn schaltet sich endlich wieder ein und ich trete genau in dem Moment nach hinten, als seine breite Handfläche mit voller Wucht auf meinem Hintern landet.

„Aaau! Was zum Teufel machst du da?", kreische ich und versuche, nach der Hand zu greifen, die die Mitte meines Rückens effektiv nach unten drückt.

„Man nennt es Arschversohlen, Prinzessin. Das passiert, wenn du meine Regeln brichst", sagt er und schlägt *klatsch, klatsch, klatsch* auf meinen Hintern.

„Wage es ja nicht!"

„Ich wage es immer." Diese Aussage wird von drei weiteren kräftigen, bösartigen Schlägen auf mein Hinterteil unterstrichen.

„Du hast kein Recht dazu. Auu, verdammt, das tut weh!" Bei dem Versuch, mich aus seinem Griff zu befreien, bekomme ich einen so harten Schlag auf den Hintern, dass ich mich auf die Zehenspitzen erhebe. *Scheiße*, fluche ich und knirsche mit den Zähnen, als er erneut zuschlägt.

„Wir hatten eine Abmachung, oder hast du das vergessen?"

„Ich nehme dein Geld nicht an!"

„Ein wenig zu spät. Wir." *Klatsch.* „Haben." *Klatsch.* „Darauf." *Klatsch.* „Eingeschlagen." *Klatsch.*

„Au! Ich nehme den Handschlag zurück. Ich nehme den Handschlag zurück!"

„Es tut mir leid, Prinzessin, das kannst du nicht", sagt das Arschloch mit einem Lachen.

„Amüsierst du dich?" Ich bin empört, als ich ihn wieder ansehe. Ein riesig breites Grinsen ziert sein verdammtes Gesicht. Währenddessen pulsiert mein armer Arsch. Ich will nach hinten greifen und mir den Hintern reiben, aber der Kerl hält meine Handgelenke hinter meinem Rücken fest.

„Weißt du was, ich glaube, das tue ich." Der grinsende Drecksack zieht mich in eine stehende Position und packt dann schnell wieder meine Handgelenke, als ich versuche, ihn zu schlagen. „Das war nur eine Warnung. Nächstes Mal kriegst du es richtig zu spüren, junge Dame."

„Richtig?", stottere ich. Das hat sich für mich schon ziemlich ‚richtig' angefühlt.

Ich kann es kaum glauben, als er mir einen Kuss auf die Mitte meiner Stirn drückt und mich dabei mit seinem Bart kratzt. Dann setzt er mich wieder hin. Ich bin eingesperrt, so wie er die Hände auf die Armlehnen meines Stuhls drückt.

„Und jetzt", sagt er, „sei ein braves Mädchen und mach deine Arbeit. Keine Raucherpausen mehr." Damit zwickt er mich in die Nase, bevor er sich die Zigaretten und das Feuerzeug von der Ecke des Schreibtisches schnappt und mit einem breiten Grinsen den Raum verlässt.

Was zum Teufel ist eigentlich gerade passiert?

Mein Arsch kribbelt und pulsiert auf eine Weise, die mir eine sich ausbreitende Hitze bewusst macht. Ich wurde gerade niedergedrückt und versohlt und es hat mich verdammt noch mal erregt. *Schon wieder.* Und was noch schlimmer ist, ich bin mir ziemlich sicher, dass Mr. Blödmann es auch weiß.

Oh Gott, warum finde ich das heiß?

Ich fühle mich zu dem Mann hingezogen.

Auf eine Eier-purzeln-aus-meinen-Eierstöcken-wie-Fallschirmjäger-am-Tag-der-Befreiung-vom-Himmel Art und Weise. Ich lasse meinen Kopf sinken und schlage damit gegen den Schreibtisch, dann noch zweimal. Verdammt, ich habe einen schrecklichen Männergeschmack.

Ich sollte mit seinem guten alten Kumpel Wyatt ausgehen, nur um Hank zu ärgern. Und warum auch nicht? Es ist ja nicht so, dass der große Ochse an mir interessiert wäre. Er hat ziemlich deutlich gemacht, dass er denkt, dass ich ein Haufen Scheiße bin. Nicht, dass es mich interessiert. Er kann mich so sehr hassen, wie er will. Was ist schon dabei, wenn er der erste Mann ist, der mich nicht leiden kann? Ich kann ihn auch nicht leiden.

Meine Muschi mag ihn und meine Muschi ist dumm. Einst mochte sie auch Cody.

Meine Muschi weiß gar nichts, ist der letzte Gedanke, den ich mir zu diesem Thema erlaube, bevor ich mich wieder in die Zahlen vertiefe. Zahlen sind gut. Sie ergeben einen Sinn und versohlen einem nicht spontan den Hintern. Und heute Abend, wenn die Jungs vorbeikommen, werde ich flirten und über alles lachen, was Wyatt sagt. Denn er hat Grübchen und ich wette, er würde mir nicht den Hintern versohlen.

Ich werde mit ihm ausgehen. Ich werde mit Hanks bestem Freund zusammenkommen. Ich hebe beide Mittelfinger in Richtung Tür und strecke in einem Akt unreifer Rebellion auch noch die Zunge heraus.

Leck mich am Arsch, Hank Buchannan.

Als ich in den Rückspiegel schaue, muss ich zweimal hinsehen. Ich war so sehr damit beschäftigt, nicht daran zu denken, mir von Hank den Hintern versohlen zu lassen, um mich darauf zu konzentrieren, wie zum Teufel ich einen ganzen Abend mit ihm in meinem Haus überstehen soll, dass ich den großen, vornehmen, schwarzen Geländewagen, der hinter mir herfährt, nicht sofort bemerke.

Ich wohne nicht gerade in einer dicht besiedelten Gegend und die Leute hier fahren veraltete Pontiacs und Fords. Keine Escalades.

Ich weiß nicht, wie lange sie mir schon folgen, aber als ich in meine Einfahrt biege, sind sie direkt hinter mir. Ich atme tief durch und versuche, meine aufsteigende Unruhe in den Griff zu bekommen. Es gibt keinen Grund, voreilige Schlüsse zu ziehen. Vielleicht haben sie sich ja verfahren. Ja, weil Escalades nicht mit GPS ausgestattet sind. Ich habe das ungute Gefühl, dass eine neue Dimension der Hölle auf mein Leben zusteuert.

Ich bleibe in meinem Jeep sitzen und beobachte im Rückspiegel, wie ein stämmiger Mann mit Cowboyhut aus der Fahrertür aussteigt. Auf der Beifahrerseite klettert ein großer, pummliger Mann mit schütterem Haar heraus, der eine höchst unglückliche Kombination aus Röhrenjeans und knöchelhohen Turnschuhen trägt.

Mit durchgedrücktem Rückgrat schwinge ich meine Tür auf und springe heraus. Ich kann ihnen genauso gut direkt gegenübertreten. Außerdem muss ich sie aufhalten, bevor sie das Haus und meinen kleinen Bruder erreichen.

„Kann ich Ihnen helfen?" Um meine Nervosität in Schach zu halten, umklammere ich meine Schlüssel so fest, dass ich spüre, wie das Metall in meine Haut schneidet. Ich versuche, meinen Griff ein wenig zu lockern.

„Und wie du mir helfen kannst, hübsches Mädchen", sagt der muskelbepackte Latino-Cowboy und mustert mich von unten nach oben, wobei er an meinen Brüsten hängen bleibt und dann nicht viel höher schaut.

Unbehaglich trete ich einen Schritt zurück und hebe entrüstet das Kinn, als er über meine aufschlussreiche Bewegung lacht. „Wir suchen nach Dylan Dawson. Weißt du, wo wir in finden können?"

„Nicht hier", sage ich und hoffe inständig, dass Dylan nicht gerade jetzt aus dem Haus geplatzt kommt. „Was wollt ihr von ihm?"

„Er schuldet ... einem Freund von uns etwas Geld."

„Das haben wir bezahlt", schnaufe ich empört, bevor ich mich zurückhalten kann.

„Ihr habt einen Scheiß bezahlt, sonst wären wir nicht hier", donnert der übergroße Backstreet Boy.

„Doch, das habe ich."

„Der Boss hat kein Geld bekommen. Wen hast du bezahlt?"

„Ich habe mir keine Namen gemerkt."

„Wie sah derjenige aus?" Diese logische Frage kommt von Cowboy Casanova, der mich immer noch angrinst. Verdammt noch mal. Ich hätte trotz Codys Protest mit hineingehen sollen. „Es war ein Apartmentkomplex in Dixton. Ich habe meinem Freund das Geld gegeben und ihn hineingehen lassen."

„Ich sage es dir nur ungern, hübsches Mädchen, aber dein Freund hat den Falschen bezahlt."

„Nein, das ist nicht möglich." Aber ich weiß, wenn es um Cody geht, ist es nicht nur möglich, sondern auch wahrscheinlich. Ein mulmiges Gefühl macht sich in meinem Magen breit.

Der Mitternachtscowboy zieht eine Augenbraue hoch, während der pummlige Backstreet Boy gluckst.

„Hier", sagt er und reicht mir eine schwarze Visitenkarte mit goldener Schrift für den *Sugar Daddy's Gentleman Club*, einen Stripklub zwischen Gibson und Dixton.

„Was ist das?"

„Komm und sprich heute Abend mit dem Boss. Ich wette, er wird mehr als gewillt sein, eine Lösung zu finden." Seinem Tonfall entnehme ich, dass er genau weiß, wie ich die Schulden meines Bruders begleichen kann.

Ich schaue die Straße hinunter, die zu meiner Auffahrt führt. Hank und Wyatt werden jeden Moment hier sein.

„Ich kann nicht. Nicht heute Abend." Ich warte mehr als nur ein wenig ungeduldig darauf, dass sie verschwinden, aber ich hoffe, man sieht es mir nicht an. „Morgen, morgen früh gleich als Erstes. Ich werde da sein."

„Der Boss ist wirklich kein Frühaufsteher. Du wirst heute Abend vor Mitternacht erscheinen oder wir kommen zurück." Der Latino-Cowboy zwinkert mir herablassend zu, bevor er und der aufgeblasene Backstreet Boy zu ihrem Escalade zurückgehen.

Ich schaue ihnen nach, als sie gehen, und spüre ein falsches Gefühl der Erleichterung, auch wenn sich mein Magen zusammenzieht. Uns wurde ein sehr vorübergehender Aufschub gewährt. Aber heute Abend wird jemand die Zeche zahlen müssen, und ich weiß, dass ich es sein werde. Ich bin es immer. Eine Last liegt schwer auf meinen Schultern, als ich mich zum Haus hinaufschleppe.

„Was wollten diese Typen?" Dylan wartet besorgt hinter der Tür auf mich. Es ist offensichtlich, dass er aus dem Fenster gespäht hat und mich mit den Schlägertypen reden sah. Aber er hat keine Anstalten gemacht, nach draußen zu kommen. Als ich sehe, dass er immer noch mit blauen Flecken übersät ist, die sich grün und braun verfärbt haben, kann ich nur dankbar sein, dass er nicht herausgekommen ist und alles noch schlimmer gemacht hat.

„Geld. Cody hat uns reingelegt. Derjenige, den er bezahlt hat, war nicht derjenige, dem du Geld schuldest."

Jegliche Farbe schwindet aus Dylans Gesicht, sodass sich die blauen Flecken auf seiner blassen Haut unschön abheben. Ein Teil von mir möchte ihn vor der Wahrheit schützen, aber er ist derjenige, der uns diesen Schlamassel eingebrockt hat. Leider liegt es nur noch an mir, uns da herauszuholen. Dylan kann nichts mehr tun, um zu helfen.

„Was sollen wir denn machen?"

„Wir putzen erst einmal das Haus. Ein paar Jungs von der Arbeit kommen vorbei."

„Candi, du weißt, was ich meine. Diese Typen ..."

„Können bis später warten. Mach dir keine Sorgen, Dylan. Ich werde mich darum kümmern."

Schmerz blitzt auf Dylans Gesicht auf und lässt ihn so jung und gebrochen erscheinen. „Wir sind keine Kinder mehr. Du musst dich nicht mehr selbst um alles kümmern. Ich kann das in Ordnung bringen."

Aber das glaube ich nicht und er tut es auch nicht. Diese Sache ist ihm über den Kopf gewachsen, und wir wissen es beide. „Und dich umbringen lassen? Ich werde mich darum kümmern und alles wird wieder gut."

„Großartig", schnauzt er mit sarkastischem Biss, während er weggeht. „Ich liebe es einfach, dass immer irgendwie alles wieder gut wird."

Ich knirsche mit den Zähnen und kämpfe gegen den Drang an, dem undankbaren Arschloch etwas Schweres an den Kopf zu schleudern. Vielleicht war nie alles gut, aber wenigstens habe ich nicht beschlossen, der beschissenste Drogendealer der Welt zu werden.

„Weißt du, irgendwann wirst du dir von mir helfen lassen müssen", sagt er und dreht sich um.

„Dann wirst du irgendwann lernen müssen, wie man hilft." Bereits in dem Moment, als ich die Worte ausspreche, werde ich von unbändigen Gewissensbissen übermannt. Dylan verzieht die Lippen zu einer geraden Linie aus Schmerz und Frustration. „Es tut mir leid, Dyl, ich habe es nicht so gemeint."

„Doch, das hast du", sagt er und macht sich davon. Er knallt nicht einmal seine Zimmertür zu. Sie wird am Ende des Flurs leise geschlossen und die Stille, die daraufhin folgt, ist ohrenbetäubend.

Kapitel Sechs

Hank

"Du hast erschreckend gute Laune. Hast du dir endlich die tote Wanze aus dem Arsch gezogen?", fragt Wyatt mit einem überheblichen Lächeln auf dem Gesicht.

Wir sind auf dem Weg zu Candice' Haus und ich muss zugeben, dass ich tatsächlich gut gelaunt bin. Candice den Hintern zu versohlen, hat meine Laune stark verbessert. Allein die Aussicht, Candi noch einmal zu versohlen, lässt mich wie ein Verrückter grinsen. Der Nachmittag verging wie im Flug und die Vorfreude darauf, sie zu sehen, ist gar nicht so schlecht.

"Ich bin auch ziemlich glücklich", sagt er. "Candi ist heiß."

Das dämpft meine Freude ein wenig. "Ja, Mann, darüber wollte ich mit dir reden. Candice ist im Moment in einer unangenehmen Situation. Ich glaube nicht, dass es ein guter Zeitpunkt für sie ist, mit jemandem zusammen zu sein."

"Dude, wann ist es jemals ein schlechter Zeitpunkt für eine heiße Braut, mit jemandem zusammen zu sein?"

"Hast du mich gerade *Dude* genannt?"

„Es war notwendig. Du benimmst dich wie ein lächerlicher
großer Bruder. Stehst du auf sie, oder was?"

Ich schließe meine Hände zu einem Würgegriff um das
Lenkrad, als ich unverbindlich mit den Schultern zucke. „Sie
ist nicht wirklich mein Typ. Ich passe nur auf sie auf."

„Ha! Jetzt weiß ich, dass du nur scheiße erzählst. Du müsstest tot oder schwanzlos sein, wenn das Mädchen nicht dein
Typ wäre. Aber wenn du schüchtern spielen willst, ist das
okay. Das engt die Auswahl auf Numero Uno ein."

„Ich versuche, mich zu erinnern ... warum habe ich dich
gleich noch mal mit nach Texas genommen?"

„Damit du in der Nähe wahrer Größe sein kannst."

„Ja, nein. Das ist definitiv nicht der Grund." In Wahrheit
ist Wyatt wie ein Bruder für mich. Es ist nicht allein seine
Schuld, dass ich ihm jetzt die Fresse polieren will. Ich hatte
Bedenken, wieder nach Gibson zu kommen, und wollte, dass
mir jemand Vertrautes den Rücken stärkt, falls die Sache
schiefgeht. Ich bezweifle, dass etwas schiefgeht. Slater ließ es so
klingen, als wären die Dinge so gut wie erledigt.

Seit meine Militärzeit eher abrupt endete, habe ich
Aufträge für die Regierung erledigt. Meinen ersten Auftrag
hatte ich vor Jahren mit Slater. In den letzten Jahren hat er
verdeckt für die DEA gearbeitet. Jetzt gibt er sich als Besitzer
des *The Painted Hussy* aus, einem Stripklub einen Landkreis
weiter. Er arbeitet daran, einen Mann namens Maxwell
Huntington zur Strecke zu bringen. Das ist ein Drogen-
schmuggler, der ein Nebengeschäft im Menschenhandel
betreibt, und zufällig auch ein Stripklubbesitzer ist.

Slaters Ersatzmann, Phillipe Martinez, der den *Club
Muchachas* betreibt, hat sich in eine Tänzerin seines Klubs
verguckt. Sie wird jeden Moment sein Kind zur Welt bringen
und Slater braucht jemanden, auf den er sich verlassen kann.
Das ist der Grund, warum ich hier bin. Außerdem habe ich

einen legitimen Grund, in Texas zu sein. Ich bin kein einge-
schleuster Agent, der unter Verdacht geraten könnte. Ich bin
nur ein Typ, der nach Hause gekommen ist, um in der Bar
seines Vaters zu arbeiten und der seinen besten Kumpel mitgebracht hat.

Einen besten Kumpel, der seinen Schwanz besser in seiner
Hose behält.

Ich biege in Candice' Einfahrt, parke hinter ihrem Renegade und stelle den Motor ab. Das Haus ist unscheinbar und
wirkt verfallen. Das durchhängende Dach ist ein Flickentep-
pich aus Stellen, an denen es offensichtlich einmal undicht
war, und wo jedes Mal nur ein paar Schindeln ersetzt wurden.
Die hölzerne Verkleidung ist so abgenutzt, dass sie an einigen
Stellen bröckelt.

Bevor Wyatt aus dem 4Runner steigt, halte ich ihn mit
einer Hand auf dem Arm auf. „Ich meine es ernst, Mann. Sie
ist ...“

„Ein großes Mädchen, das auf sich selbst aufpassen kann.
Es sei denn, du bist derjenige, der sie haben will.“

Fuck. Einen wilden Moment lang denke ich darüber nach,
sie für mich zu beanspruchen, nur um Wyatt von ihr fernzuhal-
ten. Stattdessen beiße ich die Zähne zusammen und schweige.

„Mach, was du willst, Mann“, sagt Wyatt, steigt aus und
schnappt sich die Einkaufstüte vom Rücksitz. Ich frage mich,
warum zum Teufel ich nicht einfach Anspruch auf Candi
erhebe. Ich habe sie doch zuerst gesehen. Wenn ich mich daran
erinnere, wie viel ich von ihr gesehen habe, bekomme ich einen
Halbständer und muss meine Gedanken in andere Richtungen
lenken.

Als Candi uns an der Tür begrüßt, fällt mir auf, dass ihr
Lächeln irgendwie gezwungen wirkt. Und als wir eintreten,
kann ich mich des Eindrucks nicht erwehren, dass sie nicht
übertrieben hat. Ihr Haus ist nichts Besonderes. Die Möbel

sind alt und abgenutzt, der Teppich ist fleckig und an manchen Stellen abgetreten. Das Haus hat einen muffigen Geruch, den keine noch so gute Reinigung beseitigen kann.

„Hey Dyl, komm raus und lerne meine Freunde kennen."

Ein gedrungener, junger Mann mit dunklem Haarschopf, aber Augen wie Candice, kommt zu uns in die Küche, als wir die Einkäufe auspacken. Es ist offensichtlich, dass der Junge übel zugerichtet wurde.

Candice stellt uns vor und Wyatt streckt seine Hand aus. Er spielt den Diplomaten, wie immer.

„Hey Mann. Ich will mir den anderen gar nicht vorstellen", sagt Wyatt in Anspielung auf die vielen Blutergüsse des Jungen.

„Ja, ein Footballunfall."

Wyatt und ich tauschen einen kurzen Blick aus. Vorhin hat Candice uns erzählt, der Junge hätte einen Autounfall gehabt, und die Diskrepanz ist keinem von uns entgangen.

„Muss ein heftiges Spiel gewesen sein."

„Habt ihr Holzkohle mitgebracht?", fragt Candice übermäßig fröhlich von der Glasschiebetür zum hinteren Garten. „Ich glaube, wir haben keine mehr."

„Keine Sorge. Ich bin vorbereitet. Lehne dich einfach zurück und trinke ein Bier. Ich kümmere mich um den Grill", sagt Wyatt, der Candice wie ein eifriges Hündchen hinterherläuft. Die Holzkohle hält er in der Hand.

Wyatt und ich waren zusammen bei der Marine. Nachdem wir gedient hatten, wurden wir beide ungefähr zur gleichen Zeit entlassen. In den ersten beiden Jahren, in denen ich nicht länger beim Militär war, nahm ich Regierungsaufträge und Söldnerdienste an, sogenannte „Sicherheitsaufträge". Dann arbeiteten Wyatt und ich für das Holzfällerunternehmen seines Vaters im Norden des Staates Washington. Ich war nur ein Jahr als Holzfäller tätig, bevor ich einen anderen Auftrag annahm, der mich nach Südamerika führte. Für länger, als ich jemals dortbleiben wollen.

Seit unserer Militärzeit haben Wyatt und ich uns eine Wohnung geteilt. Wir haben fast ein Jahrzehnt lang den Wingman des anderen gespielt und uns bei betrunkenen Gelegenheiten sogar ein paar Mädels geteilt. Ich bin der große, forsche, rothaarige Teufel, den die Frauen lieben, und Wyatt sieht aus, als sollte er mit seiner dunklen Yachtclubfrisur, die vorn ein wenig flippig ist, und seinem Grübchen-Lächeln, das man aus der Zahnpastawerbung kennt, für Polo Shirts modeln. Wir sind ein tolles Team.

Ich habe noch nie das Bedürfnis oder den Wunsch verspürt, Wyatt bei seinem Muschivergnügen im Weg zu stehen. Im Moment sollte ich mir jedoch eine Hockeyausrüstung anlegen. Ich werde heute Abend mehr Schwänze abblocken als die stereotypischen, zickigen, besten Freundinnen, mit denen Mädels unweigerlich in Bars auftauchen.

Aber zuerst werde ich herausfinden, was zum Teufel Candice verheimlicht. Und ich weiß, dass sie etwas verbirgt. Ich würde Geld darauf wetten, dass es damit zu tun hat, dass Dylan so aussieht, als wäre er eine Treppe voller Widerhaken hinuntergestoßen worden.

Ich ziehe eine Flasche Bier aus dem Kasten, den wir mitgebracht haben, und reiche sie Candice' Bruder. Es gibt nichts Besseres als ein wenig soziales Schmiermittel, um eine Person zum Plaudern zu bringen. Lockere Lippen versenken Schiffe und Candice' Schiff ist kurz davor, unterzugehen.

Wyatt ist ein Genie und ein Arschloch. Er hat Erdbeeren, Schokoladensoße und Schlagsahne zum Nachtisch mitgebracht. Candice zuzusehen, wie sie mit geschlossenen Augen in eine Erdbeere beißt, ist das Sexuellste, was ich je voll bekleidet gemacht habe. Schokolade und Schlagsahne verschmieren sich auf ihren Lippen und tropfen auf ihr Kinn. Sie kichert und wischt es mit ihrem Finger ab, den sie dann sauber leckt. Die Aktion schießt direkt in meine Leistengegend und ich muss mir ein Stöhnen verkneifen.

Großer Gott. Ich will, dass sie mir mit ihren Schokolade-Schlagsahne-Lippen den Schwanz lutscht.

Meine Hose wird schmerzhaft eng und es entgeht mir nicht, dass Wyatt ihr auf den Mund starrt wie ein verhungernder Mann auf ein perfekt gegrilltes Steak.

Was mich noch mehr ankotzt, ist die Tatsache, wie sehr Candice mit dem Trottel flirtet. Sie klingt wie eine falsche, oberflächliche Idiotin. Je mehr ich mir ihre kleine Scharade ansehen muss, desto mehr möchte ich sie übers Knie legen.

Mein Plan funktioniert nicht gut. Der Junge ist nach ein paar Bieren zwar gesprächig, aber Dylan will nur über meine und Wyatts Zeit beim Militär sprechen. Jedes Mal, wenn ich ihn etwas über Candice frage, wird Dylans Gesichtsausdruck ernst und er fragt mich wieder nach der Marine.

„Du magst sie nicht, nicht wahr?"

„Was?" Ich bin so darin vertieft, die kleine Schwindlerin zu beobachten, dass ich vergessen habe, dass ihr Bruder neben mir sitzt.

„Meine Schwester. Du starrst sie böse an. So sehen die meisten Männer sie nicht an."

Ja, ich kann mir gut vorstellen, wie die meisten Kerle Candice ansehen. „Nein, ich meine, sie ist in Ordnung." Sie raubt mir die Nerven. Ich würde ihr gern den Arsch ...

„Sie ist nicht wirklich so, weißt du?"

Sie steht auf Arschsex? „Was meinst du mit *so*?", frage ich und habe das Gefühl, einen Teil des Gesprächs verpasst zu haben."

„Albern und dumm. Das ist alles nur aufgesetzt. Ich weiß nicht, warum sie es tut, aber sie macht es schon so lange, wie ich mich erinnern kann. Ich glaube, es ist einfacher für sie."

„Einfacher als, was?"

Dylan zuckt mit den Schultern und lässt sich noch tiefer in die alte Couch sinken, auf der wir sitzen. „Als sie selbst zu sein? Candi hat sich immer um mich gekümmert. Verdammt, sie hat sich immer um alles gekümmert."

„Du meinst, damals, wenn deine Eltern nicht da waren, oder was?"

Dylan öffnet den Mund, als wollte er etwas sagen, dann schließt er ihn wieder und schüttelt den Kopf.

„Hey Mann, mach dir keine Gedanken darüber. Vergiss, dass ich gefragt habe. Deine Schwester ist also ein bisschen flatterhaft. Das ist nicht das Schlimmste auf der Welt."

„Mann, Candi ist nicht so", sagt Dylan abwehrend.

„Ich bin sicher, sie ist großartig", sage ich und klinge absichtlich sarkastisch. Ich habe das Gefühl, wenn ich weiter darauf herumhacke, spuckt der Junge etwas aus.

„Du verstehst es nicht. Du verstehst sie nicht."

„Dann erkläre sie mir. Was übersehe ich?"

Dylan schüttelt den Kopf. „Schon gut, vergiss es."

„Ich meine es ernst. Waren deine Eltern nicht da, oder was? Ich meine, du hast gesagt, sie hat sich um alles gekümmert ..."

Ich bin mir fast sicher, dass ich ihn verloren habe und er nichts sagen wird, aber dann fängt er gerade leise genug an, zu sprechen, um nicht überhört zu werden. „Unsere Mutter starb, als wir noch klein waren. Meine Brüder waren bereits an der Highschool und machten ihr eigenes Ding. Sie lebten ihr eigenes Leben. Und unser Vater ... Nun, er ist nicht gerade der verantwortungsbewusste väterliche Typ." Er schaut nicht ein einziges Mal zu mir auf, sondern lümmelt auf seinem Platz und zupft am feuchten Etikett seiner Bierflasche herum. „Er hat ein kleines Glücksspielproblem. Das hatte er schon immer", fährt er schulterzuckend fort. „Es ist wie eine Krankheit oder so was. Früher hat er uns oft allein zu Hause gelassen. Deshalb musste Candi sich um alles kümmern."

„Wie alt warst du, als deine Mutter starb?"

„Drei, aber Candice war sechs."

Heilige Scheiße. Das darf doch nicht wahr sein. Ein Mann hatte mehr als nur ein kleines Spielproblem, wenn er seine kleinen Kinder allein zu Hause ließ. „Wie lange war dein Vater so weg?" Ich möchte die Antwort fast nicht hören.

„Ich weiß es nicht. Ein paar Tage vielleicht? Ich kann mich nicht wirklich an viel von damals erinnern. Es dauerte nicht lange, bis er das über Candi herausfand. Sie hat diese Gabe mit Zahlen umzugehen, ich weiß nicht, wie ich es beschreiben soll."

„Ich habe sie heute in der Bar gesehen, wie sie die Bücher gemacht hat."

„Dann weißt du, wovon ich spreche", sagt er und wird ganz aufgeregt. „Sie ist wahnsinnig klug. Keineswegs ein flatterhaftes Dummchen."

Es ist offensichtlich, dass er stolz auf seine Schwester ist und gern mit ihr prahlt.

„Danach hat mein Vater angefangen, uns mitzunehmen. So konnte Candi ihm beim Betrügen helfen. Er hat ihr immer gesagt, sie solle sich dumm stellen. ‚Lass dir nie etwas anmerken, Candi-Maus', würde er sagen. ‚Kein Mann will von einem kleinen Mädchen vorgeführt werden.' Es war wie eine allabendliche Aufmunterung, die er ihr gab, bevor wir irgendwohin gingen. Ich glaube nicht, dass sie wusste, dass er Leute betrügt", sagt er in Gedanken versunken. „Vielleicht wusste sie es und es gefiel ihr, dass wir mitgenommen wurden und nicht immer zu Hause bleiben mussten. Wer weiß? Als sie fünfzehn war, hat sie aufgehört, meinem Vater beim Betrügen zu helfen."

„Wow." Für Männer wie ihren Vater gibt es einen besonderen Platz in der Hölle.

„Ja, danach wurde es hier ziemlich mager. Dad war stinksauer und ist abgehauen. Ich war danach auch eine Zeit lang sauer auf Candice. Ich fühle mich schlecht, weil ich sie so gehasst habe. Es war nicht ihre Schuld. Sie hat sich immer um alles gekümmert. Ich habe noch nie jemanden getroffen, der so verantwortungsvoll ist wie meine Schwester. Ihr kann man nicht so leicht das Wasser reichen, Mann. Ich glaube, sie braucht einfach ab und zu eine Pause davon. Sie hat den ganzen Scheiß nicht verdient, der auf ihr lastet, besonders nicht von mir." Das Letzte sagt Dylan wie einen Nachsatz, mehr zu sich selbst als zu mir. Er leert sein Bier und schaut mit einem Auge in die Flasche. Ich bemerke, dass er betrunkener ist, als ich dachte. „Ich glaube, ich brauche noch ein Bier."

Ich werfe einen Blick auf die sechs leeren Flaschen, die vor ihm auf dem Couchtisch stehen und schüttle den Kopf. „Ich glaube, du hattest genug."

Anstatt mit mir zu streiten, sagt er: „Dein Freund, er scheint in Ordnung zu sein. Sollte ich mir Sorgen machen?"

Ich mustere den Jungen. Dylans Augen sind ein wenig glasig vom vielen Bier, aber er sieht mich unverwandt an. „Sie wird nicht mit meinem Freund zusammenkommen."

Daraufhin reißt Dylan die Augenbrauen in die Höhe. „Nicht?"

„Nein." Nicht, wenn ich etwas dazu zu sagen habe. Und das habe ich.

Als ich aufschaue, starrt Candice mich direkt an. Sie sieht mir einen Moment lang tief in die Augen, bevor sie sich wieder Wyatt zuwendet. Aber ihr Lächeln ist nicht mehr ganz so strahlend wie zuvor. „Also Dylan", sage ich und lasse meinen

Blick nicht von der blauäugigen Schönheit, die mich schon den ganzen Abend in den Wahnsinn treibt. „Du spielst gern Football, was?"

„Ähm, ja." Dylan ist plötzlich mehr damit beschäftigt, das Etikett von seinem Bier zu ziehen, als meinen Blick zu erwidern. „Ich, ähm, spiele nicht oft."

Als ich wieder aufschaue, ist Candice verschwunden und Wyatt schlendert ins Wohnzimmer. Als er und Dylan anfangen zu reden, nutze ich die Gelegenheit, mich davonzumachen. Es ist an der Zeit, meine hinterlistige kleine Prinzessin zu jagen. Die Zeit für Spielchen ist vorbei.

Kapitel Sieben

Candi

Der Burger, den Wyatt gegrillt hat, brennt mir ein Loch in den Magen. Dieser Abend kann gar nicht schnell genug vorbei sein, wenn es nach mir geht. Ich schaue auf meine Uhr und frage mich, ob es zu früh ist, um anzudeuten, dass die Jungs gehen sollten. Schade, dass ich mich nicht ewig im Bad verstecken kann.

Mir Wasser ins Gesicht zu spritzen, hilft nicht, den Knoten der Anspannung wegzuspülen, der mich quält, seit ich erfahren habe, dass die Schulden meines Bruders noch bezahlt werden müssen. Ich hasse es, mich schwach zu fühlen und ausgenutzt zu werden. Ich hasse es, mich besiegt zu fühlen. Dies ist nur ein kleines Hindernis auf dem Weg. Eine tödliche Unebenheit von dreitausend Dollar.

Ich drücke die Schultern durch und werfe einen langen strengen Blick in den Spiegel. Ich bin Candice Dawson. Ich habe Männer betrogen, seit ich einem Grashüpfer bis zu den Knien reichte.

Zwar musste ich meine trickreichen Fähigkeiten schon seit

Jahren nicht mehr einsetzen, aber das heißt nicht, dass ich sie nicht immer noch in der Tasche habe, wenn ich sie brauche. Und großer Gott, wie ich sie brauchen werde. Wyatt mag ein leichtes Ziel sein, aber Hank loszuwerden, ohne dass er Verdacht schöpft, könnte schwieriger werden, als mit einem nassen Schwein zu ringen.

Ich denke mir Ausreden aus und überlege, wie ich geschickt gähnen und behaupten könnte, wie müde ich sei, als ich die Badezimmertür öffne und direkt gegen eine breite Brust stoße. Ohne Vorwarnung werde ich gegen die Wand des Flurs gepresst und von dem Mann und seinem allzu wissenden, feurigen Blick gefangen genommen.

Mein Herz trommelt, als er seine dicken Arme auf beiden Seiten von mir abstützt und mich einsperrt. Ich kann nirgendwohin laufen, kann mich nirgendwo verstecken. Sein angenehmer Duft kitzelt meine Nase und törichterweise möchte ich mein Gesicht direkt unter seinem Bartansatz vergraben, wo ich eine Ansammlung von Sommersprossen sehe, über die ich plötzlich lecken möchte.

Heilige Hannah. Ich kann mich einfach nicht aus dem Bann dieses übermächtigen Mannes befreien. Die Energie, die von ihm ausgeht, bringt mich dazu, mich zu fragen, was für Funken wir zusammen erzeugen würden. Eine fantasiegeladene Vorstellung, so viel ist sicher, und noch dazu eine, über die ich nicht nachdenken sollte. Ein Zebra denkt nicht darüber nach, wie es den Löwen verspotten kann. Jeder im Tierreich weiß, dass das der schnellste Weg ist, zu einer Mahlzeit zu werden.

Außerdem, so sehr ich mich auch zu dem großen Affen hingezogen fühle, mag er mich überhaupt nicht. Und das ist gut so. Sex hat sich noch nie als mehr als eine miserable Erfahrung erwiesen. Wer braucht das in seinem Leben? Ich nicht. Ich habe schon genug Enttäuschungen erlebt.

Obwohl der Puls, der heftig durch meine Adern rauscht, mich anfleht, aus erster Hand herauszufinden, wie falsch ich vielleicht liege, wenn es um Sex mit Hank geht.

„Ich hatte gerade ein interessantes Gespräch mit deinem Bruder."

„Ach ja?" Innerlich erschaudere ich. Ich kann mir schon vorstellen, was Dylan Hank erzählt hat.

„Hast du nicht gesagt, dein Bruder hatte einen Autounfall?"

„Habe ich das? Ich kann mich nicht erinnern."

„Ich schon. Du sagtest Auto. Er sagte, er hätte sich beim Sport verletzt, aber ich habe auch schon öfter Sport getrieben. Ich habe auch schon Leute nach einem Autounfall gesehen. Das Einzige, was deinem Bruder begegnet ist, waren ein Baseballschläger und Stahlkappenstiefel."

Dylan hat mir nichts Genaues erzählt, aber wenn ich mich daran erinnere, wie er aussah, als ich ihn fand, bezweifle ich, dass Hank weit daneben liegt.

„Dann ist da noch die Tatsache, dass seine ach so verantwortungsvolle Schwester, die sich immer um alles kümmert, plötzlich völlig pleite und verschuldet ist. Das kann einen Mann nachdenklich machen. Entweder bist du so schlecht im Umgang mit Geld oder es steckt mehr dahinter. Willst du mir sagen, was los ist?"

„Nein." Aber ich will es. Ich bin sehr versucht, ihm mein Herz auszuschütten, um in diesem Schlamassel nicht länger allein zu sein.

„Ich werde herausfinden, was du verheimlichst, Candi."

„Ich werde dich nicht in mein Chaos hineinziehen." Ich könnte nicht damit leben, wenn ich jemand anderen in Gefahr brächte. Schlimm genug, dass ich selbst in der Laufbahn eines Tornados stehe. Es bringt nichts, noch jemanden aus dem Schutzbunker zu zerren.

„Falls du es nicht bemerkt hast, ich stecke schon knietief in deinem Chaos."

„Du hast kaum mehr als einen Zeh in meinem Chaos", sage ich und rolle mit den Augen. Ich weiß, dass ich einen Fehler mache, als er sein Gesicht bis auf wenige Zentimeter an meins heranführt. Seine bernsteinfarbenen Augen stehen in Flammen. Ich sollte Angst haben, aber das Gefühl, das mich durchströmt, ist keine Angst.

„Verdammt, kleines Mädchen. Du wirst es mir auf die eine oder andere Weise sagen. Und meine Methoden der Informationsbeschaffung werden dir nicht gefallen."

„Du weißt nicht, was du da verlangst."

„Warum erzählst du es mir dann nicht?"

„Es geht nicht nur um mich. Du brauchst dich da nicht einzumischen, aber ich habe keine andere Wahl."

Hanks Gesichtsausdruck wird weicher und das ist schlimmer als ein Schlag in die Magengrube, schlimmer als seine Wut. Ich schlage seine tröstende Hand von meiner Wange weg. Ich will und brauche seinen Trost nicht.

Mit Leichtigkeit packt er mein Handgelenk, zieht meinen Arm hinter meinen Rücken und presst mich gegen die Wand. Sein harter Körper verbrennt meinen.

„Was habe ich heute Morgen gesagt?"

„Ich bin mir nicht sicher. Du hast jede Menge gesagt. Ich habe versucht, es so gut wie möglich zu verdrängen."

„Aber, aber, Prinzessin. Ich werde mir merken, dass du das gesagt hast."

„Lass mich los", sage ich und versuche, meinen Arm loszureißen.

„Du gehst nirgendwohin, bis du mir sagst, was los ist." Als ich schweige, greift er nach meinem Kinn, sodass ich ihm in die Augen sehen muss. Es kostet mich meinen ganzen Willen, unter seinem intensiven Blick nicht in die Knie zu gehen. „Ich habe dir gesagt, dass ich jetzt hier bin, um dir bessere Möglichkeiten zu geben. Du hast also eine Wahl. Wenn du in Schwierigkeiten steckst – oder dein Bruder es tut –, kann ich helfen."

Ich schüttle seine Hand von meinem Gesicht und versuche erfolglos, ihn mit meiner freien Hand wegzuschieben. „Ich dachte, du hättest gesagt, du wärst kein Ritter in glänzender Rüstung. Daran erinnere ich mich genau." Wahrscheinlich klinge ich ein wenig gereizt, aber ich bin sauer, dass er mich in diese Lage bringt.

„Ich bin kein Ritter in glänzender Rüstung. Ich sehe nur nicht gern zu, wie ein Unglück passiert, das ich hätte verhindern können."

„Ist es das, was das hier ist? Unglücksverhütung?" Zu dumm, dass die Teile des Wracks schon um mich herum liegen. Ich bin nur der Aufräumtrupp.

„Hey, Hank, bist du dort hinten?", ruft Wyatt aus der Küche und lässt mich zusammenzucken. Aber Hank reagiert kaum.

Er beugt sich keinen Zentimeter von meinem Gesicht entfernt nach unten und flüstert wütend: „Du bist noch nicht aus dem Schneider, kleines Mädchen. Wir werden darüber reden und du wirst mir sagen, was zum Teufel vor sich geht. Und merke dir meine Worte: Was ich tun werde, um dich zum Reden zu bringen ... nun, dein Schmerz wird mein Vergnügen sein, Prinzessin."

Mein Atem stockt. Seine Drohungen jagen mir einen heftigen Schauer über den Rücken und ich kann nichts gegen den peinlichen Funken der Erregung tun, der Hitze durch mich schießen lässt.

Ein selbstgefälliges Grinsen breitet sich auf seinem Gesicht aus und er zwinkert mir verheißungsvoll zu, bevor er sich von der Wand abstößt und geht. Dieses selbstgefällige Zwinkern bringt mich dazu, ihn treten zu wollen. Ihn anschreien und ihm sagen zu wollen, dass ich mich weigere, zu reden, oder irgendetwas von mir mit ihm zu teilen, egal was. Was zum Teufel kümmert es ihn? Er ist kein Ritter in glänzender Rüstung und ich bin weit über den Punkt hinaus, an dem ich glaube, dass irgendjemand jemals zu meiner Rettung kommen wird.

Ich sollte mich stark fühlen, aber die Auseinandersetzung mit Hank lässt mich wünschen, dass er mir die Last des ganzen Schlamassels von den Schultern nimmt. Aber das wird nicht passieren. Ein riesiges Gewicht drückt auf mich und ich frage mich, wie viel ich noch ertragen kann, bevor ich zerschmettert werde. Wie ein geplatzter Luftballon lasse ich mich zusammensacken. Ich sinke gegen die Wand und atme tief durch. Und dann noch einmal, während ich Tränen der Frustration zurückblinzle.

Wie viel einfacher wäre es, wenn ich ihm alles erzählen würde? Würde er die Polizei rufen? Würde er mit mir in den Stripklub gehen und die Schulden begleichen, die längst hätten bezahlt sein sollen?

In dem Moment, in dem ich es denke, weiß ich, dass ich das nie von ihm verlangen könnte. Dies ist mein Schlamassel, mit dem ich fertig werden muss. Außerdem bin ich eine Dawson. Ich stamme von einer langen Reihe von Leuten ab, die Ärger anziehen, wo auch immer sie hingehen. Sosehr der große Blödmann auch ein Affenanführer ist, hat Hank es nicht verdient, in diesen Ärger hineingezogen zu werden.

* * *

Die Musik dröhnt laut, als ich den dunkel beleuchteten Club betrete, meinen mit Goldpailletten besetzten Minirock glatt streiche und mich frage, warum zum Teufel ich ihn gewählt habe. Als ich ihn anzog, fühlte er sich wie eine Rüstung an. Eine sexy, schlüpfrige Rüstung. Ich verbrachte eine Stunde damit, meine Haare zu stylen und mich zu schminken, weil ich verführerisch wirken wollte. Dann wartete ich zwei weitere Stunden, bis Dylan schlief, bevor ich mich hinausschlich. Hank und Wyatt loszuwerden, war lächerlich einfach. Sie machten sich gerade auf den Weg hinaus, als ich endlich den Mut aufbrachte, aus dem hinteren Flur nach vorn zu kommen. Wyatt warf Hank und mir einen seltsamen Blick zu, bevor er wieder sein lässiges Lächeln aufsetzte. Ich fragte mich, ob er ahnt, dass zwischen Hank und mir etwas läuft. Nicht, dass etwas zwischen uns laufen würde. Ich schulde Hank Geld, und er ... nun, ich versuche immer noch, schlau aus ihm zu werden.

Sobald die Männer gegangen waren, fing ich an, meinen Plan zu schmieden, wie ich für den Drogenbaron/Stripklubbesitzer sexy und umwerfend aussehen wollte. Es erschien mir als die beste Vorgehensweise. Jetzt fühlt es sich eher so an, als hätte ich mich auf einen Gang zum Erschießungskommando vorbereitet. Der Begriff *Opferlamm* kommt mir in den Sinn.

Der seltsame Geruch von einer Art Chromreiniger schlägt mir noch vor dem der Menschen entgegen. Überwiegend alte Männer, einige jünger, aber alle mit glasigen Augen. Ob es an den spärlich bekleideten Frauen oder am Alkohol liegt, weiß ich nicht. Sie scheinen sich alle auf die Frau zu konzentrieren, die oben ohne vor ihnen herumtanzt und deren nackte Brüste im Licht der Bühne glänzen. Alles ist schwarz, vom Teppich über die Tische und Stühle, bis hin zu den Podesten. Neonblaue Leuchtstoffröhren verlaufen hier und da um die Bühne herum. Scheinwerfer umgeben die Tänzerinnen und tauchen all die Perversen in Schatten, die in der Nähe sitzen und auf die Parade des nackten Fleisches starren.

Als ich die Frauen im Raum beobachte, frage ich mich, ob ich tun könnte, was sie tun, wenn ich es müsste. Ich weiß, ich bin fähig. Ich könnte alles ertragen, wenn ich es müsste, aber diese Frauen haben es zu einer Kunstform gemacht. Sie halten es nicht nur aus, sie tun es mit einem gewissen Etwas.

Wenn ich im *Rusty Spur* kellnere, machen sich viele Männer an mich ran. Mehr als ein Arschloch hat mich in den Hintern gekniffen. Ich habe es immer gelassen hingenommen, aber schließlich bin ich auch voll bekleidet und vor den unerwünschten Blicken der Kunden sicher. In dieser Umgebung fühle ich mich weder sicher noch geborgen.

Ich glotze, als hätte ich noch nie Brüste gesehen, und ich weiß nicht, wie lange ich schon unbeholfen mitten im Club stehe, bevor sich zwei Männer mittleren Alters in Jeans und T-Shirt an mir vorbeidrängen und mich von oben bis unten mustern. Ich sträube mich gegen ihre Aufmerksamkeit. Ich habe mich noch nie so unwohl gefühlt. Nicht einmal, als mein Vater mich in schäbige Spelunken mitnahm, um für ihn Karten zu zählen. Meine Sinne schreien mich an, umzudrehen und nach Hause zu gehen, verdammt seien die Schulden. Doch anstatt zur Tür zu rennen, gehe ich tiefer in den Club hinein und schreite zur Bar hinüber.

Für eine Bar ist es gar nicht so schlecht. Eher modernes Schwarz als heruntergekommen und schäbig. Die Hocker sind billige, hässliche Metallhocker mit runder Rückenlehne, aber ich bin wahrscheinlich die Einzige hier, die sich für die Einrichtung interessiert. Ich habe mich noch nie so einsam und exponiert gefühlt wie in dem Moment, als ich an der Bar Platz nehme. Ich wünschte, ich wäre stattdessen im *Rusty Spur* und säße neben einem der alten Stammgäste, die an den meisten Abenden der Woche kommen.

Ein jüngerer Mann mit Ziegenbart lächelt mich wie ein Verrückter an. Er versucht, zu flirten, aber ich bin zu abgelenkt, um ihm eine sanfte Abfuhr zu erteilen. Stattdessen zeige ich ihm die kalte Schulter und hoffe, dass er den Wink versteht, während ich einen Whisky bestelle. Ich brauche jetzt etwas flüssigen Mut.

Ich will gerade einen Schluck trinken, als der Latino-Cowboy von heute Nachmittag mich am Arm packt, sodass ich erschrecke und versuche, mich loszureißen.

„Hey, meine Hübsche. Ich hatte schon befürchtet, du würdest nicht kommen. Komm schon", sagt er und zerrt mich in die Richtung des hinteren Teils des Clubs.

Ich schaffe es gerade noch, mein Glas zu leeren und es zurück auf den Tresen zu stellen, bevor mich das Arschloch durch den Club zerrt. Ich versuche, mit ihm Schritt zu halten, aber er schafft es, vor mir zu bleiben. Da ich Stöckelschuhe trage, sind wir etwa gleich groß, was bedeutet, dass er seinen Schritt absichtlich beschleunigt, damit ich im Kielwasser seines Rasierwassers hinter ihm hertrotte.

Es liegt mir auf der Zunge, ihm zu sagen, dass ein Spritzer mehr als genug ist und er nicht die ganze Flasche verbrauchen muss, als er vor einer unscheinbaren schwarzen Tür zum Stehen kommt und zweimal klopft.

Eine starke, männliche Stimme ruft von der anderen Seite der Tür: „Herein". Der Raum, den wir betreten, ist groß. Im hinteren Teil steht eine Monstrosität von einem Schreibtisch im alten englischen Stil. Das edle Stück ist in dem hochmodernen Club völlig fehl am Platz. Die Wände sind glänzend schwarz und der Teppich hat ein silberblaues Wirbelmuster, von dem einem schlecht wird, wenn man zu lange darauf starrt. Und dann ist da dieser Schreibtisch.

Der Mann hinter dem Schreibtisch sitzt in einem ledernen Ohrensessel, der genauso deplatziert wie der Schreibtisch erscheint. Mit gesenktem Kopf arbeitet er im Schein einer Lampe. Es ist schwer, ihn genau zu erkennen, aber seine breiten Schultern und der trainierte Körperbau sind nicht zu übersehen. Die Gesichtszüge, die ich sehen kann, lassen ihn wie einen markanten, attraktiven Mann mit dunkelblondem Haar wirken. Er trägt ein schwarzes Hemd mit hochgekrempelten Ärmeln, das seine kräftigen Unterarme betont. Aus irgendeinem Grund erinnert mich das Hemd an Zorro und ich verkneife mir ein Kichern. Vielleicht war der Whisky doch keine so gute Idee.

Irgendwie macht der Sex-Appeal dieses Mannes die ganze Situation noch schlimmer. Er sollte alt sein, und möglicherweise übergewichtig. Jemand, der ekelhaft und schäbig ist. Dieser Mann scheint manikürter und gepflegter zu sein als ich.

„Das Mädchen ist hier, Boss."

„Das kann ich sehen", sagt der Mann, ohne auch nur einen Blick in meine Richtung zu werfen.

Die Sekunden vergehen. Wir stehen wie Wachposten da, während der Mann arbeitet. Rasierwasser-Casanovas Hand beginnt an meinem Arm zu schwitzen.

„Du weißt aber schon, dass du mich jederzeit loslassen kannst." Ich ziehe an seinem Griff. Und er reißt mich zurück, sodass ich auf den Füßen schwanke. Die schwarzen Stiefeletten, die ich trage, sind himmelhoch und fangen an, meine Zehen einzuklemmen.

Der Trottel grinst mich an und zerrt fester an mir. Ich unterdrücke ein Schnaufen, während ich über die Finger kratze, die sich in meinen Arm graben. Das Arschloch fügt mir blaue Flecke zu.

Das knarrende Geräusch des Bürostuhls lässt uns mitten im Kampf erstarren. Unsere Auseinandersetzung hat die Aufmerksamkeit des Bosses auf sich gezogen.

„Du kannst gehen", sagt der Mann abweisend zu dem Idioten, der meinen Arm umklammert.

Ich unterdrücke angesichts der Spur des Rasierekelwassers, die Cowboy-Casanova hinter sich herzieht, einen Würgereiz. Aus dem Augenwinkel erkenne ich den höhnischen Blick, den er mir zuwirft, bevor er den Raum verlässt. Aber ich bin immer noch vom „Boss" gefesselt.

Jetzt, da ich ihn in voller Größe sehen kann, ist er noch überwältigender als zuvor, während er über seinen Schreibtisch gebeugt war. Seine Gesichtszüge sind viel härter, als sie zunächst erschienen. Eine Narbe erstreckt sich von knapp unterhalb seines Auges bis fast zum Kieferansatz über seine linke Wange. Wahrscheinlich war er in seiner Jugend ein lächerlich attraktiver Filmstar, aber das Leben hat jede Weichheit, die vielleicht einst vorhanden war, abgehärtet. Ich weiß, was das Leben eines Kartenhais und ewigen Glücksspielers mit sich bringt. Ich habe aus erster Hand gesehen, wie es einen Menschen abstumpfen und seiner Vitalität berauben kann. Ich kann mir nicht vorstellen, was dieser Mann als Drogenboss gesehen oder getan hat oder wie er in diese Position gekommen ist, in der er sich befindet. Ich sehe nur die krassen Auswirkungen seines Lebens auf seinem Gesicht.

Seine Augen sind kalt und berechnend, als sein Blick über meinen Körper schweift. Ich kämpfe mit allen Mitteln dagegen an, in der Gegenwart dieses Mannes nervös zu zappeln oder irgendeine Schwäche zu zeigen.

„Nun, hallöchen, Ms. Dawson." Sein kultivierter Akzent lässt die übliche Südstaatenbegrüßung lächerlich erscheinen und mich wissen, dass er nicht von hier ist. Sein Lächeln entblößt gleichmäßige, weiße Zähne, aber zusammen mit dem Glanz in seinen Augen erinnert es mich an ein Krokodil. „Du bist also das Mädchen, das den ganzen Ärger verursacht hat."

„Nein." Das Wort kommt aus meinem Mund, bevor ich es aufhalten kann. Ich bin bereits nervös und versuche, meine kühle Entschlossenheit wiederzufinden, aber sie ist mir abhandengekommen. Ich kann nur daran denken, dass ich nichts getan und keinen Ärger verursacht habe. „Mein Bruder schuldet Ihnen Geld. Ich bin hier, um zu bezahlen."

Aubrey Cara

Bei diesem Satz zieht er die Augenbrauen hoch. „Ach, wirklich? Mir wurde der Eindruck vermittelt, dass du das Geld nicht hast." Er legt seinen Stift ab, schiebt seinen Stuhl zurück, steht auf und kommt gemächlich hinter seinem Schreibtisch hervor.

„Nun, nicht im Moment. Aber ich kann es besorgen."

Er nickt, als ob er es für vernünftig hält, aber Zweifel an der Möglichkeit hat. Ich bin auch etwas skeptisch. Ohne ein Wort zu sagen, umkreist er mich, um Maß zu nehmen. Als er mit den Fingern sanft über meinen Arm gleitet, schrecke ich zusammen und verfluche mich, als ich sein Lächeln bemerke.

„Kein Grund, nervös zu sein, Ms. Dawson."

„Woher kennen Sie meinen Namen?"

„Ich mache es mir zur Aufgabe, die Namen aller zu kennen, die mir Geld schulden", sagt er, während sein Atem über meinen Nacken haucht und ich gegen den Drang ankämpfe, zu zucken und zurückzuweichen. „Wenn sie nicht zahlen, finde ich die Namen ihrer Familie und lieben Angehörigen heraus."

Es dauert eine Sekunde, bis ich seine Worte verstehe. Als ich es tue, durchzuckt mich bei seiner Andeutung ein Schauer des Entsetzens.

Dummkopf, natürlich weiß er, wer ich bin. Ich bin Candice Dawson. Das Mädchen, das Dank der Männer in ihrer Familie immer eine Zielscheibe auf dem Rücken hat.

Plötzlich steht er vor mir und neigt mein Gesicht zu seinem hoch, so wie Hank es vorhin getan hat. Wenn ich an Hank denke, durchzuckt mich ein Anflug von unsinnigen Schuldgefühlen. Wenn er wüsste, dass ich hier bin und mich in diese Situation begebe, wäre er sehr enttäuscht. Aber was soll's? Es ist ja nicht so, dass er mich mag.

„Hey, hör mal zu, Ms. Dawson." Er schnippt mit den Fingern vor meinem Gesicht herum. „Da bist du ja." Er lächelt,

86

aber seine Augen sind kalt. Wenn Hank Feuer ist, ist dieser Mann Eis. „Du bist ein sehr hübsches Mädchen, Candice Dawson."

„Danke", sage ich zögerlich. Sein Kompliment ist nichts, was ich nicht schon einmal gehört hätte, aber die Art und Weise, wie er es sagt, scheint in eine Richtung zu führen, mit der ich mich nicht ganz wohl fühle.

„Wann immer du hier bei mir bist, sollte deine ganze Aufmerksamkeit mir gelten. Das ist Lektion Nummer eins. Ich bin ein verständiger Mann", sagt er und ich zweifle daran. „Aber ich teile mein Spielzeug nicht gern."

Spielzeug? Meine Knie schwanken und mein Magen überschlägt sich. „Wa-was meinen Sie?"

„Ich glaube nicht, dass du ein dummes Mädchen bist. Bist du dumm, Ms. Dawson?

„Nein."

„Dann verstehst du mein Angebot?"

Ich verstehe es, und ein Teil von mir hatte darauf gehofft. Ich Dummerchen dachte, es wäre einfach, meinen Körper zu verkaufen, um die Schuld meines Bruders zu begleichen. Es ist ja nicht so, als würde ich Sex genießen. Es war für meinen Partner immer angenehmer als für mich. Vor diesem Mann zu stehen, erschüttert meine Entschlossenheit.

Er streicht mit der Rückseite seines Fingers über meine Vorderseite und mustert mich, als ob er sein Inventar begutachten würde.

Ich bin verrückt, hierhergekommen zu sein. Zu glauben, ich könnte mich prostituieren.

„Ich scheue mich nicht davor, die Schulden abzuarbeiten."

„Ich hatte gehofft, du würdest es nicht als Arbeit ansehen, Liebes. Ich kann großzügig sein. Die Dinge zwischen dir und mir könnten ... *gut* sein." Er streicht mit dem Daumen über meine straffe Brustwarze und lässt seine Hand dann hinuntergleiten, um sie um meine Hüfte zu schließen. Seine Berührung ist schwer und befremdlich. Mir wird kalt und ich muss an Hank denken.

Hank, der mich viel intimer berührte, jedoch eine ganz andere Reaktion auslöste. Eine Reaktion, die Hitze und Leben in jeder Faser meines Wesens zum Erblühen brachte. Aber meine Reaktion auf ihn war eine Anomalie. Ein verwirrender Einzelfall.

Tatsache ist, dass ich weiß, wie ich ohne Leidenschaft überleben kann. Es ist einfach. Es ist vertraut. Ich bin mehr als nur ein wenig versucht, nachzugeben und zum Spielzeug dieses Mannes zu werden. Ich im Austausch für drei Riesen. Wenigstens weiß ich jetzt, was ich wert bin.

Leider muss ich immer wieder an Hank denken und mir seine Reaktion vorstellen, wenn er erfährt, dass ich mich verkauft habe. Der Gedanke, ihn zu enttäuschen, macht mich krank, und ich verstehe es nicht. Ich bedeute ihm nichts und er bedeutet mir nichts. Ich wünschte, ich könnte mir den Drecksack aus dem Kopf schlagen.

„Ich kann tanzen", platze ich heraus, als wüsste ich nicht genau, was er anbietet.

Seine Hand stoppt ihre Erkundung und seine Entspannung wandelt sich zu Härte. „Ich glaube, du hast mein Angebot nicht verstanden. Ich mache diese Art von Geschäft nicht mit jedem, Ms. Dawson, und ich werde es auch dir nicht noch einmal anbieten. Überlege es dir gut, bevor du dich entscheidest, aber entscheide dich bald. Ich mag es nicht, wenn man mich warten lässt."

Ich nicke einmal, unsicher, ob er mit mir fertig ist. Als er nichts mehr sagt, frage ich: „Darf ich jetzt gehen?"

Er entlässt mich mit einem Blick. „Du kannst gehen." Ich gehe zwei Schritte auf die Tür zu, bevor er mich aufhält. „Oh, und Ms. Dawson, wenn du wirklich darauf bestehst, die

Schulden deines Bruders durch Tanzen zu begleichen, musst du zuerst eine Inspektion bestehen. Eine gründliche Inspektion. Ich lasse nicht einfach jeden in meinem Club arbeiten. Ist das klar?"

Ich nicke wieder und frage mich, was zum Teufel er mit Inspektion meint. Er kommt so nah, dass ich den Hals strecken muss, um zu ihm aufzuschauen. „Das heißt: Ja, Sir, oder wenn du willst, Ja, Daddy. Die meisten der Mädchen hier nennen mich Daddy."

Warum nennen sich all die biestigen Männer, denen ich Geld schulde, Daddy? Als mir klar wird, dass er mich nicht gehen lässt, bevor ich ihn richtig anspreche, sage ich: „Ja, Sir." Selbst das bleibt mir fast im Hals stecken und kommt heraus, als ob ich spucken würde.

Er zieht eine Augenbraue hoch. „Kein Grund, gehässig zu sein, Ms. Dawson. Man will ja nicht undankbar erscheinen." Er packt mich an den Haaren und zieht mich auf die Zehenspitzen, was eine Menge aussagt, da ich Stöckelschuhe trage. Meine Kopfhaut brennt und mein Kopf ist nach hinten gebeugt. Ich sehe nichts als kalte, graue Augen. „Du bist doch nicht undankbar, oder, meine Liebe?"

„N-N-Nein, Sir. Nein", ist alles, was ich herauswürgen kann, aber dieses Mal kommt es mit der angemessenen Menge an Respekt heraus, die er sich wünscht. Oder vielleicht ist es meine Angst, die ihm gefällt, denn plötzlich lässt er mich los.

„Gut. Sieh zu, dass du das nicht vergisst. Ich würde es hassen, dich daran erinnern zu müssen, Liebes." Er öffnet mir die Tür, während ich dastehe und Eis in meinen Adern spüre.

„Nach dir", sagt er mit einer Art Lächeln, das eine Katze zeigt, wenn sie mit einer Maus spielt.

Aus den Lautsprechern dröhnt „Something In Your Mouth" von Nickelback, aber es ist nur ein Hintergrundgeräusch für das Rauschen in meinem Kopf. Frauen tanzen oder servieren Getränke. Eine Frau trägt nur einen schwarzen String und mit Sporen verzierte Cowboystiefel. Sie dreht sich gekonnt an der Stange. Ich sehe sie wie aus der Ferne, als ich auf hölzernen Beinen zur Tür stakse.

Ich glaube, ich werde ohnmächtig, und ich wünschte wirklich, ich hätte eine Zigarette. Die kühle Nachtluft wirbelt um mich herum, als ich mich durch die Türen zum Parkplatz schleppe.

Cowboy-Casanova steht an einer Seite der Tür und scheint wieder hineinzugehen. „Dom wird dich gut drannehmen, was, hübsches Mädchen?"

Ich bin einen Moment lang verwirrt, aber dann wird mir klar, dass er von seinem Boss spricht, der bald unser Boss sein wird. Sein Name ist Dom. Ich merke mir diese Information, schüttle nur den Kopf und drehe mich in die Richtung meines Jeeps um, während sein Lachen hinter mir widerhallt, als er hineingeht.

Eine Gruppe von Typen, die in meine Richtung geht, macht ein paar Bemerkungen, die meinen geistigen Nebel nicht durchdringen. Aber der Türsteher auf dem Gehweg, der zum Klub führt, nickt mir zu. Ich bin mir nicht sicher, was es bedeutet. Ich nehme es als „Ich passe auf" und hoffe, dass es nicht „Du wirst gleich gruppenvergewaltigt" bedeutet, während ich zu meinem Auto stolpere.

Ich habe keine schicke Schlüsselfernbedienung für meinen alten Renegade und meine Schlüssel zittern in meiner Hand, als ich die Tür aufschließe und einsteige. Ich drehe den Schlüssel im Zündschloss und der Motor springt mit einem Geräusch von knirschenden Zahnrädern an, dann nichts mehr. Die Lichter auf meinem Armaturenbrett leuchten auf und gehen dann aus. Ich drehe ihn noch einmal, noch einmal, zweimal. Dreimal.

Großartig. Einfach großartig. Ich habe schon seit über zwei

Wochen den Verdacht, dass mein Motor Öl verliert, aber ich hatte noch kein Geld, um es reparieren zu lassen. Normalerweise habe ich extra Öl im Kofferraum, aber ich hatte vergessen, auf dem Nachhauseweg an der Tankstelle anzuhalten, weil die Jungs vorbeikommen wollten. Verdammt noch mal!

Ich ziehe mein Handy heraus und blättere durch meine kurze Kontaktliste. Ein paar Familienmitglieder, die nie ans Telefon gehen – und vielleicht in Texas sind oder auch nicht –, Kollegen aus der Bar – mit denen ich außerhalb der Arbeit nie befreundet war und die mich wahrscheinlich umbringen würden, wenn ich sie um halb zwei morgens anrufen würde, Cody ... und Hank.

Ich starre eine Ewigkeit auf Hanks unterstrichenen Namen, bevor ich mich zusammenreiße und die Anruftaste drücke.

Kapitel Acht

Hank

Ich bin im Halbschlaf, als mein Telefon klingelt. Als ich ihre Stimme höre, schießt Panik durch mich hindurch. Und als ich höre, wo sie ist, möchte ich meine Faust durch eine Wand schlagen. Jetzt bin ich hellwach.

Ein Stripklub. Sie ist in einem verdammten Stripklub. Und nicht in irgendeinem Stripklub. Nein, sie muss in dem Stripklub sein, der dem Mistkerl gehört, hinter dem jede Polizeibehörde Amerikas her ist. Dom Serino, mit richtigem Namen Maxwell Huntington, wird wegen allem Möglichen gesucht. Von Menschenhandel auf dem Schwarzmarkt bis zum Drogenhandel. Mordanklagen ... Nun, es hat ein paar gegeben, aber keine hat zu etwas geführt. Er ist verdammt gerissen und hat sich jedes Mal der Anklage entzogen, wenn die Polizei ihm auf der Spur war. Meistens, weil jeder, der gegen ihn aussagen könnte, zusammen mit allen stichhaltigen Beweisen verschwindet. Natürlich musste sie in seinen Klub gehen.

Als ich auf den überfüllten Parkplatz des Sugar Daddy's Gentlemen's Club fahre, bin ich außer mir. Sie hat noch nicht einmal den Verstand, in ihrem Jeep zu warten. Ich sehe zuerst den Hauch von ihrem Rock und muss von zwanzig rückwärts zählen, bevor ich aus meinem Fahrzeug steige.

Ihre langen Beine sind voll zur Schau gestellt und ihr winziger goldener Rock bedeckt kaum ihren Hintern. Ihr kleines schwarzes Oberteil zeigt so viel von ihrer Taille, dass es mich nicht wundern würde, wenn eine ihrer Titten unten herausfallen und Kuckuck spielen würde. Mit ihrem besorgten Blick und dem traurigen Schmollmund steht sie vor ihrem Renegade und wirkt verdammt verletzlich. Ein Opfer auf dem Präsentierteller. Sie könnte genauso gut ein Schild mit der Aufschrift „Frischfleisch" in der Hand halten.

Ich habe Mädchen gerettet und Körper von Mädchen wie ihr zurückgebracht. Jung und sorglos, bis sie aufgegriffen und verkauft werden. Sie waren nicht mehr jung und sorglos, als wir sie aus einem Höllenloch in Südamerika holten und in ein Flugzeug nach Hause setzten. Sie waren gebrochen, gezeichnet. Mehr noch als meine Mutter, als sie ihrem Ende nah war.

Und hier ist Candi, verdammt noch mal ...

„Warum zum Teufel wartest du nicht in deinem Auto auf mich?" Ich bin noch nicht einmal aus meinem 4Runner gestiegen, als ich ihr schon an die Gurgel gehe. Aber ich muss etwas tun, damit ich ihr nicht den Hals umdrehe.

„Nun, ich ..."

„Hier ist noch eine bessere Frage. Willst du mir sagen, warum du mitten in der Nacht in einem Stripklub bist? Und so angezogen wie eine billige Hure?"

Sie weicht zurück, als hätte ich ihr eine Ohrfeige verpasst. Dann drückt sie den Rücken durch. „Ich dachte, wenn ich wie eine teure Hure aussehe, komme ich hier nicht so gut an."

Noch nie wollte ich eine Frau so sehr über die Motorhaube meines Wagens beugen und ihr den Hintern versohlen wie in dem Moment, in dem sie diese Worte ausspricht.

„Du willst wie eine Hure behandelt werden? Also gut. Steig in den Wagen." Ich packe ihren Arm und zerre sie auf die Beifahrerseite meines 4Runners, als sie versucht, sich mir zu entziehen.

„Es tut mir leid. Hank, es tut mir leid. Ich habe es nicht so gemeint."

„Ein wenig zu spät, Prinzessin. Steig in den Wagen." Ich reiße die Tür auf. Sie klettert hinein und ich warte kaum, dass sie Platz genommen hat, bevor ich ihr den Sicherheitsgurt anlege. In diesem Moment spüre ich, dass ich beobachtet werde. Ich werfe einen Blick über meine Schulter. Mehr brauche ich nicht, um den Mann in feiner schwarzer Kleidung zu bemerken, der uns mit zu viel Interesse anstarrt.

Seine Körpersprache wirkt lässig, wie er sich an einen Pfeiler lehnt. In einer Hand hält er eine Zigarette und die andere steckt entspannt in seiner Hosentasche. Sein Gesicht ist verdammt hart und ich vermute, dass die Narbe auf seiner Wange nicht von einem Unfall beim Baumklettern stammt, als er ein Kind war. Und sein Blick – sein Blick ist direkt auf uns gerichtet.

„Ein Freund von dir?"

Candi zuckt mit den Schultern, ohne meinen Blick zu erwidern. „Er ist mein neuer Boss."

Ich gehe nicht auf die Andeutungen dieser kleinen verdammten Aussage ein. Ich sollte nicht hier sein und Aufmerksamkeit auf mich ziehen. Ich sollte nur irgendein Arschloch sein, das gerade nach Texas zurückgekehrt ist, und unter dem Radar fliegen. Und hier stehe ich vor der Tür dieses Typen wie ein brennendes Stück Hundekacke. Und so wie der Kerl uns beobachtet, wäre er gern mehr als Candis neuer Boss. Scheiße.

Ich beiße meinen Kiefer so fest zusammen, dass meine Zähne knirschen, als würden sie gleich zerbrechen. Ein Teil von mir möchte sie aus dem Auto zerren und ihr den Hintern versohlen. Genau hier und jetzt, während ihr Arsch aus der Beifahrertür hängt, damit der Wichser, der uns beobachtet, weiß, wer ich bin.

Ich bin der Kerl, dem dieses Mädchen gehört.

Ich weiß, dass es animalische Höhlenmenschenaffenscheiße ist, die mich gerade durchströmt. Es ist derselbe Teil von mir, der mich dazu bringt, ihr Haar im Nacken zu packen und ihren Kopf nach hinten zu ziehen. Sofort ist mein Mund auf ihrem. Sie krallt ihre Fingernägel in meine Brust und ich bin mir nicht sicher, ob sie mich wegstößt oder näher an sich heranzieht. Das ist kein netter Kuss. Er ist so hart und fordernd, wie ich mich im Moment fühle. Unsere Zähne kratzen übereinander und unsere Zungen führen einen Krieg, den ich sie nicht gewinnen lassen werde.

Ich beiße ihr hart in die Lippe und sie wehrt sich gegen meinen Griff. Der Blick in ihren blauen Augen sieht verletzt aus. Sie hat denselben verängstigten und verwirrten Gesichtsausdruck wie in der ersten Nacht auf der Party, nachdem ich sie zum Orgasmus gebracht hatte. Und einfach so bin ich hart wie Stahl. Fluchend schlage ich die Tür so fest zu, dass ich sie zusammenzucken sehe.

Ein kurzer Blick, als ich zur Fahrertür stapfe, zeigt mir, dass ihr „neuer Boss" – was auch immer das bedeuten soll – von einem Ohr zum anderen grinst. Er tritt seine Zigarettenkippe aus und dreht sich um, um wieder hineinzugehen. Ich habe das Gefühl, dass ich gerade genauso gehandelt habe, wie es dieser Scheißkerl vorausgesagt hat. Und es macht mich wütend. Dieses Mädchen hat etwas an sich, das mir unter die Haut geht.

Ich sitze im Wagen und fahre an einen Ort, von dem ich weiß, dass sie ihn hassen wird, bevor mir überhaupt bewusst wird, was ich vorhabe.

„Wohin fahren wir?"

Ihr besorgter Tonfall beschert mir eine morbide Art der Befriedigung.

Ich lasse meinen Blick über ihren Körper gleiten und bleibe an ihren Titten und ihrem Röckchen hängen. „Wenn du ‚Große Mädchen'-Spielchen spielen willst, wirst du ‚Große Mädchen'-Bestrafungen bekommen."

„Was soll das denn heißen?"

„Das wirst du schon sehen." Ich bin ein sadistisches Arschloch, denn ich kann praktisch sehen, wie ihr nervöser Puls rast, und es heitert mich verdammt noch mal auf. Ich zwicke sie in die Nase und sie schnaubt entrüstet. Ich zwinkere ihr zu und richte meine Aufmerksamkeit wieder auf die Straße. Ein breites Grinsen ziert mein Gesicht.

„Hank", fleht sie. „Ich will nur nach Hause."

Daraus wird nichts. „Du warst zu Hause. Aber du hast eindeutig beschlossen, dass du heute Abend ausgehen willst."

„Ich musste ausgehen. Ich hatte keine andere Wahl." Der Hand-im-Bonbon-Glas Gesichtsausdruck verrät mir, dass sie es in der Sekunde bereut, in der sie die Worte ausspricht.

„Wirklich? Erzähl doch mal." Ich halte inne, als würde ich auf eine Antwort warten, aber ich weiß, dass ich keine bekommen werde. „Ja, das habe ich mir gedacht. Weißt du, wann auch immer du mir erzählen willst, was eigentlich los ist, werde ich ganz Ohr sein."

Ich warte darauf, dass sie etwas sagt, aber sie ist so still wie die sprichwörtliche Kirchenmaus und ringt auf eine Weise mit den Händen, die mir verrät, dass sie wieder nervös ist.

Von der Sekunde an, als ich heute Abend ihre Stimme am anderen Ende des Telefons hörte, wusste ich, dass wir beide wissen, dass sie in Schwierigkeiten steckt. Da gibt es kein Wenn und Aber. Meine kleine Prinzessin wird eine Strafe bekommen, die sie nicht so schnell vergessen wird.

. . .

##

Candi

Hank führt sich wie Jekyll und Hyde auf und ich kann nur daran denken, dass ich nicht wie eine billige Hure aussehe. Ich bin verdammt heiß, angefangen bei meinen perfekten blonden Locken bis hin zu meinen Wildlederstiefeln. Wenn überhaupt, dann sehe ich wie eine teure Hure aus. Ich weiß mit Sicherheit, dass ich mindestens dreitausend Dollar wert bin. Obwohl ich bezweifle, dass Doms Angebot für eine Nacht galt. Je nachdem, wie viele Stunden und Tage er von mir erwartet, könnte mein Preis drastisch unter den Mindestlohn sinken, was mich dann wohl doch als billige Hure qualifizieren würde.

Nicht, dass ich Hank irgendetwas davon erzählen oder Doms Angebot annehmen würde. Ein unangenehmer Schauer durchfährt mich, als ich mich an Doms übermäßig minzigen Atem auf meinem Gesicht erinnere, als er mich an den Haaren nach oben zog. Ich kämpfe gegen den Drang an, die Stelle zu berühren. Sie tut immer noch weh.

Ich dachte, Hank sei unheimlich, aber er ist auf eine Weise unheimlich, von der ich nicht wusste, dass sie mich ansprechen würde. Sein Lächeln macht mich nervös und ich weiß, dass das, was er vorhat, auf meiner Liste der unwahrscheinlichsten Dinge steht, die ich jemals freiwillig tun würde. Aber aus irgendeinem Grund vertraue ich ihm. Dom hingegen macht mir auf eine Art und Weise Angst, als könnte er mir die Kehle aufschlitzen, während er mich anlächelt.

Mein Magen krampft sich zusammen, als mir klar wird,

dass ich Hank unwissentlich in Gefahr gebracht habe, indem ich mich von ihm abholen ließ. Er ist jetzt auf Doms Radar, eine Bekanntschaft zweiten Grades von Dylan Dawson, dem idiotischen Amateur-Drogendealer, wegen dem wir alle umgebracht werden könnten.

Es wäre in Ordnung gewesen, wenn Hank mich einfach in seinen Truck hätte springen lassen, so wie ich es geplant hatte. Wir wären weggefahren, ohne dass jemand etwas gemerkt hätte. Aber Dom war herausgekommen, um eine Zigarette zu rauchen. Ich bin mir ziemlich sicher, dass ihm berichtet wurde, dass ich noch draußen war. Er wollte sehen, wer mich abholen würde. Das, oder er wollte mich einfach nur verunsichern. Es hat funktioniert.

Als ich Hank auf den Parkplatz biegen sah, hätte ich vor Erleichterung fast geweint, obwohl ich eigentlich zu seiner Beifahrertür hätte stürmen und einsteigen müssen, bevor er Hallo sagen konnte. Wenn Dom gefragt hätte, hätte ich sagen können, dass Hank mein Boss aus der Bar ist.

Aber jetzt ... mich wie ein Höhlenmensch zum Auto zu zerren, war schon schlimm genug, aber der Kuss – ich weiß nicht, was zum Teufel es mit diesem Kuss auf sich hatte – der hat es noch schlimmer gemacht. Wie erkläre ich einem Psycho-Drogenboss, dass der Typ, der mir auf dem Parkplatz seine Zunge in den Hals schiebt, mich nicht einmal mag? Dass der Kuss ein wütender Hasskuss war. Kein Kuss eines Liebhabers.

Und wie soll ich Hank das alles erklären?

Als er sich ans Steuer setzte, war sein Gesichtsausdruck so verschlossen wie eine Stahlfalle und er umklammerte das Lenkrad so fest, dass ich dachte, er könnte es abreißen. Zu schweigen schien meine beste Option. Ich meine, ihm zu sagen, dass ich einem seelenlosen Drogendealer Geld schulde und für ihn strippen werde, bis die Schuld beglichen ist, ist schon schlimm genug. Aber dann müsste ich noch hinzufügen: „Und übrigens, der seelenlose Drogendealer hat gesehen, wie du mir deine Zunge in den Mund gesteckt hast. Also musst du jetzt vorsichtig sein."

Jetzt, wo ich die Gelegenheit habe, darüber nachzudenken, wird mir klar, dass ich ihm gar nichts sagen kann.

Egal, wie schuldig ich mich fühle, egal, wie sehr mein Gewissen mich anschreit, alles auszuplaudern, es besteht immer die Möglichkeit, dass Hank die Polizei rufen wird. Er war beim Militär. Er ist ein guter Mann. Die Art von Mann, die meinen Bruder und Dom an die Polizei verraten würde, wenn er es für richtig hielte. Und das kann ich niemals zulassen, weil es auch der sicherste Weg ist, dass wir alle getötet werden.

Die Situation ist hoffnungslos und er würde das nie verstehen.

Ich bin so damit beschäftigt, mir Sorgen zu machen, dass ich gar nicht merke, wohin wir fahren, bis wir an einem beliebten Erotikladen an der Autobahn halten. *Pinky's.* Das Schild ist schwarz und wird von pinkem Hintergrundlicht angestrahlt. Die ganze Atmosphäre des Ladens erinnert an einen Striplub, aber die Kundschaft, die dort ein- und ausgeht, ist eher unauffällig.

Ich war noch nie in einem Erotikgeschäft. Obwohl ich irgendwie neugierig bin, muss ich immer wieder daran denken, dass Hank angedeutet hat, er würde mich wie eine Hure behandeln. Und dann ist da noch diese ganze ‚Große Mädchen-Bestrafung'-Drohung.

Der Mann hat einen Sprung in der Schüssel.

Hank kommt herum und öffnet mir die Tür, aber ich starre einfach weiter auf das alte Ziegelsteingebäude. An der Vorderseite befinden sich Fenster mit Leuchtreklamen.

„Was machen wir hier?", frage ich, als ich aus dem 4Runner steige.

„Es ist an der Zeit, dir ein paar Spielzeuge für unanständige Mädchen zu besorgen."

Spielzeuge für unanständige Mädchen. Aus irgendeinem Grund glaube ich nicht, dass er die spaßige Art von unanständig meint.

##

Hank

Candis Gesichtsausdruck ist unbezahlbar. Es ist offensichtlich, dass sie noch nie an einem Ort wie diesem war. Ihr Mund steht so schockiert und fasziniert offen, dass ich sie am liebsten in die Knie zwingen würde. Alle Bedenken, die ich hatte, mich auf eine sexuelle Beziehung mit diesem Mädchen einzulassen, verfliegen so schnell, dass mir schwindlig wird.

„Dann schauen wir mal hier." Ich nehme ihre Hand und ziehe sie zu einem Regal, auf dem reihenweise Nippelklemmen und Analplugs ausgestellt sind. „Ein paar davon werden wir auf jeden Fall brauchen." Ich greife nach einer Verpackung mit einem großen, schwarzen Plug aus der Auslage.

„W-wa-was?" Die letzte Silbe kommt so hoch heraus, dass ich sicher bin, dass nur Hunde sie hören können.

„Du hast recht. Der ist wahrscheinlich zu groß. Ich will etwas, von dem du weißt, dass es da ist, aber Daddy will seinem kleinen Mädchen nicht wehtun. Nun ja, das will ich schon, aber ... Apropos, womit soll ich dir den Hintern versohlen? Ich sehe dort drüben ein paar Paddel, die wir uns ansehen können."

„Das ist in so vielerlei Hinsicht falsch", zischt sie. Sie reißt mir den Analplug aus der Hand und stellt ihn zurück, während ihr Blick verlegen umherschweift. „Wir suchen hier keine Utensilien aus, mit denen du mich foltern willst."

„Folter ist so ein starkes Wort."

„Ich will nicht geklammert, gestöpselt oder versohlt werden."

„Deshalb nennt man es Bestrafung. Nicht, dass ich nicht glaube, dass du es nicht mehr genießen wirst, als dass du es hasst."

Ihrem empörten Ausbruch folgt: „Du hast Wahnvorstellungen. Ich werde es nicht mögen. Ich weiß, dass es mir nicht gefallen wird." Ihr Atem kommt schneller und ihre Wangen sind gerötet.

„Oh, Prinzessin." Ich dränge sie weiter hinter das Regal, sodass wir nicht mehr zu sehen sind, schiebe meine Hand unter ihren Rock und genieße ihren zischenden Atemzug, als sie mein Handgelenk ergreift. Zu spät. Ich lasse meine Finger unter den durchnässten Schritt ihres Höschens gleiten und versinke in ihrem glitschigen Inneren. „Aber, aber. Da belügt mich jemand, und sich selbst. Weißt du, was mit Mädchen passiert, die lügen?"

„Hank." Mein Name auf ihren Lippen klingt erstickt. Sie umklammert immer noch mein Handgelenk, aber sie versucht nicht, meine Hand wegzuziehen.

Ich fange an, gemächlich hin und her zu gleiten, nur um zu sehen, wie ihre Augen glasig werden und sie sie verdreht. Scheiße. Die Art, wie ihr Atem stockt, lässt mich sofort steif werden.

„Irgendetwas an unserem kleinen Ausflug scheint dich zu erregen. Also sag mir, sind es die ganzen versauten Vibratoren und Dildos, die es dir angetan haben?"

„Verdammt, Hank." Dieses Mal kommt mein Name in einem Keuchen heraus, aber ich behalte mein wahnsinnig langsames Tempo bei. Sie weiß es noch nicht, aber ich habe nicht vor, sie in nächster Zeit kommen zu lassen.

„Nein? Nicht die Vibratoren? Ich hätte gedacht, die würden dir gefallen. Hmm, vielleicht sind es die Analplugs und Nippelklemmen, oder vielleicht, nur vielleicht ...“ Ich beuge mich nah genug an sie heran, um meine Worte auf ihren Hals zu hauchen, „ist es die Tatsache, dass ich dich mit zu mir nach Hause nehmen und deine Titten einklemmen werde.“ Ich zwicke ihr als Vorgeschmack in einen Nippel und sie zuckt zusammen. „Dann wird Daddy deinen heißen Arsch vornüberbeugen und einen Plug in dein enges, kleines Loch einführen, bevor er dich so hart und lange versohlt, dass du eine Woche lang jedes Mal an mich denken wirst, wenn du dich setzt. Denn du verdienst es nicht nur, bestraft zu werden, Prinzessin. Du willst es. Brauchst es. Denn du bist ein sehr. Böses. Mädchen.“

Sie erschaudert in meinen Armen, als sie kommt. Ich bin mir nicht sicher, wer mehr überrascht ist, sie oder ich.

„Hey, ihr könnt das draußen machen. So etwas gibt es hier drin nicht“, sagt der Verkäufer von der anderen Seite der Auslage.

Candi vergräbt ihr Gesicht an meiner Brust, während ich eine Entschuldigung murmle, obwohl mir noch nie etwas so wenig leidgetan hat wie jetzt. Ich kratze über ihre Klitoris, nur um zu spüren, wie ihr Körper an meinem zuckt, als ich meinen Finger herausziehe und ihn an der Innenseite ihrer Oberschenkel abwische. Sie wimmert und ich zwicke sie in die Nase, woraufhin sie mich böse anfunkelt.

„Unanständige Mädchen müssen mit klebrigen Schenkeln herumlaufen.“ Ich nehme einen kleinen Analplug aus dem Regal und reiche ihn ihr. „Den legst du nicht zurück. Du wirst alles, was ich dir gebe, für mich zur Kasse tragen und ein braves Mädchen sein. Und weißt du auch, warum?“

„Warum?" Ihr Tonfall klingt meuternd.

„Weil dich alle hier drin beobachten werden. Das Mädchen, das hinter der Auslage mit Nippelklemmen und Analplugs einen kleinen Orgasmus hatte ..."

„Das war wohl kaum ein Orgasmus. Höchstens ein Halborgasmus", flüstert sie wütend.

Ich werfe ihr einen gönnerhaften Blick zu, bevor ich fortfahre, als ob sie nichts gesagt hätte: „Und alle werden sehen, was du an die Kasse bringst. Und sie werden wissen, dass ich mit jedem einzelnen Gegenstand, den du auf den Tresen legst, schmutzige, dreckige Dinge mit dir machen werde."

„Ich tue es trotzdem nicht", sagt sie gereizt.

„Aber vor allem wirst du tun, was dir gesagt wird, weil du tief in dir weißt, dass du heute Abend großen Mist gebaut hast, und jetzt ein gutes Mädchen für mich sein willst." Jetzt drückt sie den Rücken durch. Oh, ja, damit habe ich sie.

Ohne auf eine weitere Reaktion zu warten, drehe ich mich um und gehe zu den Paddeln. Ich nehme zwei von der Wand. Eins aus Gummi mit Herzausschnitten in der Mitte und eins aus Leder.

Sie hält den Analplug und die Nippelklemmen, die ich ihr gegeben habe, noch immer in der Hand und kommt langsam zu mir hinüber, wo ich die Paddel hochhalte. Mit vor Irritation gespitzten Lippen schnappt sie sich das Gummipaddel mit den Herzausschnitten und ich muss mir ein Grinsen verkneifen. Aus Erbarmen nehme ich nur noch zwei weitere Dinge aus den Regalen, bevor wir uns auf den Weg zur Kasse machen.

Ich weiß, dass das eine Strafe sein soll und dass ich mich immer noch darüber ärgern sollte, sie halb bekleidet vor diesem verdammten Stripklub abholen zu müssen. Aber so viel Spaß hatte ich schon lange nicht mehr.

Kapitel Neun

Candi

Hank wohnt bei John. Nicht, dass daran etwas auszusetzen wäre, der Mann ist schließlich sein Vater. Und Hank ist gerade erst wieder in die Stadt gekommen. Aber ich hatte erwartet, dass er mit mir in einen Wohnkomplex oder so etwas fährt. Ich war noch nie hier, aber als wir in die lange Einfahrt biegen und vor einem alten Haus im Landhausstil halten, vor dem ein Fahnenmast mit einer amerikanischen Fahne über einer „Don't tread on Me"-Flagge steht, weiß ich sofort, dass dies Johns Haus ist. Ich weiß nicht, warum mich das beunruhigt, aber ich muss mich selbst daran erinnern, dass John nicht hier ist. Er wird mich nicht auf diese Weise sehen.

Seit wir dieses unanständige Geschäft verlassen haben, koche ich vor Verlegenheit und Wut. Meine Schenkel sind immer noch klebrig, mein Höschen ist unangenehm nass. Allein der Gedanke daran, wie Hank mich auf diese Weise zur Kasse gezwungen hat, lässt meine Säfte noch mehr fließen, und ich presse frustriert die Knie zusammen. Es ist, als hätte er eine

Art Hormonschalter in mir umgelegt, und ich wünschte, er könnte ihn wieder ausschalten.

Seine Hand liegt auf meinem Oberschenkel. Sie liegt bereits dort, seit wir *Pinky's* verlassen haben, und er hat sie keinen Zentimeter bewegt. Es macht mich wahnsinnig. Ich muss ständig daran denken, wie sich dieselbe warme Hand zwischen meinen Beinen anfühlt. Wie sich die schwieligen Finger tief in mir anfühlen. Er hat mich mitten in einem Sexshop gefingert. Ich bin ein wenig sauer, aber nicht annähernd so sauer, wie ich es sein sollte.

Vorfreude auf das, was er vorhat, summt durch meinen Körper. Außerdem warte ich ungeduldig darauf, dass seine Hand, die lässig auf meinem Oberschenkel ruht, unter meinen Rock wandert. Es ist lächerlich.

In dem Geschäft war Hank fast spielerisch. Jetzt ... nun, er erinnert mich an das Sprichwort: ‚Leg dich mit dem Stier an und du bekommst die Hörner zu spüren.' Ich glaube, ich habe den Stier getreten und bin kurz davor, die Hörner zu spüren zu bekommen. Wenn die kleine Vorschau im Sexshop ein Indiz war, bin ich noch nicht bereit für die Hörner.

Nicht heute Abend.

An keinem Abend.

„Hank, ich bin müde." Meine Stimme bebt, also räuspere ich mich und versuche, einen ruhigen Tonfall anzuschlagen. „Und es ist wirklich spät. Kannst du mich bitte einfach nach Hause bringen?" Ich klinge wie ein Feigling, aber es scheint, dass mein Stolz schließlich versiegt ist.

Als er vor der Seitengarage parkt, dreht er sich auf seinem Sitz um und mustert mich, als könne er jede Emotion in mir lesen. Ich setze einen müden Gesichtsausdruck auf und versuche, erschöpft zu wirken, obwohl ich alles andere als das bin. Ich bin zu angespannt, um müde zu sein. Mein Herz rast, als hätte ich gerade eine Line von dem Koks gezogen, das mein Bruder verloren hat.

Hank streckt die Hand aus und fährt mit der Daumenkuppe über meine Unterlippe. Ich kann nicht widerstehen, in die Spitze zu beißen. Es entlockt ihm ein Glucksen, das mich erschauern lässt.

Dieser Kerl hat es mir wirklich angetan. So sehr, dass ich mich frage, was zum Teufel mit mir los ist.

„Ich bringe dich morgen früh nach Hause", sagt er und steigt aus dem Wagen. Was er meint, ist klar: Er wird mich erst nach Hause bringen, wenn er mit mir fertig ist, und keine Sekunde früher.

Er geht herum und öffnet meine Tür. Als ich mich nicht bewege, greift er hinein und schnallt mich ab. „Komm schon, Prinzessin", sagt er und versucht, mich herauszulocken.

„Nee-eiin." Ich schüttle den Kopf, als er mich herausziehen will, und halte mich am Türrahmen fest. Ich weiß, dass es kindisch ist, aber das ist mir egal.

„Es ist Zeit für deine Bestrafung, und wenn du dich so benimmst, wirst du es nur noch schlimmer machen."

Oh ja, da fühle ich mich doch gleich viel besser. „Einen Teufel werde ich tun." Mein Kampf- oder Fluchtverhalten setzt ein und ich klammere mich fester an den Türrahmen. Zeilen aus alten Filmen, wie „Ich bereue nichts" und „Du bekommst mich nicht lebend" gehen mir durch den Kopf.

Hank greift nach mir und reißt mich vom Sitz, als würde ich nichts wiegen. Er schlingt seinen Arm um meine Taille und hält mich an seinem Körper fest, während meine Finger mit frustrierender Leichtigkeit von der Tür rutschen. Mit einem Schwung wirft er mich über seine Schulter und meine Nase prallt gegen seinen harten Rücken.

„Denk noch einmal darüber nach, Hank." Ich winde mich, versuche, von seiner Schulter zu rutschen, und drücke mich von seinem Hosenbund hoch. Es ist unverhältnismäßig schwierig, ernstgenommen zu werden, wenn man kopfüber über der Schulter von jemandem hängt.

„Oh, ich denke darüber nach." Das Lachen in seiner Stimme macht mich stinksauer.

Mit erneuter Anstrengung klammere ich mich an den Türrahmen, sobald er durch die Haustür tritt, und bin zufrieden, als er zurückstolpert.

„Verdammt noch mal, Candi. Lass los." Er gibt mir einen Klaps auf den Hintern und zerrt an mir. Ich schreie meine Empörung heraus, während ich mich weiter festhalte.

„Nein. Du lässt mich runter!"

Er setzt mich ab, aber nur, um mich vom Türrahmen zu lösen, also schlage ich ihm direkt gegen das Brustbein ... und verletzte mir die Hand. „Au, oh mein Gott. Woraus zum Teufel ist deine Brust gemacht, aus Metall?" Ich schüttle meine Hand aus und verliere meine Gelegenheit, schnell davonzulaufen.

„Can-dice", sagt er deutlich gereizt. Das Arschloch hat mich im Handumdrehen wieder über die Schulter geworfen. „Das reicht jetzt."

Das Haus ist dunkel, aber das Wohnzimmer, durch das wir gehen, ist groß und hat hohe Decken. Es sieht aus wie ein altes Jagdhaus. Von meinem Blickwinkel aus sehe ich hauptsächlich Holzfußböden und Hanks in Jeans gehüllten Hintern.

„Lass uns darüber reden." Ich bin für einen Moment wie gelähmt – meine Hand pulsiert –, aber ich will nichts von der „Strafe" wissen, die ich seiner Meinung nach verdiene.

„Ach ja, jetzt willst du reden?", fragt er, ohne langsamer zu werden. „Du kannst damit anfangen, mir zu erzählen, was zum Teufel du in einem Stripklub gemacht hast."

„Ich war zu einem Interview. Ich ziehe mich lieber für dreckige, alte Männer aus, als dass ich ihnen auch nur einen

Penny schulde!" Meine Stimme hallt von den Wänden des dunklen Flurs wider.

„Ich schlage vor, du sprichst leiser, es sei denn, du möchtest, dass Wyatt für unsere kleine Scheißshow wach ist." Ich verstumme und Hank stößt ein Glucksen aus. „Du hast ihn vergessen, was?"

Das hatte ich und ich will nicht, dass er mich mit Hank sieht. Zumindest nicht so.

Er öffnet eine Tür und wir betreten ein Schlafzimmer. Hank stellt mich auf die Füße, bevor er eine Lampe anknipst, aber er hält mich am Handgelenk fest, wohl um mich an der Flucht zu hindern. Das Zimmer ist nicht übermäßig dekoriert. In der Mitte steht lediglich ein Doppelbett mit einer schönen rotblauen Bettdecke darauf. Zwei alte hölzerne Nachttische, auf denen jeweils eine Lampe steht, flankieren das Bett. Eine hohe Kommode befindet sich an der gegenüberliegenden Wand. In der Ecke steht ein Koffer, aus dem Kleidung herausquillt, sodass ich mich frage, warum er nicht ausgepackt hat.

Hank geht zum Fußende des Bettes und setzt sich. Er zieht mich zu sich heran, bis ich zwischen seinen geöffneten Beinen stehe. Seine Hände hebt er lässig an die Rückseite meiner Beine. Es ist die intime Position eines Freundes mit seiner Freundin. Wenn wir zusammen wären, würde ich meine Hände auf seine Schultern legen. Vielleicht würde ich sie hinter seinem Nacken verschränken und mich hinunterbeugen, um ihn auf eine süße, kokette Art zu küssen.

Aber in unserer Beziehung gibt es nichts Süßes oder Kokettes. Ich stehe mit verschränkten Armen da und frage mich, wann die ganze Bestrafung beginnen wird.

Sein starrer Blick ist, gelinde gesagt, nervtötend. Seine Augen sprühen mit aufgestauter Glut, die jeden Moment zu einem riesigen Feuer auflodern kann.

„Würdest du dich wirklich lieber für Fremde ausziehen, als dich an unsere Abmachung zu halten?"

Seine direkte Frage wirft mich aus der Bahn. Wenn ich es nicht besser wüsste, würde ich denken, ich hätte die Gefühle des großen Blödmanns verletzt. Ich beiße mir auf die Lippe und suche mir einen Punkt in der Ecke, auf den ich starren kann. Lieber schulde ich ihm ein Leben lang Geld, als im Sugar Daddy's zu strippen. Aus mehr Gründen, als ich Hank erklären kann.

Er packt mein Kinn und zwingt mich, ihn anzuschauen. Er starrt mich so lange an, dass ich sicher bin, er hat die Antwort in meinem Gesicht gelesen. „Du bist ein nervtötender Quälgeist. Aber du hast einen sehr sexy Schmollmund, Prinzessin."

„Nein, habe ich nicht", sage ich und ziehe dabei einen Schmollmund. Es stört mich nicht einmal, dass er mich *Prinzessin* genannt hat. Zum Teufel, wenn es nicht sogar anfängt, mir ein wenig zu gefallen. Ich bin mir ziemlich sicher, dass dies das erste Mal ist, dass er mir ein richtiges Kompliment gemacht hat – und es ist das schlimmste, hinterhältigste Kompliment aller Zeiten –, aber es wärmt mich trotzdem von innen heraus. Die Tatsache, dass er mich zwar hasst, sich aber trotzdem zu mir hingezogen fühlt, verschafft mir große Befriedigung.

„Doch, hast du. Und ich werde es genießen, dir dabei zuzusehen, wie du in der Ecke schmollst und deinen wunden Hintern herausstreckst."

Ich versuche, mich aus seinen Armen um meine Hüfte zu befreien. Er packt einfach meinen Hintern und zieht mich an seinen harten Körper.

„Genug gestritten für eine Nacht, junge Dame. Du wusstest von dem Moment an, als du mich angerufen hast, dass du in Schwierigkeiten stecken würdest. Und doch sind wir hier. Du hast mich trotzdem angerufen. Aus allen Leuten, die du hättest anrufen können, hast du mich gewählt."

Mir ist offiziell die Luft ausgegangen. Er hat ja recht. Ich weiß, dass er recht hat. Das heißt aber nicht, dass ich mich darüber freuen muss.

„Also", beginnt er und zieht mich zu sich heran. „Wirst du deine Bestrafung wie ein braves Mädchen hinnehmen, oder muss ich dich festbinden?"

Dem herausfordernden Glanz in seinen Augen nach zu urteilen, bin ich mir ziemlich sicher, dass ihm die Aussicht, mich zu fesseln, gefällt. Ich bin nicht völlig unberührt von der Idee. Aber, nein. Nein. Das wäre schlimmer, so viel schlimmer. Die flatternden Schmetterlinge in meinem Bauch, die ich auf der ganzen Fahrt hierher verspürte, sind wieder da.

Das hält mich nicht davon ab, ihm einen hochmütigen Blick zuzuwerfen und meinen Rock anzuheben, während ich mich über das Ende des Bettes beuge. Wenn meine Beine leicht zittern, liegt das daran, dass es hier drin kühl ist. Es liegt mir auf der Zunge, zu sagen: „Zeig mal, was du kannst", aber warum das Schicksal herausfordern …

Aufgesetzter Mut. Es ist nur aufgesetzter Mut.

Ich quietsche und verrate mich selbst, als er unter meinen Rock greift und mein pinkfarbenes Spitzenhöschen bis zur Mitte des Oberschenkels hinunterzieht. Ich schaue zu ihm zurück, und das ist ein Fehler. Er ist ungeheuer imposant, wie er mich überragt. Mein Magen rutscht von meinen Kniekehlen irgendwo in die Nähe meiner gekräuselten Zehen.

„Ich trage einen Tanga. Warum ziehst du mir das Höschen runter?" Meine Stimme ist so gehaucht, dass es klingt, als würde ich Marilyn Monroe nachahmen, auf schlechte Weise.

Er zieht eine Augenbraue hoch und verzieht den Mund zu einem halben Grinsen. Aber er sieht mich nicht an, zumindest nicht mein Gesicht. Ich spüre, wie die Stelle, auf die er starrt, ganz heiß wird. Ich will meine Beine schließen, aber er hält mich mit einer Hand auf. „Dein Höschen ist unten, damit

Aubrey Cara

Daddy einen Blick auf deine süße Muschi werfen kann", sagt
er und seine Stimme ist ein leises Grollen.

Ich bin mir nicht sicher, was perverser ist: Die Tatsache,
dass er sich selbst als Daddy bezeichnet oder der Fakt, dass,
wenn er es sagt – jedes Mal, wenn er es sagt – neue Feuchtigkeit meine Muschi kribbeln lässt.

Er hockt sich hinter mich, packt meine Knöchel und
schiebt meine Füße noch weiter auseinander. „Und dein
Höschen bleibt an deinen Schenkeln, damit du nicht vergisst,
wie entblößt du vor mir stehst."

Ich beiße mir auf die Lippe und vergrabe mein Gesicht in
der weichen Bettdecke unter mir. Ich spüre seinen Atem an
der Rückseite meiner Oberschenkel und weiß, dass sein
Gesicht, genau dort, auf gleicher Höhe mit mir ist. Er muss
doch sehen können, wie demütigend nass ich gerade bin.

Seine Hand klatscht auf meinen Hintern und ich schreie
eher vor Überraschung als vor Schmerz auf, obwohl ich
schwöre, dass ich spüre, wie sein Handabdruck auf meinem
Hintern pulsiert. Das Gefühl bahnt sich seinen Weg in meine
Muschi, während er abwechselnd von links nach rechts und
von rechts nach links schlägt. Es ist fast schon entspannend.
Ich kann nicht glauben, dass ich mich deswegen so aufgeführt
habe. Es ist erst das dritte Mal, dass er mich jemals versohlt,
aber bei Weitem die leichteste Strafe, und ich frage mich, ob es
nicht so schlimm ist, weil ich mich nicht dagegen wehre.
Sobald er aufhört, hebe ich den Kopf und bin leicht verwirrt.
Ich verschlucke mich an meinen Worten, „War es das?", als ich
das unverwechselbare Geräusch eines Gürtels höre, der
geöffnet wird.

Ich drehe mich gerade noch rechtzeitig um, um zu sehen,
wie er seinen braunen Ledergürtel aus der letzten Schlaufe
seiner Hose zieht. Panik durchströmt mich so heftig, dass mir
schwindlig wird.

„Oh, nein, warte!", sage ich und richte mich auf.

Mein Bauch schlägt auf die Matratze und ich wippe ein wenig, als er mich mit starker Hand nach unten drückt und festhält.

„Kein Warten", sagt er, eine Sekunde bevor das Knallen seines Gürtels auf meinem Arsch brennt und an meine Ohren dringt. Der erste Schlag raubt mir den Atem. Der zweite Schlag lässt mich in die Bettdecke schreien. Ich tänzle auf den Zehenspitzen und klammere mich an die Bettdecke, als würde sie mein Leben retten. Ich bin ein Weichei. Ein totales Weichei. Ich dachte, ich könnte es aushalten, aber jetzt weiß ich nicht mehr, ob ich es kann.

„Halte still für deine Bestrafung", sagt er und packt meine Handgelenke. Mir war nicht bewusst, dass ich nach hinten gegriffen habe.

Tränen brennen in meinen Augen, als ich einen erschrockenen Schrei ausstoße, nachdem der Gürtel zweimal auf dieselbe Stelle trifft.

„Du warst leichtsinnig", belehrt er mich. „Ein leichtsinniges, unvorsichtiges, egoistisches, selbstsüchtiges, kleines Mädchen heute Nacht." Jedes Wort wird durch den knallenden Schlag seines Gürtels unterstrichen.

Bei seinen Worten laufen Tränen über mein Gesicht und der Schock jedes Schlages durchzuckt meinen Körper. Es ist, als ob jeder einzelne Nerv von meinem Kopf bis zu meinen Zehenspitzen entzündet wird. Ich werde von Gefühlen überwältigt, aber seine Worte brennen schlimmer als der Gürtel. Sie reißen mich auf und geben mir das Gefühl, dass ich blute.

„Weiß dein Bruder, der kürzlich zusammengeschlagen wurde – und ja, ich bin nicht dumm, ich weiß genau, dass das, was ihm passiert ist, kein Unfall war – weiß er, wo du bist? Wo du warst?", fragt er, während er den Gürtel erneut fallen lässt. „Weißt du, wie sehr er sich sorgt? Wie viele Sorgen er sich um dich macht? Ist es dir überhaupt wichtig oder warst du zu sehr damit beschäftigt, eine rücksichtslose, egoistische Göre zu sein?"

„Es ist mir wichtig! Ich bin nicht egoistisch", rufe ich immer wieder. „Ich bin nicht egoistisch, ich bin nicht egoistisch, verdammt noch mal!" Ich weiß nicht, warum es wichtig ist, aber ich hasse es, dass er so von mir denkt. Ich war leichtsinnig, aber nur, *weil* mir Dinge wichtig sind. Ich sorge mich so sehr, dass ich Dinge tue, die mich innerlich zerreißen. Aber ich kann ihm das nicht erklären, ohne ihm alles zu sagen.

Hank hebt mich hoch und schließt mich in seine Arme, bevor ich merke, dass die Bestrafung vorbei ist. „Psst, ich hab dich", sagt er in mein Haar, als er mir einen Kuss auf den Scheitel drückt. Mit den Händen zieht er beruhigende Kreise über meinen Rücken, während ich in seinen Armen liege und meine Tränen die Vorderseite seines T-Shirts durchnässen.

Stück für Stück komme ich wieder zu mir. Die brennenden Striemen auf meinem Hintern sind heißen Wellen gewichen, und ich war noch nie so feucht dort unten wie jetzt. Als ob meine Klitoris im Takt meines Pulses schlägt, geschwollen, schwer, sehnsüchtig feucht.

Ich bin voller Sehnsucht und Verwirrung, als ich zu Hank aufblinzle. Es muss zu sehen sein, denn seine Augen funkeln mit einem erwidernden Feuer, bevor er mein Gesicht berührt und meine Tränen mit den Daumen abwischt. Für den Bruchteil einer Sekunde ist sein Gesichtsausdruck so zärtlich, dass mir der Atem stockt. Aber dann ist er so schnell wieder weg, dass ich mich frage, ob ich es mir nur eingebildet habe.

Sein Schwanz ist wie ein hartes und heißes Brandzeichen an meinem Bauch. Ich reibe meine Brüste an seiner Brust wie eine läufige Katze. Ich bin so erregt und bereit für Bettsport, wie ich es noch nie zuvor war. Ich habe noch nie einen Orgasmus beim Sex gehabt, zumindest auf keine erinnerungswürdige Art und Weise, aber jetzt, mit Hank, wird es anders sein. Zum ersten Mal in meinem Leben bin ich aufgeregt, das herauszufinden.

„Nein, Madame", sagt er und hält mich auf Armeslänge zurück. „Unartige Mädchen bekommen nach der Bestrafung keine Belohnung."

Ich blicke finster auf sein herablassendes Gesicht, denn ich habe wirklich die Schnauze voll von diesem Schwachsinn. Ich habe meine Bestrafung wie ein braves Mädchen hingenommen, verdammt noch mal. Und sein Ding ist so hart wie ein Baseballschläger. Was für ein Mann weigert sich denn, wenn eine notgeile Frau sich ihm an den Hals wirft? Und verdammt noch mal, ich bin so verdammt geil, dass ich kotzen könnte.

„Aha, da ist ja der Schmollmund, den ich liebe."

Ich presse bei seinen Worten die Lippen zusammen und versuche, den Schmollmund von meinem Gesicht zu verdrängen. Er kann mich mal.

Er gluckst nur und zieht mich in die Ecke des Raumes. Sein Körper ist ganz dicht hinter meinem und an mich gepresst, während er meine Hände an die Wand drückt. Seine großen, schwieligen Hände bedecken meine, bevor er sie an meinen Armen entlang und zu meinen Seiten hinunterwandern lässt, bis er meine Taille erreicht. Er packt meine Hüfte und zieht mich gegen seinen harten Schwanz zurück.

Der raue Jeansstoff kratzt an meinem Hintern, aber Hitze steigt bei dieser Bewegung trotzdem in mir auf. Meine Brustwarzen kribbeln unter meinem Oberteil und ich wünschte, er würde seine Hände an die Stelle legen, wo ich sie am meisten brauche.

Sein Mund ist an meiner Kehle und sein Bart kitzelt auf die köstlichste Weise. Er küsst und leckt sich seinen Weg von der zarten Stelle, wo meine Schulter auf meinen Hals trifft, zu meinem Ohr. Ich lasse meinen Kopf an seine Schulter sinken, als er mir ins Ohrläppchen beißt.

Für einen Mann, der sich vorgenommen hat, keinen Sex mit mir zu haben, macht er seine Sache nicht gerade gut. Ich schmelze schon wieder dahin.

„Es ist Zeit für die Ecke, Prinzessin", sagt er an meinem Ohr. *Prinzessin* kommt so heiser heraus, dass sich mein ganzer Körper versteift. Ich registriere die Worte ‚Zeit für die Ecke' erst, als er seinen Körper von meinem loslöst.

„Entschuldige, was?" Ich werfe einen Blick zurück.

„Handflächen an die Wand."

Der autoritäre Ton seiner Stimme bringt mich automatisch dazu, seiner Anweisung zu folgen. Ich stampfe mit dem Fuß auf und bin über meine eigene Schwäche frustriert.

„Wutanfälle während der Zeit in der Ecke werden mit einem weiteren Versohlen bestraft, junge Dame."

„Fick dich." Die Worte kommen mir über die Lippen, bevor ich sie zurückhalten kann. Das Klatschen seiner Hand auf mein armes Hinterteil ist zu hören, bevor ich es spüre. Aber mein Gott. Wie ich es spüre. Bei den nächsten beiden Schlägen auf meinen pulsierenden Arsch strecke ich mich auf die Zehenspitzen; mein Atem stockt in einem lautlosen Schrei.

Zögerlich lasse ich mich wieder auf die Fersen sinken und keuche durch das erwachende, brennende Pochen meines missbrauchten Hinterns. Hitze breitet sich in mir aus, was zu einem alarmierend vertrauten Muster wird.

Ich lehne meine Stirn zwischen meinen Händen an die kühle Wand und stöhne. Obwohl ich müde bin, ist mein Körper hellwach und schreit nach Aufmerksamkeit. Aber der Mann, von dem er Aufmerksamkeit will, ist ein wenig verrückt. Vielleicht bin ich selbst auch verrückt, denn als ich den Kopf drehe und ihn unter meinen langen Wimpern ansehe, verdrängen die Worte, die mir über die Lippen kommen, jegliche Luft im Raum.

„Ich will dieses Spiel nicht mehr spielen, Daddy. Bitte, ich brauche dich."

In verzweifelten Zeiten muss man zu verzweifelten Maßnahmen greifen. Mit einer zitternden Hand greife ich hinter mich und schlinge meine Finger um die Konturen des härtesten Schwanzes, den ich je gespürt habe. Er zuckt in meiner Hand und seine Augen werden glasig ... Ich hab ihn.

Oder zumindest dachte ich, ich hätte ihn.

Er packt mein Handgelenk und drückt die Hand zurück an die Wand. „Ich schätze, da ist jemand bereit, ‚Große Mädchen'-Spielchen zu spielen, was?", knurrt er an meinem Ohr. „Das ist okay, Baby. Daddy weiß auch, wie man große Mädchen in die Schranken weist. Wage es ja nicht, auch nur einen Muskel zu bewegen."

Damit tritt er zurück ... und verlässt den verdammten Raum. Als ich beim Klicken der Tür um mich blicke, ist er verschwunden. Was zum Teufel? Ich warte eine Sekunde, aber ich höre nichts.

Scheiß drauf, und scheiß auf ihn. Ich wollte noch nie in meinem Leben so verzweifelt kommen, und ich wurde schon ein paar Mal hängengelassen. Ich weiß, wie ich die Sache selbst in die Hand nehmen kann.

Ich greife nach unten und berühre meine geschwollene Klitoris mit der Fingerspitze. Und verdrehe die Augen.

Oh, jaaa.

Kapitel Zehn

Hank
Also ja, ich mag Dirty-Daddy-Talk. Und zwar sehr. Es ist mein Ding.

Als ich noch klein war, habe ich gern Vater-Mutter-Kind gespielt. Das Nachbarmädchen von gegenüber kam vorbei, oder ich ging zu ihr, während unsere Mütter wer weiß was machten, und wir spielten zusammen. Sie wollte Schule, Einkaufsladen oder Arzt spielen, aber ich nicht. Ich drehte es immer wieder zu Vater-Mutter-Kind um. Und ich war immer der Mann im Haus. Ich war besessen von Vätern und tat so, als wäre ich der Hausherr. Man muss kein studierter Psychologe sein, um herauszufinden, warum. Meine Mutter war eine Hure, eine waschechte Verkaufe-dich-für-Geld-Prostituierte, und ich hatte keinen Vater, bis ich sechzehn und meine Mutter schon seit zwei Jahren tot war.

Aber ich habe nie nach einer Vaterfigur gesucht, sondern wollte vielmehr die Vaterfigur sein.

In meinen Teenagerjahren wurde meine Faszination für den „Mann im Haus" einfach mit all den schmutzigen Fantasien verwoben, die mein hormoneller Verstand ausheckte. Als ich dann erwachsen wurde, könnte man sagen, dass ich immer noch gern Vater spielte, nur in einer viel schmutzigeren Version.

Mit Anfang zwanzig gehörte Dirty-Daddy-Talk im Schlafzimmer für mich zur Tagesordnung. Und das Hintern versohlen auch. Nichts macht mich mehr an. Manche sagen vielleicht, ich stehe auf die BDSM-Dynamik zwischen Vater und Schützling. Andere mögen vielleicht sagen, ich sei ein perverser, kontrollierender Arsch. Zum Teufel, ich wurde schon als krankes Fickgesicht bezeichnet – nicht alle Frauen sind davon erregt. Aber zu meinem Glück törnt es die meisten verdammt an.

Die Sache ist die, dass ich es nie wirklich außerhalb des Schlafzimmers gemacht habe. Ich war einfach nie jemand, der es so weit treiben oder sich auf diese ‚Rund um die Uhr-sieben Tage die Woche-Dom/Unterwürfige-Dynamik' einlassen wollte, die Dinge wie Disziplinieren beinhaltet. Und ganz ehrlich, keine der Frauen, mit denen ich je zusammen war, hätte das auch mitgemacht. Das heißt nicht, dass ich nicht darüber nachgedacht habe, wie es wäre. Und ja, ich habe darüber fantasiert – großer Gott, und wie ich darüber fantasiert habe –, aber in Wirklichkeit habe ich nie gedacht, dass es dazu kommen würde. Ich hätte nie gedacht, dass ich im wirklichen Leben mit dieser Art von Verantwortung belastet werden wollte.

Irgendwann zwischen dem Zeitpunkt, als Candi mir ihren köstlichen Arsch präsentierte und sich bereitwillig meiner Autorität über sie unterwarf, und als ich sie in die Ecke stellte – anstatt meinen Schwanz in ihr zu vergraben, wonach ich mich noch nie mehr gesehnt habe –, wird es mir wirklich bewusst. Ich habe unwissentlich diese Verantwortung übernommen. Verdammt, ich bin sogar Hals über Kopf hineingestürzt. Ich habe hier eine große Rolle übernommen. All die Male, zu denen ich sie versohlt habe, haben auf diesen einen Moment hingeführt.

Ich bin jetzt voll im Daddy-Dom-Modus.

Und ich kann nicht lügen. Es ist ein Rausch. Es ist ein Rausch, wie ich ihn noch nie erlebt habe. Mein Schwanz ist härter als Stahl und mein Herz schlägt wie wild in meiner Brust. Scheiße, ich möchte meinen Kopf gegen die Wand schlagen, so heiß bin ich gerade auf sie. Ihre Muschi ist so verdammt feucht, dass die Innenseiten ihrer Oberschenkel mit ihrem Honig bedeckt sind. Jedes Mal, wenn ich sie berührte, hat sie praktisch vor Verlangen vibriert. Und ich will dieses Verlangen stillen.

Ihre Reaktion auf alles, was ich tue, auf alles, was ich mit ihr machen will, ist so verdammt perfekt, dass ein Teil von mir vor ihr auf die Knie sinken will, um sie anzubeten. Das Seltsame ist, so hart mein Schwanz auch ist und sosehr mich die Aussicht, in sie zu stoßen, auch erregt, ich will wirklich nicht, dass sie jemals wieder so einen Scheiß macht. In einen Striplub zu gehen. Und zu denken, dass sie mich manipulieren kann.

Ihr Körper bettelt darum, dass ich sie nehme. Verdammt, mein Körper bettelt darum, dass ich sie nehme, aber sie denkt immer noch, ich sei wie andere Männer, die sie leicht manipulieren kann. Sie muss lernen, dass ich nicht wie irgendein anderer Mann bin, mit dem sie jemals zusammen war. Und ich werde dafür sorgen, dass sie das ohne jeden Zweifel weiß.

Es gibt so viele Strafen, die Daddys ihren kleinen Mädchen aufbrummen können, und ich werde sie mit Vergnügen in jede einzelne davon einführen.

Ich schnappe mir die Tüte mit den Spielzeugen, die wir vorhin bei *Pinky's* gekauft haben, aus dem 4Runner und gehe wieder hinein. Ich atme tief durch, um einen klaren Kopf zu

Aubrey Cara

bekommen und das Blut aus meinem Schwanz zu treiben. Dann öffne ich die Tür zu meinem Zimmer und bleibe wie angewurzelt stehen.

Meine kleine Prinzessin stützt sich mit einem Arm an der Wand ab. Ihr Kopf ruht auf ihrem Unterarm und die Finger ihrer freien Hand sind genau dort, wo ich sein möchte. Sie ist so mit sich selbst beschäftigt, dass es eine Sekunde dauert, bevor ihr bewusst wird, dass ich wieder im Zimmer bin.

„Oh Gott!", schreit sie und dreht sich weiter um, als wollte sie sich vor mir schützen, aber dafür ist es viel zu spät. „Verschwinde!"

Ich werde nirgendwo hingehen, das kann sie vergessen. Stattdessen schließe ich die Tür. „Oh, Candi, Candi, Candi", sage ich und schlendere tiefer ins Zimmer. „Daddy hat nicht gesagt, dass du kommen darfst."

„Nun, i-ich-und du" stottert sie mit dem Gesicht zur Wand.

„Du-du", spotte ich. „Nur unartige Mädchen kommen ohne Erlaubnis." Ich drehe sie um, sodass sie mich ansieht und mit dem Rücken zur Wand steht. Ich greife nach ihrer Hand und zwinge ihre nassen Finger gemeinsam mit meinen eigenen wieder in sie hinein. Ich unterdrücke ein Stöhnen, als ihre heiße Fotze sich um unsere Finger zusammenzieht. Ich ziehe unsere mit Saft beschmierten Hände aus ihrem Schlitz und halte sie wie zu ihrer Inspektion hoch.

„Sieht aus, als hätte jemand Orgasmen gestohlen. Was machen wir denn da?" Ich sauge ihre feuchten Finger in meinen Mund und genieße ihren herben Geschmack, bevor ich ihre Lippen mit meinem nassen Finger benetze.

Schock zeigt sich auf ihrem Gesicht, aber sie öffnet die Lippen, damit ich eindringen kann. Ich wünschte, ich würde meinen Schwanz über ihre Zunge reiben. Ich stöhne, als sie instinktiv saugt.

122

„Ich glaube, jemand schuldet Daddy seinen eigenen Orgasmus. Meinst du nicht auch?"

Ihre hübschen blauen Augen werden riesengroß, als sie begreift, was ich sage. Sie öffnet den Mund und schließt ihn ein paar Mal, bevor sie sagt: „Du willst, dass ich", sie zeigt auf sich selbst, „dir ..."

Ich packe ihr Haar mit der Faust und ziehe ihr Gesicht zu mir heran. „Du wirst auf die Knie gehen und Daddys Schwanz lutschen, so wie du meine Finger gelutscht hast. Und du wirst alles schlucken, was ich dir gebe. Ja, Sir?"

„Ja-ja, Sir." Sie keucht förmlich und ihre Zunge schnellt heraus. Sie leckt sich über die vollen rosafarbenen Lippen, als könnte sie mich dort bereits schmecken.

Verdammt, es kostet mich jede Menge Willenskraft, meinen Plan durchzuziehen. „Aber zuerst musst du dich über das Bett beugen", sage ich und halte die Tüte hoch. „Jemand muss lernen, was passiert, wenn er versucht, seinen Daddy zu manipulieren."

„Was? Das habe ich nicht."

„Wirklich nicht? Du hast mich nicht Daddy genannt, nur weil du dachtest, du könntest es zu deinem Vorteil nutzen? War das nicht genau das, was du getan hast?"

Sichtlich verblüfft, aber wohl wissend, dass es stimmt, sagt sie: „Aber ich dachte, du magst es – ich meine, du nennst dich selbst so ..."

„Ich mag es", sage ich und schließe meine Hände um ihr Gesicht. Ich fahre mit dem Daumen über ihre Lippen. Diese weichen Lippen, die sich gleich um meinen Schwanz schließen werden. „Ich liebe es sogar, aber du hast es nicht gesagt, weil du es ernst gemeint hast. Du hast es gesagt, um zu versuchen, deinen Willen zu bekommen. Und deshalb werde ich dir etwas in deinen Hintern stecken, damit du weißt, was passiert, wenn du probierst, mich zu manipulieren."

„In meinen ... Hintern?"

Ich küsse ihre Wange und drehe sie zum Bett um. „Ich habe gehört, es hilft, sich zu entspannen."

„Aber willst du nicht, dass ich ..." Sie deutet auf meinen Schwanz, als könne sie es nicht aussprechen.

„Dass du meinen Schwanz lutschst? Oh, Prinzessin, das wirst du tun. Glaube mir, ich zähle die Sekunden, bis es so weit ist. Aber zuerst wirst du eine andere Art von Lektion lernen. Das Hinternversohlen war für dein leichtsinniges, dummes Verhalten heute Abend. Genau wie die Zeit in der Ecke. Daddy einen Orgasmus zu schenken, ist eine milde Strafe dafür, dass du dir selbst einen gestohlen hast. Und das hier", ich halte das Paket mit dem Analplug demonstrativ vor ihr hoch, „das ist für den Versuch, mich zu manipulieren. Ich denke, du wirst die hier heute Abend nicht mehr brauchen."

Ich öffne den Reißverschluss ihres goldenen Rocks, lasse ihn zu Boden fallen, und ziehe ihr den Hauch eines Oberteils über den Kopf. Als ich ihren BH öffne, schwingen ihre Brüste frei und ich kann nicht anders, als eine von ihnen zu berühren und mit dem Daumen über die prächtige Brustwarze zu reiben. Ihre Brustwarzen sind zartrosa und das Schönste, was ich je gesehen habe. Wie kleine Rosenknospen.

Ich zwicke mit Daumen und Zeigefinger in eine rosa Knospe und beobachte ihr Gesicht. Sie schnappt nach Luft. Sie verdreht die Augen und ich verspreche mir im Stillen, dass ich eines Tages Zeit damit verbringen werde, diese hübschen Mädels abwechselnd anzubeten und zu quälen.

„Knie dich aufs Bett und strecke deinen hübschen Hintern für Daddy in die Luft."

Unentschlossenheit spielt über ihr Gesicht. Die Beklemmung weicht schnell der Erregung. Sie wirft einen Blick auf die Tür, als würde sie an eine Flucht denken, und ich drehe sie um und gebe ihr einen Schlag auf den immer noch roten, geschwollenen Hintern. Sie schaut mich verletzt und schmollend an, aber dann klettert sie mit ihren langen Gliedern und schwungvollen Kurven aufs Bett.

„War das so schwer?", frage ich.

„Ja."

Ich lächle, als ich die Verpackung eines dünnen, mit Schmucksteinen besetzten Analplugs öffne. Für einen Plug ist er recht klein, aber ich bin mir ziemlich sicher, dass sie eine Anfängerin in dieser Sache ist und sich jedem Plug beliebiger Größe in ihrem Unterleib peinlich bewusst sein würde.

Anstatt das Gleitmittel auszupacken, nehme ich mir Zeit, den Analplug an ihrem glänzenden Schlitz auf- und abzureiben. Ihre glitzernde Muschi ist wirklich verdammt schön, so geschwollen und prall. Ich schiebe den Plug in ihre warme Fotze und unterdrücke ein Stöhnen, wenn ich daran denke, wie es sich anfühlen würde, meinen Schwanz dort hineinzuschieben. Ich bin eifersüchtig auf den Analplug und beobachte gierig, wie ich ihn herausziehe und langsam wieder hineindrücke, bis ich ihn gut mit ihrem Honig beschmiert habe. Ich fahre mit meinen Fingern durch ihren Saft und bestreiche ihr Poloch. Sie wimmert aus tiefster Kehle und versucht, sich nach vorn zu bewegen, als ich mit der Spitze des Analplugs gegen ihre Rosette drücke.

„Nein, Madame. Drück den Po für Daddy raus und nimm das ganze Ding auf." Ich presse den Analplug sanft gegen ihr jungfräuliches Loch. Als sie hinuntersinkt, drücke ich fester zu. Sie zuckt ein wenig und quietscht, als der Plug durch ihren Ring rutscht und seine Position findet.

„Oh Gott", sagt sie. Sie vergräbt ihr Gesicht in der Bettdecke, während etwas von ihrem Saft an ihrem Oberschenkel hinuntertropft. Himmel, dieses Mädchen ist perfekt.

„Daddy ist so stolz auf dich." Ich streiche mit den Händen über ihren glatten Rücken und starre auf das blaue Juwel, das mir zwischen ihren gezeichneten Pobacken entgegenblinzelt. Es funkelt direkt über der köstlichsten, triefendsten Muschi, die ich je gesehen habe. Mein Schwanz zuckt wegen all der Dinge, die ich mit diesem Mädchen machen möchte. Angefangen damit, in ihrem Mund zu versinken.

„Komm schon, Prinzessin." Ich ziehe sie vom Bett hoch.

„Es ist unangenehm", stöhnt sie. Sie krallt ihre Finger in den Stoff meines T-Shirts und ich bin erstaunt, wie lässig sexy diese Bewegung ist.

„Das ist ja der Punkt", sage ich und küsse ihre Stirn. Ich liebe wirklich, wie groß sie ist. Ich nehme ihr Gesicht in meine Hand, küsse ihren Mund und presse ihre Hand auf meinen Schwanz. Ich liebe, wie sie wimmert und ihre Zunge mit meiner tanzen lässt.

Ich bin überrascht, als sie sich zurückzieht und sich auf die Lippe beißt, während sie auf die Knie hinuntersinkt und mir mit ihren strahlenden, babyblauen Augen tief in die meinen sieht. Sie fummelt meine Hose auf. Ihre Hände zittern, als sie meinen Schwanz herauszieht. Als er vor ihr herausspringt, starrt sie ihn an, als hätte sie noch nie einen verdammten Schwanz in natura gesehen, aber ich weiß, dass sie Erfahrung hat.

Trotzdem lässt mich der unschuldig faszinierte Blick, den sie meinem Schwanz schenkt, noch weiter anschwellen. Sie ist so verdammt schön mit ihren großen, blauen Augen und den blonden Haaren, die über ihren Rücken fallen.

Sie beginnt an der Basis und leckt den ganzen Weg bis zur Spitze hinauf. Sie starrt eine Sekunde lang auf das Lusttröpfchen, das aus meiner Eichel quillt, bevor sie zaghaft mit ihren Lippen darüberstreicht. Ihr Mund glänzt von meinem Saft und sie leckt sich über ihre verdammten Lippen. Dabei schließt sie die Augen, als ob mein Geschmack für sie himmlisch wäre oder so. Es ist das Erotischste, was ein Mädchen jemals getan hat, und ich kämpfe gegen den Drang an, in ihren Mund zu stoßen. Der Anblick, wie sie vor mir auf den Knien hockt und wie ein verdammtes Kätzchen an meinem Schwanz leckt, bringt mich um.

Schließlich sieht sie mir in die Augen, als sie ihren Mund weit öffnet und ihn über der Eichel meines Schwanzes schließt. Sie gleitet langsam nach unten, bis sie würgt. Sie saugt sich wieder an meinem Schwanz hoch, nur um den Prozess umzukehren. Sie tut es wieder und wieder, packt meine Schenkel jedes Mal fester, wenn sich ihre Kehle über meinem Schwanz schließt, und ich muss gegen das Bedürfnis zu explodieren ankämpfen. Mir fällt neuer Honig an ihren Schenkeln auf und mir wird bewusst, dass es sie anmacht. An meinem Schwanz zu würgen, macht sie an.

Ich packe ihr Haar mit der Faust und fange an, ihren Mund zu ficken. Alle paar Stöße halte ich sie an meinem Schwanz fest, während sie stöhnt und sich an meinen Schenkeln festkrallt.

„So ist es gut, Prinzessin. Lutsche Daddy den Schwanz", ermutige ich sie.

Ihr Stöhnen vibriert in meinem Schwanz und sie saugt so heftig an mir, dass ich die Augen verdrehe. Ihre Backenzähne kratzen über die Eichel meines Schwanzes, aber das ist mir egal. Ich versinke in einem Nebel und ficke den perfektesten Mund. Ich halte sie auf meinem Schwanz fest und anstatt zu würgen, schluckt sie mich tiefer in ihre Kehle. Ich kann mich nicht zurückhalten, als sie mich tiefer und tiefer hineinsaugt. Hart stoße ich in ihren Mund und komme in ihrer Kehle.

Ich bin immer noch halbsteif, als sie meine Eichel mit einem *Plopp* loslässt. Ein Schauer läuft mir über den Rücken, als sie einen zarten Kuss auf meinen Schwanz haucht. Die Geste ist so süß und unerwartet, dass sie mir ein Glucksen entlockt.

„Du bist eine Überraschung, Candi Dawson", sage ich und streichle mit einem Finger über ihr Gesicht.

Schüchtern blinzelt sie unter ihren Wimpern zu mir auf. „Ich bin mir selbst auch nicht ganz sicher, was ich von dir halten soll, Hank Buchannan." Sie streicht sich eine Haarsträhne hinter das Ohr.

„Komm her." Ich ziehe sie auf die Beine und in meine Arme. Ich fühle mich in diesem Moment zärtlich und rührselig. Was zum Teufel macht diese Frau mit mir?

Sie krallt ihre Finger erneut in den Stoff meines T-Shirts und ich habe keine Ahnung, warum ich das niedlich finde oder warum es mich dazu bringt, an den Spitzen ihrer schlanken Finger knabbern zu wollen. Ich bin offensichtlich übermüdet und high von meinem Orgasmus.

„Ähm, Hank?", fragt sie zaghaft.

„Ja?"

„Nun, ähm, darf ich, ich will sagen ..."

„Spuck es aus, Prinzessin", sage ich zu ihr.

„Darf ich kommen?", fragt sie und richtet ihre Frage an meine Brust. Sie wird rot – nach allem, was sie gerade getan hat, wird sie jetzt rot.

Ich bin ein schlechter Daddy, weil ich weiß, dass ich Nein sagen sollte. Wenn ich jetzt nachgebe, wird dies ein schlechter Präzedenzfall, aber sie hat ihre Bestrafungen so gut hingenommen und mir so verdammt süß den Schwanz gelutscht. Das alles ist neu für sie, denke ich. Ich rede mir ein, sie einen Orgasmus haben zu lassen, aber in Wirklichkeit will ich nur sehen, wie sie kommt. Den Ausdruck auf ihrem Gesicht, wenn sie Befriedigung durch meine Berührung spürt. Allein bei dem Gedanken, sie kommen zu sehen, werde ich wieder hart. Aber ich werde es ihr nicht leicht machen.

Ich greife zwischen unseren Körpern hinunter und fahre mit einem Finger an ihren geschwollenen Schamlippen entlang. Ich achte darauf, ihre Klitoris nicht zu berühren. „Willst du, dass Daddy dich kommen lässt?"

„Mmhm, ja, bitte", sagt sie seufzend und verdreht die Augen, als sie meinen Fingern mit der Hüfte nachjagt und versucht, den direkten Kontakt zu bekommen, den ich ihr verweigere.

„Wie fragt man nett?"

„Bitte, darf ich kommen?"

„Daddy, würdest du mich bitte kommen lassen?", schlage ich vor.

Sie beißt sich auf die Lippe und mir wird bewusst, dass sie das immer tut, wenn sie schüchtern ist oder sich unwohl fühlt. Sofort möchte ich das missbrauchte Fleisch in meinem Mund saugen.

Sie schluckt. „Ich dachte, du wolltest nicht, dass ich dich so nenne."

„Du hast meine Erlaubnis, mich Daddy zu nennen." Ich brenne darauf, die Worte noch einmal von ihren Lippen zu hören. Das erste Mal war ein Schock – und eine Lüge. Dieses Mal möchte ich, dass sie weiß, was sie sagt, und ich möchte es genießen.

„D-Daddy", sagt sie zögerlich und ich hebe ihr Kinn an, damit sie mir in die Augen sehen muss, wenn sie es sagt. „Daddy." Es kommt ein wenig gehaucht heraus, aber ihre blauen Augen sind auf meine gerichtet. Ihr Ausdruck ist offen und ernsthaft. „Würdest du mich bitte kommen lassen?"

„Natürlich, meine Kleine. Es wird mir ein Vergnügen sein." Ich bin am Arsch. Ich bin mir nicht sicher, ob ich diesem Mädchen nach dieser Sache noch irgendetwas abschlagen kann.

Ich ziehe mir das T-Shirt über den Kopf und streife mir die Schuhe ab, bevor ich mich meiner Hose entledige. Ich lege mich in die Mitte des Bettes und ziehe sie mit mir. „Komm hier hoch und reite auf Daddys Gesicht."

„Du meinst, du willst, dass ich auf deinem Gesicht sitze?"

„Mmhm. Du wirst deine heiße Fotze an meinem Mund reiben und auf meiner Zunge reiten, bis du auf mir kommst."

Sie erschaudert bei meinen Worten, schwingt aber ihr Bein über meine Brust und spreizt sich über mir auf. Ich packe ihre Hüfte und ziehe sie nach vorn. Sie klammert sich an den Bett-rahmen, um Halt zu finden, aber sie ist immer noch zu weit außerhalb meiner Reichweite. Also ziehe ich sie auf meinen Mund und ihr ganzer Körper zuckt, als ich ihre Klitoris zwischen meine Zähne sauge.

Ihr Geschmack ist ein verdammter Göttertrank und das kleine, bedürftige Stöhnen, das sie von sich gibt, ist Musik in meinen Ohren. Als sie anfängt, sich auf mir zu bewegen, ist es zunächst zaghaft. Mir wird bewusst, dass sie das noch nie gemacht hat, und ihre Bewegungen sind unsicher. Ich greife zwischen ihre Pobacken und ziehe das Ende des Analplugs ein kleines Stück heraus, bevor ich ihn wieder hineinschiebe.

Ihr Atem stockt und ihre Beine fangen an, bei der Bewegung zu zittern. Wieder und wieder ficke ich sie sanft mit dem Plug und sie reibt ihre heiße Muschi an meinem Gesicht. Sie greift mit der Hand hinunter und packt mein Haar. Ich knurre in sie hinein, als ihr Saft auf meine Zunge spritzt und sie mich mit schwin-genden Brüsten reitet. Ihre Muschi zuckt um meine Zunge.

„Hank, *Haank*", ein gehauchter Schrei, als sie kommt, und ich schwöre im Stillen, dass sie mich mit der gleichen gehauchten Hingabe Daddy nennen wird, wenn sie in naher Zukunft auf meinem Schwanz kommt.

Mit zitternden Beinen rutscht sie herunter und sackt neben mir auf das Kissen. Ich streiche mit den Fingern über ihre aufgescheuerten Oberschenkel. Das zarte Fleisch wurde von meinem Bart zerkratzt und ich beuge mich hinunter, um sanfte Küsse auf die rote Haut zu drücken. Sie erschrickt bei dieser Liebkosung und ich küsse mir meinen Weg an ihrem Körper hinauf, bis ich ihren Mund erreiche.

Sie streicht mit ihren zarten Fingern über meine Lippen und beugt sich dann vor, um mich zu küssen. Es ist der erste Kuss, den sie initiiert, und die Bedeutung dieses Schrittes geht nicht an mir vorbei.

Ich verdrehe die Augen, als sie eine Hand um meinen Schwanz schlingt und ihn an ihre heiße Fotze drückt. Ihr Atem stockt so süß, als ich an ihrer Klitoris entlanggleite. „Willst du noch einmal auf Daddy kommen, meine Kleine?"

Sie nickt und öffnet die Lippen leicht, als ich erneut ihre Stelle treffe.

„Mach es dir an Daddy selbst." Ich presse meine Lippen auf ihre und fange ihr Stöhnen und ihre Schreie ein, als wir uns zusammen bewegen. Ich reibe gegen ihre feuchte Muschi und gleite mit Leichtigkeit, während sie mich an die richtige Stelle drückt. Sie ist ganz nah dran und ich packe ihre Hüfte, hebe sie an, bis ich an ihrem nassen Schlitz entlangrutsche, aber nicht eindringe. Schmatzende Geräusche erfüllen die Luft, als sie ihren Körper krümmt.

Ich packe ihr Haar und zwinge sie, zu mir aufzuschauen. „Wer lässt dich kommen, Prinzessin? Auf wessen Schwanz kommst du?"

Ihr Atem stockt, bevor sie ein gebrochenes: „Auf Daddys", herausbekommt. Ihr Körper krümmt sich wieder, als sie die Augen verdreht: „Auf Daddys, Daddys Schwanz" ein atemloser Singsang.

Zu spüren, wie sie unter mir Erlösung findet und sie gleichzeitig „Daddy" hauchen zu hören, lässt mich auf ihren Bauch spritzen. Ich presse meinen Mund auf ihren, fange ihre Schreie ein und knurre in sie hinein, während mein Sperma uns beide benetzt.

Mit einem sanften Kuss auf ihre geschwollenen Lippen erhebe ich mich auf meine Knie. Ihr Körper ist gerötet und sie hat hier und da von ihrem Gesicht bis hinunter zwischen ihre Beine rote Flecken von meinem Bart. Ich würde mich schlecht fühlen, wenn mich dieser Anblick nicht so verdammt befriedigen würde.

Ihre hübschen Brüste heben und senken sich mit stoßweisem Atem und ich kann nicht anders, als mich herunterzubeugen, um einen dieser schönen Hügel zu küssen. Ich atme, als wäre ich selbst gerade einen Kilometer in drei Minuten gelaufen.

Als Candi meinen Schwanz zusammendrückt, den sie immer noch fest in ihrer Hand hält, zucken Blitze von meinen Eiern bis in mein Gehirn.

Sie blinzelt mich mit einem frechen Halbgrinsen an. Die kleine Teufelin weiß genau, was sie tut.

Ich fahre mit einem Finger durch mein Sperma, das sich auf ihrem Bauch gesammelt hat, und streiche damit über ihre Lippen. Ihre Zunge schnellt automatisch heraus, um mich erneut zu schmecken.

Ich stöhne. „Oh, Prinzessin, du wirst mein Verderben sein. Ich werde etwas holen, mit dem ich uns sauber machen kann."

Sie nickt und bewegt keinen Muskel, als ich mich vom Bett erhebe. Ich sehe, dass sie anfängt, sich nach allem, was getan und gesagt wurde, zu verspannen und unwohl zu fühlen.

Im Badezimmer am Ende des Flurs wasche ich mich zügig und durchtränke einen Waschlappen mit warmem Wasser, bevor ich zurück in mein Zimmer gehe. Sie sitzt immer noch in der gleichen Position und starrt an die Decke, aber ihre Hände sind jetzt zu Fäusten geballt. Ich wische ihren Bauch ab, aber sie greift nach meinem Handgelenk, als ich sie zwischen den Beinen säubern will.

„Ich kann das machen", sagt sie mit großen, entsetzten Augen.

„Daddys kümmern sich um die Sauerei ihrer kleinen Mädchen." Sie weiß offensichtlich nicht, was sie von dieser Aussage halten soll, aber sie lässt mich los und starrt zur Seite. Ihre Lippen verzieht sie zu einer meuternden Linie. „Das war's", sage ich, als ich fertig bin, und drücke ihr einen Kuss auf den nackten Schamhügel.

„Ähm, Hank ... willst du nicht noch das, ähm, Ding entfernen?"

„Den Analplug?", frage ich mit einem verruchten Grinsen. „Nein, unartige Mädchen schlafen mit ihrem Analplug."

„Aber, aber ..."

„Darüber wird auch nicht diskutiert", sage ich und unterbreche sie. „Komm, lass uns schlafen." Ich ziehe die Decke auf der anderen Seite von ihr hinunter, sie schlüpft hinein und lässt sich auf einer Seite des Bettes nieder. Ich ziehe sie an mich, streiche mit einer Hand über ihren Rücken und sie beginnt, sich zu entspannen.

Sie reibt ihre Nase an meiner Brust, bevor sie ihren Arm um meinen Bauch schlingt. Die Geste ist so verdammt niedlich und süß. Ich verliebe mich in dieses Mädchen und ich glaube, sie spürt das auch. Aber die Tatsache ist, dass sie mir Dinge verheimlicht, und wir können nicht weitergehen, bevor sie sich mir nicht öffnet.

„Candice?", sage ich leise. Ich bin mir nicht sicher, ob sie noch wach ist.

„Ja?", antwortet sie mit schläfriger Stimme.

„Ich glaube, es ist an der Zeit, dass du mir erzählst, was mit dir und deinem Bruder los ist, meine Kleine."

Ihr Körper versteift sich an meinem und sie versucht, sich mir zu entziehen.

„Oh, nein. Du bleibst genau hier und erzählst mir alles, was du mir verheimlicht hast." Als sie weiter schweigt, füge ich hinzu: „Du kannst mir vertrauen, Candi. Nach heute Abend musst du doch wissen, dass du mir vertrauen kannst."

„Warum, weil du ein wahnhaftes Arschloch bist, das gut im Bett ist und sich gern Daddy nennt?"

Ich habe ihre Worte halb erwartet, aber sie schmerzen trotzdem wie die Hölle. „Nein, du kannst mir vertrauen, weil ich mich um dich sorge."

„Nun, ich will deine Art von Fürsorge nicht, Daddy. Der einzige Grund, warum ich mich von dir anfassen lasse, ist, weil ich dir Geld schulde. Du bedeutest mir gar nichts."

Als sie sich dieses Mal von mir losreißt, lasse ich sie, als hätte ich mich verbrannt. Ich stehe aus dem Bett auf, ziehe eine Jogginghose aus meiner Kommode und schlüpfe hinein.

Ich öffne meinen Nachttisch, hole meine Brieftasche heraus, nehme die zweiunddreißig Dollar, die ich habe, und schleudere sie ihr ins Gesicht. Sie zuckt zusammen und schiebt das Geld weg. Ihr Gesicht ist blass geworden.

„Hank, es tut mir leid ..."

„Was? Ich dachte, du wolltest heute Abend die Hure spielen? Bist du jetzt doch nicht mehr so scharf auf dieses Spiel?" Meine wütenden Worte dröhnen in meinen eigenen Ohren.

Sie holt tief Luft, blinzelt die Tränen weg, und ich beiße die Zähne zusammen und weigere mich, sie vom Haken zu lassen. Ich war ein verdammter Idiot, dass ich mich überhaupt in den Bann dieses Mädchens habe ziehen lassen.

„Versuche, etwas zu schlafen", sage ich und schließe die Tür hinter mir.

Irgendwo tief in mir weiß ich, dass sie sich nur so aufführt, weil sie Angst hat. Aber das ist mir scheißegal. Ich hätte es besser wissen müssen, als mich mit dieser Barbie-Prinzessin einzulassen. Ich habe es trotzdem getan, weil mein Schwanz es so wollte.

Großer. Verdammter. Fehler.

Ich gehe zum Schnapsregal im Wohnzimmer, nehme mir eine Flasche des guten Bourbons meines Vaters und lasse mich auf die Couch fallen. Manchmal zahlt es sich aus, im Haus eines Alkoholikers zu wohnen.

Kapitel Elf

Candi

Als ich aufwache, sind meine Augen gerötet und geschwollen. Tageslicht strömt durch das einzige Fenster im Raum und ich liege in Hanks Bett. Allein.

Es gibt hier drin keinen Spiegel, aber ich kann mir denken, wie ich aussehe. Die Tränensäcke unter meinen Augen könnten genauso gut mit Ziegelsteinen gefüllt sein. Nachdem er mich mit Geld beworfen hat und rausgestürmt ist, habe ich mich in den Schlaf geweint.

Was ich zu ihm gesagt habe, liegt mir immer noch wie heiße Säure im Magen. Ich hätte ihm gestern Abend alles erzählen sollen. Von meinem Bruder, den verlorenen Drogen, von Cody, der uns verarscht hat, und wie ich anschließend Schulden bei einem Stripklubbesitzer und Drogenbaron hatte. Die Versuchung, ihm all meine Probleme zu schildern und jemanden zu haben, auf den ich mich stützen kann, war so groß, dass ich es fast getan hätte. Aber Hank hat es nicht verdient, der Prügelknabe der gequirlten Scheiße zu werden, in die sich mein Leben verwandelt hat.

Was er sagte, tat höllisch weh, aber ich weiß, dass ich es verdient habe. Er hatte jedoch nichts von dem Mist verdient, den ich zu ihm gesagt habe. Er sagte mir, dass er sich Sorgen macht, und ich zog den Stift an einer Granate und warf sie ihm vor die Füße.

Ich steige aus dem Bett, suche meinen Rock und mein Oberteil und zucke zusammen, als ich mich danach bücke. Ich muss ein Badezimmer finden, damit ich dieses Ding aus meinem Hintern entfernen kann. Mein Slip ist ein schlaffes, feuchtes Stück Stoff und ich überlege, was ich damit machen soll, während ich in meine Stöckelschuhe schlüpfe. Als ich einen Mülleimer neben der Kommode entdecke, werfe ich das Höschen hinein und suche dann nach meinem BH. Es ist, als wäre das Ding verschwunden. Ohne den Push-up-BH schwingen meine Brüste frei herum und schauen unten aus dem seidigen, bauchfreien Top heraus, das ich trage.

Ich gebe die Suche auf und trete in den Flur hinaus. Im Licht des Tages fühle ich mich so auffällig wie Julia Roberts in *Pretty Woman*, als sie in ihren Hurenklamotten durch das noble Einkaufsviertel geht. Wie Hank schon sagte, spiele ich die Rolle der Hure gut. Der Analplug und die halb entblößten Titten beweisen es.

Das Ding in meinem Arsch ist so unangenehm, es könnte genauso gut eine Leuchtrakete daran befestigt sein. Ich verlasse das Zimmer und bin mir fast sicher, dass Richard Gere Julia Roberts nie dazu verdonnert hat, mit einer Arschdekoration herumzulaufen.

Am Ende des Flurs in der entgegengesetzten Richtung des Wohnzimmers, entdecke ich das Bad. Allmächtiger Gott, ich sehe schrecklich aus. Mein Haar ist ein einziges Durcheinander und meine Schminke ist über das ganze Gesicht verschmiert. Ich sehe aus wie eine Mischung aus dem Joker in *Batman* und einem Waschbären. Der Spiegel ist zu weit oben angebracht, um meinen Hintern richtig sehen zu können, aber ich hebe trotzdem meinen Rock und drehe mich um. Ich versuche zu sehen, ob es irgendwelche Spuren gibt oder nicht. Ein Wimmern entweicht mir, als ich den verdammten Analplug herausziehe und beim dumpfen Pochen, das er verursacht, zusammenzucke. Mein armer Allerwertester wird nie wieder derselbe sein. Alle meine Mädchenstellen sind wund, als hätte ich eine Art Sexmarathon hinter mir. Mein Hintern ist empfindlich, aber abgesehen von ein paar kleinen blauen Flecken – die wohl eher von Hanks Griff um meinen Arsch stammen –, gibt es keine sichtbaren Anzeichen dafür, dass ich Hanks Gürtel zu spüren bekommen habe.

Mir das Gesicht mit kühlem Wasser zu waschen, lässt meinen Kopf klarer werden. Das Wasser rinnt in einem Strudel den Abfluss hinunter und ich wünschte, es wäre genauso einfach, die letzte Nacht wegzuspülen. Ich trockne mein Gesicht mit dem Handtuch und stelle fest, dass ich immer noch wie die Hölle aussehe. Ich finde keinen Kamm, also streiche ich mir mit den Fingern durchs Haar und vermeide es, auf dem Weg nach draußen mein Spiegelbild zu betrachten. Ich fühle mich so schrecklich, wie ich aussehe. Daran brauche ich mich nicht zu erinnern.

Auf dem Weg ins Wohnzimmer, durch das wir gestern Abend gegangen sind, höre ich Schnarchgeräusche. Hank liegt weggetreten auf der Couch. Eine halbe Flasche Jim Beam steht offen auf dem Couchtisch. Ich bin versucht, seine Schlüssel zu nehmen und nach Hause zu fahren. Das, oder einfach zu laufen. Genau das habe ich letzte Nacht auch vorgehabt, während ich in ein Kissen geweint habe, das nach Hank roch. *Daddy*.

In dem Moment, in dem mir das Wort Daddy in den Sinn kommt, wird mir bei der Erinnerung an letzte Nacht ganz warm. Oh Gott, ich bin genauso bekloppt wie er.

„Hank", sage ich und greife über die Lehne der Couch, um an seiner Schulter zu rütteln. „Hank, du musst mich nach Hause fahren."

Komm hier hoch und reite auf Daddys Gesicht. Die Worte schießen mir durch den Kopf und ich verdränge die Erinnerung. Verdränge seinen glühenden Blick und die ausgestreckte Hand. Seinen großen, harten, muskulösen Körper, der das ganze Bett einnahm. Wie sich mein Herz anfühlte, als würde es mir aus der Brust schlagen, als ich mit weit gespreizten Schenkeln über seine Schultern kletterte. Gott, ich habe die Beine wirklich für ihn breit gemacht.

Ich dachte, du wolltest heute Abend die Hure spielen?

Ich gebe mir eine mentale Ohrfeige. „Verdammt noch mal, Hank. Wach auf!" Ich rüttle noch kräftiger an seiner Schulter und er wird stotternd wach.

„Ich muss nach Hause", sage ich, als er sich in eine sitzende Position rollt und sich an den Kopf greift.

Er reibt sich die Augen, sein Kopf hängt nach unten und er fragt: „Wie spät ist es?" Seine Stimme ist heiser. Auch er sieht heute Morgen schrecklich aus, aber ich weigere mich, ein schlechtes Gewissen zu haben, obwohl ich weiß, dass ich wahrscheinlich der Grund bin, warum er sich in den Schlaf getrunken hat.

„Zehn Uhr fünfzehn, und wie du gestern Abend schon gesagt hast, hat mein Bruder keine Ahnung, wo ich bin. Also lass uns gehen."

„Also gut." Er fährt sich mit der Hand durch die Haare, während er aufsteht. Ich versuche, nicht auf all die harten Muskeln zu starren, die er zur Schau stellt. „Ich zieh mir nur schnell ein paar Schlüssel an und hole meine Sachen."

Ich lächle über seine Verwechslung. „Meinst du nicht ..."

„Fang bloß nicht an." Er zeigt mit einem wütenden Finger auf mich und seine strenge Miene verjagt das Lächeln von meinem Gesicht. „Ich werde dir auch ein verdammtes T-Shirt holen. Du siehst in diesem Outfit verdammt unanständig aus."

„Ich dachte, wir würden nicht fluchen", sage ich mit leiser Stimme.

Der vernichtende Blick, den er mir zuwirft, sagt „Fick dich", aber er bleibt stumm und wendet sich zum Gehen um. In diesem Moment kommt Wyatt herein, kratzt sich am Hinterkopf und gähnt. Er trägt nur Boxershorts und sein braun gebrannter, schlanker, muskulöser Körper kommt voll zur Geltung, als er den Raum betritt und wie angewurzelt stehen bleibt. Er reißt die Augen auf, die er verschlafen zusammengekniffen hatte, und sein Blick schweift verwirrt von mir zu Hank und dann wieder zu mir zurück.

„Candi?", fragt Wyatt, bevor er Hank einen Blick zuwirft. „Ich dachte, sie wäre nicht dein Typ, Bruder."

„Eine heiße Blondine ist jedermanns Typ. Außerdem müsste man tot und schwanzlos sein, um nicht auf sie zu stehen, nicht wahr, Bruder?"

„Hank wollte mich gerade nach Hause bringen", sage ich. Die Aufmerksamkeit auf mich zu lenken, ist ein Fehler. Wyatts Blick ist voller Vorwürfe und Verachtung, als er mich von Kopf bis Fuß mustert. Ich verschränke die Arme vor der Brust und fühle mich unglaublich bloßgestellt.

„Ja, jede Wette. Das Interessante ist, dass ich mich nicht daran erinnern kann, wie du überhaupt hierhergekommen bist." Er wirft Hank noch einen vorwurfsvollen Blick zu, bevor er sich umdreht und wieder den Flur hinuntergeht.

Eine Tür knallt, ich zucke zusammen, aber Hank reagiert nicht. Ohne mich eines Blickes zu würdigen, marschiert er aus dem Zimmer. Ich stehe immer noch an der gleichen Stelle, als Hank in Jeans und T-Shirt zurückkommt und mir auf dem Weg zur Tür ein T-Shirt zuwirft.

„Zieh dich verdammt noch mal an", ruft er über seine Schulter.

Ich blinzle gegen die Tränen an und schlüpfe in ein verblichenes, altes, grünes T-Shirt, mit dem Aufdruck irgendeiner Band, von der ich noch nie gehört habe. Es reicht mir bis zur Mitte der Oberschenkel und ist zum Glück länger als der Rock, den ich trage. Hank steht ungeduldig in der offenen Tür. In dem Moment, in dem ich auf die Veranda hinaustrete, schlägt er die Tür hinter mir zu.

Er stürmt an mir vorbei und reißt die Tür zum 4Runner auf. Kaum bin ich drin, knallt er auch diese Tür zu. Dieses Mal habe ich es nicht anders erwartet, aber es lässt mich trotzdem zusammenzucken.

Wir fahren in völliger Stille. Es juckt mich in den Fingern, das Radio einzuschalten, aber ich balle sie in meinem Schoß zu Fäusten und lasse das Brummen des Motors das Summen in meinen Ohren übertönen. Hank erwürgt das Lenkrad praktisch mit seinem Griff und weigert sich, mich anzuschauen. Sein Verhalten erinnert mich an einen zugekoksten Cody und es macht mich langsam wütend.

Es ist ja nicht so, als wäre ich die Einzige, die gestern Abend schreckliche Dinge gesagt hat. Und ich hatte jedes Recht, wütend zu sein und um mich zu schlagen. Ich wurde versohlt, in die Ecke gestellt und bekam ein schickes Stück Metall in den Arsch geschoben. Ich kann mich nicht daran erinnern, dass ihm etwas in den Hintern gerammt wurde.

So etwas hat Cody nie mit mir gemacht. Ich hätte ihn umgebracht. Trotzdem habe ich dummerweise alles mitgemacht, was Hank mit mir machen wollte. Wie ein schwacher, hirnloser Trottel.

„Du bist genau wie Cody." Die Worte sind aus meinem Mund, bevor ich weiß, was ich sage.

Hank schießt seinen stürmischen Blick wie eine Kugel in

meine Richtung und der Aufprall raubt mir den Atem. Wir sind nur eine Straße von meinem Haus entfernt und es ist das erste Mal, dass er meine Existenz auch nur würdigt, seit wir losgefahren sind.

„Wie bitte?", fragt er.

„Du hast mich gehört."

„Ich habe dir eine Chance gegeben, es zurückzunehmen."

„Nun, das ist zu schade, weil ich es nicht zurücknehmen werde. Du. Bist. Genau. Wie. Cody."

Hank tritt auf die Bremse, hält mitten auf der Straße an und dreht sich ruhig zu mir um. „Ich bin überhaupt nicht wie dieser kleine Scheißer."

„Du hast recht", spotte ich. „Er hat mich nur geschlagen, wenn er high war. Du machst das eiskalt nüchtern."

Ich kann praktisch sehen, wie der Rauch aus Hanks Ohren aufsteigt. Zu meiner Überraschung wendet er sich wieder der Straße zu, legt den Gang ein und fährt den Rest des Weges zu meinem Haus schweigend. Er ist offensichtlich die ganze Zeit wütend, aber er parkt in meiner Einfahrt, bevor er etwas sagt.

„Er hat dich geschlagen, weil er dachte, du wärst schwächer als er", sagt er leise. „Ich habe dir den Hintern versohlt, weil ich weiß, dass du stärker bist, als du es dir selbst eingestehst. Er dachte, er wüsste alles besser als du. Ich weiß, dass du besser bist als die Entscheidungen, die du getroffen hast. Es war mir wichtig genug, etwas dagegen zu tun." Seine Stimme ist tief und voller verhaltener Wut. Und es entgeht mir nicht, dass er die Vergangenheitsform benutzt, als er sagte, dass es ihm wichtig war. Das heißt, das ist es jetzt nicht mehr.

Seine Worte verursachen ein Ziehen in meiner Brust. „Das ergibt keinen Sinn", sage ich. Aber meine Stimme ist leise und ich hasse, wie viel Sinn es tatsächlich ergibt.

„Wie dem auch sei. Ich schätze, dann ist es auch egal. Du bist zu Hause. Steig aus."

Aubrey Cara

Ich greife nach dem Türgriff und schaue zu ihm hinüber. Ein Feuersturm wütet. Er ist so zornig, dass ich sehen kann, wie es in Wellen von ihm ausstrahlt. Ich zögere wohl zu lange, denn er greift über mich hinweg und öffnet die Tür. „Wir sind hier fertig", sagt er. „Es ist Zeit zu gehen."

Ich möchte ihm sagen, dass ich noch nicht fertig sein will. Er hat mich aufgegeben und ich möchte ihn anflehen, mich nicht aufzugeben, aber meine Augen brennen mit unvergossenen Tränen. Ich bin zwei Komma zwei Sekunden von herzzerreißendem Schluchzen entfernt, also nicke ich, während ich mich abschnalle und aus dem Wagen gleite.

„Und halte dich verdammt noch mal vom *Sugar Daddy's* fern. Das ist ein übler Ort." Er greift nach meinem Handgelenk, bevor ich die Tür schließen kann und wartet, bis ich in sein wütendes Gesicht schaue. „Ich meine es ernst, Candi. Ich habe jede Menge über das *Sugar Daddy's* gehört." Er beißt die Zähne zusammen. „Wenn du dort arbeitest, verkaufst du am Ende vielleicht mehr von dir, als du je vorhattest. Wenn du dich unbedingt vor Fremden ausziehen willst, geh in einen anderen Club. Irgendeinen anderen Club. Aber ich schlage vor, dass du aufhörst, den einfachen Weg zu wählen, Prinzessin. Das macht das Leben am Ende nur schwerer, als es sein muss."

Ich habe keine Ahnung, was das bedeuten soll, aber ich nicke, bevor ich mich blamiere. Wenn das der einfache Weg ist, will ich mit dem schweren Weg nichts zu tun haben.

Hanks 4Runner bleibt im Leerlauf in meiner Einfahrt stehen, bis ich im Haus bin. Selbst während er mich hasst, passt er immer noch auf mich auf. Das Gefühl, das mich bei dieser Erkenntnis durchströmt, ist so fremd, dass ich nicht weiß, wie ich es verarbeiten soll.

„Dyl, ich bin zu Hause", rufe ich in den Flur, als ich in die

Küche gehe und mir ein Glas Wasser einschenke. Ich trinke die Hälfte und stelle es auf den Tresen. „Dylan?"

Es ist fast elf Uhr und ich kann nicht glauben, dass er noch schläft. Ich gehe zum Ende des Flurs, wo sein Zimmer ist, und stoße die Tür auf, aber sein Zimmer ist leer. Das Haus ist ruhig und er ist nicht zu Hause, aber ich weiß nicht, wo er hingegangen sein könnte. Er hat kein Auto. Ich hoffe nur, dass er nicht in Schwierigkeiten steckt.

Mein Handy klingelt in der Küche. Ich klappe es auf und antworte, bevor ich auf die Anrufer-ID schaue. „Hallo?"

„Dreizehn Uhr fünfzehn heute Nachmittag im Club." Cowboy-Casanovas lachende Stimme am anderen Ende lässt mich wünschen, ich hätte es zur Mailbox gehen lassen. Ich habe keine Ahnung, woher er meine Nummer hat, und ich will es wahrscheinlich auch gar nicht wissen. „Sei da." Er unterbricht die Verbindung, bevor ich antworten kann.

Ich starre auf mein Handy und frage mich, was zum Teufel ich tun soll. Abgesehen von der Tatsache, dass ich Dom nicht gegenübertreten will, steht mein Jeep immer noch auf dem Parkplatz vor dem *Sugar Daddy's*, was bedeutet, dass ich kein Fahrzeug habe.

Als ich höre, wie die Haustür geöffnet wird, drehe ich mich um. Ich sehe Dylan mit seinem schlaksigen, harmlosen Freund Byron hereinkommen. Sie sind schon seit der ersten Klasse befreundet, aber Byron hat sich immer aus Schwierigkeiten herausgehalten. Was auch bedeutet, dass er Dylan schon seit einer Weile aus dem Weg geht. Dass sie jetzt zusammen sind, kann nur bedeuten, dass Dylan es mit seiner Kehrtwende ernst meint.

„Hallo Jungs, wo wart ihr denn?", frage ich.

„Ich glaube, die Frage ist, wo warst du?", erwidert Dylan und mustert mich.

Ich hatte für einen Moment vergessen, wie ich angezogen

bin. „Das ist eine lange Geschichte." Eine, die ich lieber nicht öffentlich teilen möchte. Vor allem nicht, wenn Byron hier ist.

„Wie auch immer, ich bin froh, dass du jetzt da bist. Ich habe ein paar Neuigkeiten." Dylan grinst dämlich. Mein Magen zieht sich schmerzlich zusammen. Das ist derselbe strahlende Gesichtsausdruck, den mein Vater bekommt, wenn ein Spiel mit hohem Einsatz läuft, bei dem er gerade genug Geld hat, um sich zu beteiligen.

„Dylan ist der Armee beigetreten", platzt Byron heraus und Dylan stößt ihn an.

„Mann, ich wollte es ihr sagen", jammert Dylan.

Ich schwöre, dass es in meinen Ohren klingelt, als meine Welt aus den Fugen gerät. „Du hast was getan?" Das kann nicht stimmen. Das würde er nicht tun. „Warum, warum würdest du so etwas tun?" Hätte er gesagt, dass er zum Zirkus geht, wäre ich nicht weniger überrascht als jetzt.

„Sei nicht sauer", sagt er. „Ich habe über ein paar Dinge nachgedacht und an dich gedacht und daran, was du von mir erwarten würdest. Wie du mir gesagt hast, ich solle mir einen richtigen Job suchen."

„Ich meinte so etwas wie Kinkos oder den Smoothie-Laden. Ich dachte nicht, du würdest zur Armee gehen."

„Ich bin achtzehn", sagt er, als ob das etwas bedeuten würde. „Es ist Zeit, dass ich erwachsen werde. Das wird mir eine Richtung geben. Ich werde meinem Land dienen und aufs College gehen können. Hast du nicht immer gesagt, dass ich aufs College gehen soll?" Ich bin immer noch verblüfft, als er sagt: „Komm schon, Candi, es ist ein lohnendes Unterfangen."

Den Satz habe ich schon öfter gehört. „Hank und Wyatt. Hat dich einer von ihnen dazu angestiftet?"

„Es war meine Idee!", sagt er. Aber so, wie er errötet, weiß ich, dass die Idee von den beiden Ex-Marines stammt.

„Dir ist aber schon klar, dass sich unser Land im Krieg

befindet? Was ist, wenn dir etwas zustößt, Dyl? Du könntest sterben."

„Wenigstens hätte es ehrenhafte Gründe."

„Es ist mir egal, ob es ehrenhafte Gründe sind. Alles, was dich umbringt, ist ein lausiger Grund."

Er seufzt. „Can-Can, ich muss aus dieser Stadt raus. Das ist der beste Weg, dies zu tun, und du weißt es selbst."

„Ich weiß nichts dergleichen."

„Ich bin so aufgeregt. Kannst du dich nicht mindestens für mich freuen? Verdammt, du wolltest doch immer, dass ich zur Schule gehe und etwas aus mir mache. Ich dachte, du wärst stolz auf mich."

Er scheint von meiner Reaktion so enttäuscht zu sein, dass mir klar wird, dass er das nicht nur für sich selbst getan hat. Törichterweise hat er dabei auch an mich gedacht.

Die ganze Wut über seine Worte entweicht aus mir und lässt mich entkräftet fühlen.

Mit zugeschnürter Kehle schlucke ich schwer, bevor ich sprechen kann. „Ich bin stolz auf dich, Dylan. Ich bin immer noch nicht glücklich darüber, aber ich bin stolz auf dich."

„Das wird für uns beide gut." Er umarmt mich fest. „Das wirst du schon sehen. Denke nur an all das, was du machen kannst, ohne dass ich da bin und alles kaputt mache. Du wirst endlich selbst studieren können."

„Ich sollte gehen", sagt Byron, dem es unangenehm ist, in unseren Familienmoment hineingezogen zu werden.

Er ist bereits an der Tür, als ich mich an mein Dilemma erinnere. „Hey, Byron, warte! Kannst du mich mitnehmen?"

Byron bleibt stehen, dreht sich um und zuckt mit den Schultern. „Ähm, ja, klar. Wohin denn?"

„Zum *Sugar Daddy's*."

Sowohl Byrons als auch Dylans Augenbrauen schnellen in die Höhe. Offensichtlich kennen sie den Ort.

„Den Stripklub?", fragt Byron.

„Ja, ich muss meinen Jeep abholen. Er hat Öl verloren und sprang nicht an."

„Will ich wissen, warum du gestern Abend in einem Stripklub warst?", fragt Dylan.

„Ich habe beschlossen, einen zweiten Job anzunehmen." Ich zucke mit den Schultern. „Viele Mädchen strippen, um die Uni zu bezahlen."

„Ich dachte, das sagen nur Stripperinnen, weil ... nun ja, weil sie strippen", sagt Byron. „Willst du Zahnarzthelferin werden? Ich habe das Gefühl, dass viele Stripperinnen eine Ausbildung zur Zahnarzthelferin machen."

„Ich werde Steuerberaterin." Aber das ist nicht einmal annähernd der Grund, warum ich im Club arbeiten werde. Wenn ich lange genug lebe, um im Club zu arbeiten. Mein glamouröser neuer Job hängt davon ab, dass ich bei meinem Treffen mit dem Drogenboss heute Nachmittag nicht vergewaltigt werde.

Wie konnte mein Leben nur so aus den Fugen geraten?

„Du strippst?" Dylan fallen die Augen fast aus dem Kopf, während er mich anstarrt, als hätte ich den Verstand verloren. „Du ziehst dich für Geld aus? Was zum Teufel, Candi?" Er ist offensichtlich verärgert. Aber nach allem, was er mir angetan hat, kann er das total vergessen.

„Du hast kein Recht zu urteilen, Dylan Zachariah Dawson."

„Ich urteile nicht", rudert er zurück. „Ich will nur ..."

„Urteilen?"

„Nun, zum Teufel, Candi. Du strippst. Du bist eine Stripperin."

Ich rolle mit den Augen. „Mach dir nicht ins Höschen. Ich habe noch nicht angefangen, also bin ich noch gar nichts."

„Aber du wirst es tun, oder?"

„Das steht nicht zur Debatte", sage ich. „Byron, macht es dir etwas aus, wenn ich noch schnell dusche, bevor wir gehen? Musst du irgendwohin?"

„Nein, nur zu. Ich kann warten", sagt er und starrt auf meine Titten, als hätte er einen Röntgenblick.

„Mann, schau meine Schwester nicht so an."

Byrons Gesicht wird vor Verlegenheit rot, als er sich verteidigt. „Habe ich gar nicht, du Spasti", sagt er, aber jetzt starrt er mir auf die Stirn.

Ich habe mich umgedreht, um duschen zu gehen, als Dylan fragt: „Wessen T-Shirt hast du da an?"

Ich werfe einen Blick auf das Band-Scorpion-T-Shirt hinunter, als wüsste ich nicht, woher es stammt. „Scorpion?"

Dylan wirft mir einen Ich-bin-kein-kompletter-Vollidiot-Blick zu und sagt: „Du weißt, dass ich das nicht gemeint habe. Wem gehört dieses T-Shirt?"

Ich zögere und überlege, ob ich es ihm sagen soll oder nicht. „Einem Freund von mir."

„Diesem Wyatt?"

„Lass uns nicht darüber reden. Ich springe schnell unter die Dusche."

„Ich versuche nur, auf dich aufzupassen", ruft er mir nach.

„Nun, lass es bleiben", sage ich über meine Schulter.

„Ich möchte sichergehen, dass du jemanden hast, der sich um dich kümmert, wenn ich morgen weg bin."

Ich stehe bereits in der Badezimmertür, als ich *morgen weg bin* höre. Ich mache einen Schritt zurück und drehe mich in seine Richtung um.

„Hast du gerade morgen gesagt? Du meinst den Tag nach heute, morgen?"

„Ich weiß, es ist kurzfristig, aber ..."

„Es ist morgen. Das ist nicht kurzfristig. Das ist sofort. Du hast dich erst heute dazu gemeldet? Und morgen fährst du ab?"

„Wenn ich morgen nicht gehe, muss ich drei Monate warten."

„Wäre das so schlimm?"

„Ich will mir nicht die Gelegenheit geben, meine Meinung zu ändern."

„Siehst du! Du willst es selbst nicht einmal." Ich weiß nicht, warum ich so vehement dagegen bin, dass er zur Armee geht. Wenn er weg ist, ist er in Sicherheit, nicht in Gefahr. Es ist nur so, dass er sich möglicherweise in einer anderen Art von Gefahr befinden wird und ich ... nun, ich werde allein sein.

„Es tut mir leid, dass alles so schnell geht ..."

Ich hebe eine Hand. „Ich gehe jetzt duschen." Der Kloß in meinem Hals macht mir das Atmen schwer, als ich zurück ins Bad gehe und die Tür schließe.

Solange ich mich erinnern kann, waren es immer Dylan und ich gegen den Rest der Welt. Als ich sechs war, starb unsere Mutter. Eine Woche später verschwand mein Vater für zwei Tage. Ich hatte eine Scheißangst, aber ich hatte Dylan. Er war drei, und ich war mir nicht sicher, wie ich mich um uns beide kümmern sollte, aber ich war nicht allein. Solange ich ihn hatte, war ich nicht allein.

Aber nach morgen ... Ich drücke mir die Faust auf den Mund, um mein Schluchzen zu unterdrücken.

Dieser Tag kann unmöglich noch schlimmer werden. In der Sekunde, in der ich das denke, fällt mir ein, dass ich heute Nachmittag ein Treffen mit einem psychopathischen Drogendealer habe – dem ich dank meines impulsiven Bruders, der mich verlässt, dreitausend Dollar schulde.

Meine „kurze" Dusche dauert zwanzig Minuten länger als erwartet, während ich mich den Tränen des Selbstmitleids hingebe. Als ich unter der Dusche weine, denke ich an Hanks große Arme, die er gestern Abend um mich geschlungen hat. Ich wünschte, ich wäre wieder da, an seine Brust gekuschelt, während er mich festhält. Aber, brillant, wie ich bin, habe ich alles versaut, was ich mit ihm hätte haben können.

Er hatte recht. Ich bin unbedacht. Ich bin leichtsinnig und ab morgen bin ich ganz allein.

Das ist nicht mein Tag oder meine Woche. So wie die Dinge laufen, scheint es sehr wahrscheinlich nicht mein Jahr zu sein.

Kapitel Zwölf

Hank

Mir wurde noch nie vorgeworfen, ein ausgeglichener Mensch zu sein. Dessen bin ich mir bewusst und normalerweise kämpfe ich dagegen an. Meine Mutter war von Natur aus rothaarig. Von ihr habe ich meine Haarfarbe und mein hitziges Temperament geerbt. Sie sagte immer, es sei ein Fluch und Segen zugleich. Ich weiß nicht, was sie daran so segensreich fand. Wahrscheinlich, dass sie eine leidenschaftliche Natur hatte.

Wie dem auch sei, ich hasse es.

Wenn ich Knochen breche oder Zerstörung anrichte, dann mit einem kühlen Kopf. Frauen – nun, ich habe nie verstanden, warum Männer wegen Frauen ausrasten. Dafür muss man emotional involviert sein, was ich nie vorhatte. Emotionen stören bei der Arbeit und machen einen schwach.

Ich mag es, in jeder Hinsicht die Kontrolle zu haben. Wenn ich weiß, dass ich kurz davorstehe, durchzudrehen, kann ich mich zurückziehen und rational über die Dinge nachdenken.

Dieser emotionale Sturzflug, in dem ich mich gerade

befinde, ist aber überhaupt nicht rational. Und ich habe mich nicht annähernd von der Situation zurückgezogen, bevor ich durchdrehe. Ich kann mich nicht erinnern, wann ich das letzte Mal richtig aus dem Ruder gelaufen bin. Ich denke, die letzte Nacht und der heutige Morgen qualifizieren sich dafür. Ich war wie benebelt und über alle Maßen stinksauer. Mir fallen eine Million Ausreden ein, warum ich so verdammt heftig reagiert habe, aber es ist schlicht und ergreifend so, dass Candi Dawson mir unter die Haut geht.

Ihr niedergeschlagener Blick, als ich sie absetzte, macht mich fertig.

Ich habe sie in eine Ecke gedrängt. Sie hat verständlicherweise um sich geschlagen und ich habe den Scheiß persönlich genommen. Das sehe ich jetzt, aber ich weiß nicht, was zum Teufel ich dagegen tun soll. Verdammt, ich bin mir nicht sicher, ob ich überhaupt etwas tun sollte. Sie ist eine Komplikation, die ich nicht brauche. Die ich nicht wollte. Vielleicht ist es besser so.

Als ich zum Haus zurückkomme, sitzt Wyatt vollständig angezogen am Küchentisch und isst seine Cornflakes. Eine gepackte Reisetasche steht neben ihm auf dem Boden.

Ich ziehe eine Augenbraue hoch. Ich kann nicht glauben, dass er die Sache mit Candi so schwergenommen hat.

„Übertreibst du nicht ein wenig?" Ich reagiere bissig, weil ich sauer bin, dass Wyatt wegen dieser Scheiße so angepisst ist.

„Bilde dir bloß nichts ein", sagt er und rollt mit den Augen. „Mein Bruder hat angerufen. Meinem Dad geht es nicht so gut und Sheriff braucht Hilfe, um die Dinge am Laufen zu halten."

Sheriff ist Wyatts älterer Bruder und wenn er Wyatt nach Hause ruft, bedeutet das, dass die Dinge ernsthaft schlecht stehen. Ich atme tief durch und fühle mich schrecklich, weil die Gesundheit von Wyatts Vater so angeschlagen ist. Garrett Hatlen ist ein toller Kerl und der Beweis dafür, dass das Leben ein launisches Miststück sein kann. Selbst die Guten sind nicht davor geschützt, schlechte Karten zu bekommen.

Er hat jetzt schon seit einiger Zeit immer wieder zu kämpfen. Seit dem Tod seiner Frau, Wyatts und Sheriffs Mutter. Ich hoffe sehr, dass er es schafft – für sich und seine Familie. Sie sind nicht wie meine Familie oder irgendeine andere Familie, die ich kannte, als ich aufwuchs. Sie stehen sich so nah und sind liebevoll miteinander, dass ich mich jedes Mal, wenn ich in ihrer Nähe bin, zu gleichen Teilen unwohl und neidisch fühle.

„Mann, es tut mir leid, das mit deinem Vater zu hören. Willst du, dass ich mit zurückkomme ...“

„Nein, du hast deinen eigenen Scheiß hier. Du musst hierbleiben und dich um die Bar kümmern. Das hast du deinem alten Herrn versprochen. Außerdem glaube ich, dass du vermisst werden würdest, wenn ich an das Klatschen und Stöhnen denke, das gestern Abend aus deinem Zimmer kam.“

Da bin ich mir nicht so sicher. Ich kratze mich am Nacken und zucke entschuldigend mit den Schultern. „Mann, ich ...“

„Spar dir das, Schwachkopf. Mein Ego ist geprellt, nicht gebrochen. Ich hatte schon das Gefühl, dass zwischen euch beiden etwas läuft. Ich werde mir auf dem Rückflug einfach eine heiße Braut suchen müssen, die mich tröstet.“

Wyatts Grinsen ist wieder da. Falls ihm die Sache mit mir und Candi nicht am Arsch vorbeigeht, ist sie ihm zumindest nicht wichtig genug, um deswegen eine Welle zu machen. Aber ich kann es nicht einfach so stehen lassen. Ich bin mir nicht sicher, wann wir uns wiedersehen werden. Zum ersten Mal scheint es, als würden unsere Leben in verschiedene Richtungen führen.

„Wenn du dich dadurch besser fühlst, sie ist mehr als nur ein schneller Fick für mich.“ Ich bin mir zwar nicht ganz sicher, was genau sie für mich ist, aber ich denke, er sollte wissen, dass ich kein komplett verräterischer Arsch bin. Ich habe noch nie mit einer Tussi geflirtet, für die er sich interessiert hat, oder umgekehrt.

Ein langsames Grinsen breitet sich auf dem Gesicht des Arschlochs aus. „Hank Buchannan, der wegen einer Tussi ganz rührselig wird. Ich hätte nie gedacht, dass ich den Tag einmal erlebe. Es tut mir leid, dass ich nicht da sein werde, um zu sehen, wie du es versaust."

„Warum sind wir noch mal Freunde?"

„Hey, wie dem auch sei, ich schulde dir etwas. Erinnerst du dich an Mandy Greenling? Mandy mit den langen braunen Haaren und dem betörend schönen Hintern?"

Ich gluckse, als ich mich an die Tussi erinnere, auf die er sich bezieht. Wir waren so verdammt jung, standen kurz vor unserem ersten Einsatz und der Idiot Wyatt verknallte sich in dieses Mädchen, das wir in Charleston, South Carolina, getroffen hatten. Und er verliebte sich Hals über Kopf. Sie schrieben sich die ganze Zeit, als wir drüben in der Wüste waren. Wir haben ihm die Hölle heißgemacht, aber er hat sich nicht beirren lassen. Wyatt war verrückt nach ihr. Als wir zurückkamen, setzte er Himmel und Hölle in Bewegung, um sie besuchen zu können. Als er endlich zu ihr fahren konnte, kam er dort an und musste feststellen, dass sie bei ihrem Freund wohnte. Ein Typ, der ebenso sauer war, als er von Wyatt erfuhr.

„Ja, nun, ich glaube, wir wussten alle, dass dieses Mädchen auf dir herumtrampeln würde. Ich meine, als du sie kennenge-lernt hast, war sie bei einer Verabredung mit einem anderen Kerl", sage ich und lächle immer noch.

An der Spüle, wo er seine Schüssel abwäscht, lacht Wyatt. „Mann, das hatte ich ganz vergessen. Du musst zugeben, ich habe es drauf. Ich meine, ich habe eine Tussi bei ihrer Verabre-dung abgeworben!"

Ich schüttle nur grinsend den Kopf. Ich werde jetzt nicht darauf hinweisen, dass das Mädchen leicht beeinflussbar und völlig untreu war. „Wie auch immer. Wenn ich dich zum Flughafen bringen soll, packst du besser deinen Kram, damit wir losfahren können. Ich habe heute Nachmittag noch eine Sache für Slater zu erledigen."

Ich fahre vor die Abflughalle und lasse Wyatt zwischen JetBlue und American aussteigen. Wir verschränken unsere Unterarme. Es ist dieses dumme Ding, das wir vor Ewigkeiten in einer betrunkenen Nacht angefangen haben, bevor wir überhaupt alt genug zum Trinken waren. Die Wikinger machten es so und das war für uns Grund genug. Wir waren furchtlose Krieger. Oder einfach nur dumm und durchgeknallt.

Zur Hölle, es scheint eine Ewigkeit her zu sein.

„Ich werde dich vermissen, Bruder", sagt Wyatt und ich spüre ein Gefühl der Endgültigkeit. Als ob sich unsere Wege hier trennen würden.

So ist das Leben nun mal. Wir werden immer Freunde sein, aber es wird nicht mehr so sein wie früher. Wir sind nicht mehr die Mitbewohner und Wingmans aus unserer verrückten Jugend. Wir waren es schon eine Weile nicht mehr, aber es gab bis jetzt keinen Grund, getrennte Wege zu gehen. Ich bin nicht sauer darüber, aber verdammt, ich werde den eingebildeten Drecksack vermissen.

„Versuche, niemanden zu schwängern", rate ich ihm. In unserem ersten Jahr sagte unser Kommandant das jedes Mal, wenn jemand Ausgang hatte.

„Verdammt, Kondome gibt es nicht ohne Grund", sagt Wyatt und beendet damit die Rede unseres Vorgesetzten.

Als ich vom Flughafen wegfahre, versuche ich, mich auf mein Treffen heute Nachmittag einzustellen. Aber verdammt, meine Gedanken kreisen wieder um Candi. Ich bin eigentlich nicht der Typ, der sich entschuldigt, nicht, dass ich es jemals hätte tun müssen. Ich habe mich noch nie mit einer Frau zerstritten und wollte sie trotzdem wiedersehen.

Als ich sie absetzte, hätte es heißen sollen: *Sayonara, ein schönes Leben noch.*

Mein Seufzen klingt laut im Auto. Ich mache mir bereits Gedanken darüber, dass sie kein funktionstüchtiges Fahrzeug hat und kein Geld, um es reparieren zu lassen. Scheiße und dann steht es auch noch auf dem Parkplatz vor dem *Sugar Daddy's*. Ich sollte einen Anruf tätigen und es abschleppen lassen.

Ich schaue auf die Uhr und überlege, ob ich es noch vor dem Treffen, zu dem ich gehen muss, schaffen werde, mich frisch zu machen und sie anzurufen. Oder ich könnte einfach bei ihr zu Hause vorbeifahren. Das wird bestimmt nicht als verrückt rüberkommen, nachdem ich heute Morgen so ein Arschloch war und sie im Grunde aus dem Wagen geschubst habe. Nein. Ganz. Und. Gar. Nicht.

Scheiße.

* * *

Candi

Ich komme zu spät. Nicht viel zu spät, aber zu spät, und Dom scheint mir der Typ Mann zu sein, der Pünktlichkeit erwartet. Als ich schließlich auf den Parkplatz vor dem *Sugar Daddy's* biege, ist es bereits dreizehn Uhr siebzehn. Byron hat den undichten Schlauch an meinem Jeep repariert, aber es hat länger gedauert, als er erwartet hat, deshalb bin ich jetzt spät dran. Ich glaube nicht, dass Dom meine Ausrede interessieren wird.

Als ich zur Eingangstür eile, finde ich sie verschlossen vor.

Ich klopfe, hebe meine Hände über meine Augen und versuche, hineinzuspähen, aber ich kann durch das getönte schwarze Glas nichts sehen. Ich klopfe noch ein paar Mal, bevor ein riesiger Mann mit Glatze und einem dicken Hals, dessen Muskeln von Tätowierungen bedeckt sind, die Tür öffnet. Er trägt Jeans mit diesen auffälligen Nieten an der Vorder- und Gesäßtasche und ein hautenges weißes T-Shirt mit V-Ausschnitt, durch das ich deutlich seine Brustwarzenpiercings sehen kann. Er schaut mich interessiert an, aber anstatt etwas zu sagen, zieht er nur eine fragende Augenbraue hoch.

„Ich habe einen Termin bei ..."

Er rollt mit den Augen, nickt und tritt zurück, um mich hereinzulassen. Er zeigt mit seinem fleischigen Daumen in die Richtung von Doms Büro und schließt die Tür hinter mir ab, bevor er in die entgegengesetzte Richtung davongeht.

Es dauert eine Sekunde, bis meine Augen sich an die schummrige Beleuchtung gewöhnt haben. Dieser Ort fühlt sich tagsüber anders an. Ich bin mir nicht sicher, woran es liegt, aber alles wirkt schmuddeliger. Ohne all die Lichter, Menschen und hübschen, halb nackten Frauen als Ablenkung kommt die allgemeine Schäbigkeit von allem durch, vom Teppich bis zur Bühne.

Ich klopfe zweimal an die Tür und höre Doms kultivierte Stimme. „Herein." Anders als gestern Abend lehnt er sich sofort auf seinem Stuhl zurück, als ich eintrete. Er schenkt mir seine volle Aufmerksamkeit. „Hallo, Ms. Dawson", sagt er, als hätte er mich nicht erwartet. „Ich war der Meinung, dass unser Treffen für dreizehn Uhr fünfzehn angesetzt war."

Während ich an fast genau der gleichen Stelle wie gestern Abend vor ihm stehe, dreht sich mir der Magen um. Meine Handflächen fangen an zu schwitzen. Ich war so sehr mit anderen Dingen beschäftigt, die in meinem Leben passieren, dass ich ganz vergessen habe, nervös zu sein.

Ich wische meine Hände an meinem Rock ab.

„Es tut mir leid." Keine Entschuldigung ist gut genug für meine Verspätung, also liefere ich auch keine. „Ich habe über Ihr Angebot nachgedacht und obwohl ich es zu schätzen weiß, würde ich lieber tanzen", sage ich ohne Vorrede. Keinen Grund, um den heißen Brei herumzureden.

„Ach was du nicht sagst?" Er lässt seinen Blick über mich schweifen. Er hat einen teilnahmslosen Blick aufgesetzt, sodass ich nicht weiß, was in seinem Kopf vorgeht. Ich zittere fast vor Nervosität und frage mich, was er als Nächstes sagen oder tun wird, als er befiehlt: „Gut. Ausziehen."

„Wie jetzt, direkt hier? Jetzt?"

Er nickt und macht eine Handbewegung, um mich zur Eile zu drängen. Ich bin mir nicht sicher, warum ich überrascht bin. Ich habe das Unerwartete erwartet, und das ist es auf jeden Fall. Bevor ich länger darüber nachdenken kann, greife ich nach dem Saum meines Oberteils und ziehe es hoch.

„Stopp. Verführerisch." Frust und Verärgerung liegen in seiner Stimme, als ob ich es hätte wissen müssen.

Stimmt. Ich habe noch nie versucht, sexy zu sein. Nun, einmal abgesehen von heißen Outfits und hochhackigen Stöckelschuhen. Ich habe alle Stufen des Arschwackelns gemeistert, aber das war es auch schon mit meinen „verführerischen" Fähigkeiten. Ich bin mir nicht sicher, ob das erbärmlich oder normal ist.

Von klein auf habe ich akzeptiert, dass Leute mich wegen meines Aussehens auf eine bestimmte Weise betrachten oder behandeln. Ich habe es regelmäßig zu meinem Vorteil genutzt, wie eine hirnlose, dumme Blondine zu wirken, aber ich war nie absichtlich sexy. Ich habe das Gefühl, verführerisch sexy zu sein, ist eine notwendige Lebenskompetenz, die ich mir besser aneignen sollte.

„Gibt es Musik?" Ich versuche, es in die Länge zu ziehen, und ich bin mir ziemlich sicher, dass er es weiß.

„Keins meiner Mädchen, die hier arbeiten, braucht Musik." Natürlich tun sie das nicht. Wahrscheinlich brauchen sie nur ab und zu ein paar Gramm in ihrer Nase. Meine Gedanken stocken bei dieser ungerechten Einschätzung. Wer weiß, warum die Frauen, die hier arbeiten, tun, was sie tun. Nur weil sie für einen Drogenboss arbeiten ... Ich werfe einen Blick auf den besagten Drogenboss und er sieht äußerst ungeduldig aus.

Meine Hüfte beginnt von selbst zu schwingen, als hätte mein Körper mehr Überlebensinstinkte als mein Gehirn. Als ich erneut nach dem Saum meines Oberteils greife, zittern meine Hände. Aber ich ziehe den Stoff um meinen Körper.

Ein Bild von Hank taucht in meinem Kopf auf. Würde er es missbilligen oder würde er meinen Anblick beim Strippen sexy finden?

Ich versuche, Dom auszublenden, der hinter seinem Schreibtisch sitzt und einen gelangweilten Gesichtsausdruck hat. Ich denke an Hank, als ich mein Oberteil hochschiebe und meinen Körper wie zu Musik bewege. Es ist Hank, für den ich meinen Jeansrock aufknöpfe und für den ich Kuckuck spiele, als ich ihn hinunter und wieder hinaufziehe und ihn schließlich fallen lasse, bevor ich heraussteige.

„Besser", sagt er. „BH und Höschen auch." Seine Stimme reißt mich aus meiner Hank-Fantasie.

„Aber keins der Mädchen, die ich gesehen habe, hat nackt getanzt."

„Nun, wenn du so behandelt werden willst wie die anderen Mädchen ..." Er schiebt seinen Stuhl zurück und greift nach dem Reißverschluss seiner Hose.

Trotzig öffne ich meinen BH und reiße ihn mir von der Brust. Dann strecke ich ihn in Armeslänge nach vorn, bevor ich ihn fallen lasse. Ein selbstzufriedenes Lächeln breitet sich auf seinem Gesicht aus, als ich dasselbe mit meinem Höschen tue und es abschüttele, nachdem ich es mit einer schnellen Bewegung ganz zu Boden gezogen habe.

Er lässt mir Zeit, mich in meiner Nacktheit unwohl zu fühlen, während er mich mit seinen Blicken durchbohrt. Das Beunruhigende daran ist, dass er mir direkt in die Augen schaut. Seine sind wie kristallblaue, seelenlose Eissplitter. Ich bleibe so lange wie möglich in unserem Wettstarren gefangen und versuche, keine Schwäche zu zeigen, während sein Blick mir unzählige Geschichten des Grauens erzählt.

Ich gebe nach und mein Herz rast, als ich den Blick abwende.

Er steht auf und kommt hinter seinem Schreibtisch hervor. Langsam geht er im Kreis um mich herum, während ich stillhalte und kaum atme. Ich kann Pfefferminz in seinem Atem riechen, obwohl er fast einen halben Meter von mir entfernt steht. Ich glaube nicht, dass ich diesen Duft jemals wieder riechen kann, ohne dass sich mir der Magen umdreht.

„Bück dich."

Ich beuge mich vor und versuche, nicht zu zittern oder auf den Teppich zu kotzen.

„Das kannst du besser, Liebes. Berühre deine Knöchel."

Tränen brennen in meinen Augen, als ich mich zu seinem kranken Vergnügen vornüberbeuge. Ich spüre seinen Blick auf mir und war mir meiner eigenen Verletzlichkeit noch nie so bewusst. Nach dem, was ich letzte Nacht mit Hank erlebt habe, kann ich mir nicht vorstellen, mich von jemand anderem berühren zu lassen, geschweige denn ...

In meinem Kopf spielen sich Horrorszenarien ab, was Dom mit mir anstellen wird, und ich muss sie unterdrücken, um nicht zu weinen.

„Reizend. Schön und glatt." Er streicht mit einem Finger

über meinen Arsch und Venushügel. Dann kratzt er mit seinen Fingernägeln über meine rechte Pobacke.

Ich beiße mir so fest auf die Lippe, dass sie bluten wird, aber es kostet mich alles, nicht zusammenzuzucken.

„Diese blauen Flecken", sagt er und deutet auf die kleinen lila und blauen Flecken an meiner Hüfte und den inneren Oberschenkeln, die von Hanks Händen und Hüfte stammen. „Jemand war sehr beschäftigt. Du musst sie überschminken."

Die Stelle, an der er mich gekratzt hat, pulsiert und brennt, aber das ist nichts im Vergleich dazu, wie übel mir ist, wenn er mich auf diese Weise untersucht.

Er schlingt seine Hände um meine Hüfte. Seine mit Stoff bedeckte Erektion wird gegen die Ritze meines Hinterns gedrückt. Er presst sie gegen meine Muschi und brandmarkt mich mit seiner unwillkommenen Hitze.

Tränen laufen mir in den Haaransatz, weil ich vornübergebeugt bin, aber ich bewege mich nicht und gebe auch keinen Laut von mir. Ich bin auf weitere Berührungen von ihm gefasst, aber sie kommen nicht. Er lässt mich los und tritt zurück. Ich spüre einen Luftzug, als er die Bürotür öffnet.

„Dann komm mal mit. Ich will sehen, was du auf der Bühne kannst."

Mir ist sowohl vor Erleichterung als auch davon, dass ich über Kopf hänge, schwindelig. Ich brauche einen Moment, um mein Gleichgewicht wiederzufinden, und wische mir die verräterischen Anzeichen von Tränen ab, bevor ich ihm folge. Ich bin mir nicht sicher, welche Art abgefuckte Psychospielchen Dom hier treibt, aber es ist offensichtlich, dass ich weit überfordert bin.

Im hinteren Teil des Clubs tummeln sich ein paar Arbeiter, die noch nicht da waren, als ich ankam. Sie scheinen die Bar wieder aufzufüllen und schenken mir nicht die geringste Aufmerksamkeit, als ich durch die Tür zu ihnen hinausschaue.

Es kostet mich gewaltige Überwindung, in den Hauptklub hinauszugehen. Es sind nicht nur die anderen Leute, die mich verunsichern. Ich war auch noch nie zuvor nackt in einem so großen, offenen Raum.

Mein Magen ist so verkrampft, dass es mich schockiert, dass ich mich noch nicht übergeben habe. Jegliche Zuversicht und Trotz, die ich im Büro verspürt habe, sind verschwunden, als hätte es sie nie gegeben.

Dom grinst mich an, erkennt mein Unbehagen und ich versuche alles, um es abzuschütteln.

„Also gut. Auf die Bühne mit dir", sagt er lässig und steckt die Hände in die Hosentaschen.

Das Geräusch von sich einschaltenden Lichtern hallt im Raum wider, als ich die Treppe zur Bühne hinaufsteige. Sobald ich die letzte Stufe erreicht habe, stehe ich im Scheinwerferlicht und hebe die Hand, um nicht vom Licht geblendet zu werden.

R. Kellys Lied *Cookie* wird gespielt und ich stöhne auf. Ich schirme meine Augen ab und sehe, wie Dom grinsend eine ‚Lass das'-Bewegung vor seinem Hals zum hinteren Teil des Raums macht.

„Spiel den Song, zu dem Sabrina letzten Samstag getanzt hat", ruft er.

West Coast, von Lana Del Rey wird abgespielt. Er macht wieder eine Handbewegung und ich gehe auf die Bühne. Ich fühle mich steif und unsicher, während ich versuche, mich zu entspannen. Es ist ein erotischer Song und ich versuche, dies durch das Drehen und Schwingen meines Körpers und meiner Hüfte zum Ausdruck zu bringen. Ich laufe um die Stange herum und halte mich daran fest, während ich in die Hocke gehe und mich wieder aufrichte.

Einen Moment lang denke ich darüber nach, an die Stange zu springen, aber ich verwerfe die Idee sofort und stolpere ein wenig, während ich mich mit den Füßen auf dem Boden um die Stange schwinge. Ich fange mich und tanze weiter. Das Lied hat eine mühelose Anmut, die mir fehlt, und ich war noch nie so erleichtert, wie in dem Moment, als die letzten Akkorde erklingen und die Musik abgestellt wird.

Dom steht am Rand der Bühne. Aus der Entfernung und unter mir wirkt er nicht weniger einschüchternd.

„Nicht schlecht", erklärt er. „Aber auch nicht besonders gut, wohl gemerkt." Sein Blick schweift über mich, von den Titten bis zu den Zehen. „Zum Glück bist du heiß genug, sodass es niemanden stören wird. Du kannst auf dem Boden anfangen. Versuche, die Lapdances nicht zu versauen. Sei um vier wieder hier ..."

„Oh, aber ich habe heute Abend eine Schicht in der Bar, in der ich arbeite. Ich bin für jemanden eingesprungen ..."

Ein Blick auf sein Gesicht verrät mir, dass ihn das nicht interessiert.

Mit verschränkten Händen frage ich: „Darf ich bitte morgen Abend anfangen, Sir? Bitte?" Ich bin kurz davor, auf die Knie zu fallen.

Wenn ich heute Abend nicht in der Bar auftauche, könnte Hank nach mir suchen. Oder er könnte mich feuern. Wie auch immer, John würde informiert werden. Nach allem, was John für mich getan hat, möchte ich nicht, dass er von mir enttäuscht ist, also versuche ich wie eine Närrin, Dom umzustimmen.

Ich weiß, ich bin der Inbegriff von geistloser Unschuld. Das ist etwas, das ich perfektioniert habe, seit ich acht Jahre alt war und mein Vater anfing, mich in zwielichtige Lokale mitzunehmen, um mit hohem Einsatz zu pokern. Doms Gesicht ist amüsiert, als würde er mein Spiel durchschauen. Er winkt mich mit dem Finger nach vorn, also setze ich mich ans Ende der Bühne, springe hinunter und gehe langsam auf ihn zu, als ob er beißen könnte.

Wie ich ihn kenne, könnte das tatsächlich passieren.

Sein Gesicht ist entspannt, aber das beruhigt mich in keiner Weise. Er ist wie eine Giftschlange, die ohne Vorwarnung zuschlägt.

Er streichelt über meine Wange und ein Schauer läuft über meinen Rücken. Nur eine Berührung, und mein Innerstes ist wie eingefroren. Ich warte darauf, dass er mich wie am Vorabend packt. Ich bin für den Schmerz und den Schock gewappnet, was auch immer als Nächstes kommt. Er starrt mich so lange an, dass ich sicher bin, dass das Gras draußen einen Zentimeter gewachsen sein muss. Die ganze Zeit über versuche ich, meinen Gesichtsausdruck leer zu halten. Geistlos. Ich bin mir sicher, dass es mir nicht gelingt und ich eher wie ein verängstigtes Kaninchen wirke, das von einem tollwütigen Wolf verschlungen werden soll.

„Dann eben morgen", sagt er schließlich.

Er dreht sich um und geht zurück in sein Büro. „Ich hoffe, dass deinem Bruder bis dahin nichts passiert. Es wäre eine Schande, wenn seine militärischen Ambitionen abgebrochen werden müssten, weil seine große Schwester nicht kooperativ ist."

Meine Lunge brennt, bevor mir bewusst wird, dass ich nicht atme. Mein Körper ist heiß und kalt und meine Haut kribbelt schmerzlich. Ich atme ein paarmal tief und ruhig ein und hoffe, dass ich nicht ohnmächtig werde.

Dom kommt mit meinen Klamotten in einem ordentlich gefalteten Stapel aus seinem Büro zurück. „Du scheinst etwas vergessen zu haben, Liebes." Er reicht sie mir mit ruhiger Miene.

Ich nicke und nehme die Kleider entgegen.

„Sag Danke", sagt er.

„Danke", wiederhole ich dümmlich.

In seinen Augen ist ein Schimmer, der vorher nicht da war.

In Daddys Schuld

Es ist der Blick einer Katze, die mit einer Maus spielt. Er weiß, dass er mir eine Todesangst einjagt, und es gefällt ihm.

Mit dem Finger greift er beiläufig nach einer Strähne meines Haars, als wäre sie das Weichste und Faszinierendste, was es gibt. „Oh, und mein Angebot? Das, dass du so gnädig abgelehnt hast?" Er hebt die Haarsträhne zu seinem Gesicht und reibt sie über seine Wange, bevor er sie wieder fallen lässt. „Dich denken zu lassen, du hättest eine Wahl, war nur eine Gefälligkeit meinerseits. Du wirst mir zur Verfügung stehen, wann und wie auch immer ich dich haben will." Er zwinkert mir mit einem triumphierenden Grinsen zu und schlendert davon.

Es reißt mich aus meiner blinden Angst und ich drücke den Rücken durch, während ich mich methodisch wieder anziehe. Ich zittere immer noch vor Nervosität, aber ich bin auch fest entschlossen, einen Ausweg aus dieser Situation zu finden.

Indem ich meinem Bruder half, habe ich mich selbst verraten. Das ist nicht das Leben, das ich mir gewünscht habe, und ich bin mir nicht ganz sicher, wie ich hier gelandet bin. Für einen Mann zu strippen, der mich vielleicht noch vergewaltigen wird. Ich habe mich selbst im Stich gelassen.

Von klein auf habe ich zugesehen, wie die Männer in meinem Leben alles versaut haben. Ich dachte immer, ich sei besser als sie. Es ist schrecklich, sich das einzugestehen, aber so war es. Ich war besser als sie und ich wollte die Dawson sein, die die Dinge anders macht.

Jetzt stehe ich mitten in einem Stripklub und ziehe mir mein Höschen wieder an.

Aus den Augenwinkeln bemerke ich, dass die Männer im hinteren Teil des Clubs irgendetwas vorbereiten.

Der glatzköpfige Typ ohne Hals mit der auffälligen Jeans und viel zu vielen Muskeln schließt mir die Tür auf und ich bin überrascht, dass auf der anderen Seite zwei Männer darauf warten, hereingelassen zu werden. Beide sind groß, einer ist der Inbegriff eines wohlhabenden Texaners. Er trägt einen Cowboyhut, ein Jackett und eine Bolo-Krawatte mit einem verschnörkelten silbergoldenen Texas-Emblem. Der andere Mann wirkt ungepflegt, mit fettigen, dunklen Haaren, die zu einem Knoten zusammengebunden sind, und einem Bart. Er trägt eine modische, aber zerschlissene Lederjacke, ein Henley-T-Shirt, verstaubte Jeans und braune Bikerstiefel.

Ich gehe aus dem Weg, damit sie eintreten können. Sie werfen mir kaum einen Blick zu, als sie im hinteren Teil des Clubs verschwinden. Dom kommt aus seinem Büro, um sie zu begrüßen. Ich schnappe mir Mr. Halslos, bevor er verschwinden kann. „Was machen die hier?"

Er zieht eine Augenbraue hoch und mir wird klar, dass ich Gefahr laufe, das Mädchen zu sein, dass zu viele Fragen stellt. Ich bin mir ziemlich sicher, dass es kriminelle Leute sind, die den Satz „Frag nichts, sag nichts" erfunden haben. Trotzdem erkenne ich, wenn ein Pokerspiel vorbereitet wird, wenn ich eins sehe. Es ist mir vertraut wie ein alter Freund. Ich habe fast sieben Jahre lang für meinen alten Herrn Karten gezählt. Er war der exzentrische Witwer, der seine Kinder überall hin mitnahm, und ich war die Komplizin der Spielsucht meines Vaters. Niemand ahnte, dass das kleine Mädchen, das mit seiner Puppe spielte, sie um ihr Geld betrügt.

Als ich alt genug war, um unerwünschte Aufmerksamkeit zu erregen, arbeiteten wir bereits seit Jahren zusammen und die Leute wussten von uns. Als ich fünfzehn war, bat jemand darum, dass ich zum Pot hinzugefügt werden solle. Mein Vater schüttelte den Kopf und sagte, ich sei unverkäuflich, aber er zögerte zuvor kurz. Er dachte darüber nach. Er dachte tatsächlich darüber nach, mich in dem Pot eines Pokerspiels zu verkaufen. Mir wurde klar, dass wir kein Team waren. Ich war ein

Mittel zum Zweck meines Vaters und sein Glücksspiel würde nie enden. Der Preis, zu spielen, würde nie zu hoch sein.

Von dem Moment an habe ich kein Kartenspiel mehr in die Hand genommen. Mein Bruder ist die einzige Person, gegen die ich spielen könnte, und er weiß, dass er nicht gewinnen kann. So macht das Spielen keinen Spaß.

Ein weiterer Mann kommt herein. Er ist fett und alt, trägt ein gestreiftes Hemd und eine marineblaue Hose mit Halbschuhen. Ich stehe immer noch an der Tür. Dem ungeduldigen Blick von Halslos nach zu urteilen, bin ich schon zu lange hier. Aber ich habe eine verrückte Idee, die mich an Ort und Stelle verharren lässt.

Ein Teil von mir schreit danach, so schnell wie möglich von hier zu verschwinden. Ich sollte mir meinen Bruder schnappen und so schnell wie möglich so weit wie möglich aus Texas abhauen. Einfach eine Tasche packen und verschwinden. Der andere Teil von mir, der Teil, der mich auch davon abhält, zur Tür hinauszustürmen, sagt mir, dass ich bei diesem Pokerspiel mitspielen muss.

Bevor ich es mir anders überlege, schlendere ich zu dem Tisch hinüber.

„Spielt ihr Poker? Ich liebe Poker." Ich mache große Augen, als hätte ich keinen einzigen Funken Verstand in meinem Kopf.

Und vielleicht habe ich auch keinen, denn was ich tue, ist selbstmörderisch.

Kapitel Dreizehn

Candi

Ich habe die Aufmerksamkeit aller Männer am Tisch. Mr. Texas ist amüsiert, aber die anderen beiden Männer scheinen genervt zu sein. Und Dom ... schenkt mir ein täuschend gleichgültiges Grinsen, als wäre es völlig akzeptabel, dass ich mich in ihr ganz privates Pokerspiel einmische, obwohl ich weiß, dass es das nicht ist.

Obwohl seine Gesichtszüge entspannt wirken, verspricht sein Blick Vergeltung.

Wenn Dom das Ambiente schöner Frauen wollte, die sich im Hintergrund tummeln oder tanzen, dann wären sie jetzt hier. Die Tatsache, dass der Club leer ist, bedeutet, dass er auch leer sein soll.

„Rick", sagt Dom, ohne seinen kalten, drohenden Blick von mir zu nehmen. „Ich glaube, Ms. Dawson hat sich verlaufen. Kannst du ihr bitte die Tür zeigen?"

Mr. Halslos macht einen Schritt auf mich zu. Der Glanz auf seiner Glatze und von seiner glitzernden Jeans blinkt im Umgebungslicht des hinteren Bereichs.

Ich reiße die Hände hoch. „Moment!" Alle Augen am Tisch sind auf mich gerichtet. „Ich würde gern spielen."

„Ich glaube, du hast vergessen, wer du bist und wo du bist, Liebes." Doms Stimme ist so bedrohlich, dass ich unwillkürlich einen Schritt zurückweiche.

Ich schlucke den zunehmenden Drang, aus dem Gebäude zu fliehen, hinunter und mache weiter. „Ich hätte gern die Gelegenheit, mit Ihnen um meine Schulden zu spielen."

Er spielt mit seinem Stapel Pokerchips, sodass sie alle *klack, klack, klack* aufeinanderfallen, als er sie in einem ordentlichen Stapel unter seiner Hand anordnet. Es ist eine beiläufige Geste, die davon ablenken soll, dass er wahrscheinlich über all die Möglichkeiten nachdenkt, wie er mich langsam foltern kann. „Du weißt aber schon, dass du dir den Zugang in dieses Spiel erkaufen musst? Da du nicht einmal mich bezahlen kannst ..."

„Ich werde ihr das Geld vorstrecken", mischt sich Mr. Texas ein. Er lächelt mich an, als hätte er schon lange nicht mehr so viel Spaß gehabt.

„Eine Schuld gegen eine andere zu tauschen, ist es das, was du tun möchtest, Ms. Dawson?" Doms Tonfall lässt vermuten, dass ich ein gefährliches Spiel spiele und dass es Konsequenzen haben wird.

Hätte ich es mir besser überlegen sollen? Auf jeden Fall. Sollte ich aussteigen, solange ich noch kann? Das wäre ein weiteres fettes, nachträgliches Ja, aber ich kann jetzt keinen Rückzieher machen.

„Wie hoch ist der Einsatz?" Meine Hände schwitzen wieder und ich widerstehe dem Drang, sie an meinem Rock abzuwischen.

„Eintausend Dollar und zwei Mädchen."

Mein Verstand stockt. „Zwei Mädchen?"

„Diese feinen Herren hier sind alle lokale Klubbesitzer.

Wir treffen uns, um einige unserer Mädchen auszutauschen, die etwas angestaubt sind. Der Gewinner hat die erste Wahl."

In diesem Moment bemerke ich, dass auf dem Tisch Fotos von Frauen herumliegen. Einige sind wie Polaroid-Aufnahmen, die vor einer Wand aufgenommen wurden und auf denen das Mädchen lächelt, als wäre es das Foto für Die-Mitarbeiterin-des-Monats. Andere wiederum sind professionellere Aufnahmen von Mädchen in ihrem „tanzenden" Element. Ich frage mich, ob die Mädchen wissen, dass sie eingetauscht werden, und ob sie deshalb beleidigt sind.

Oder vielleicht ist es wie bei Sportlern und es ist einfach eine anerkannte und akzeptierte Norm.

„Ich habe keine zwei Mädchen, aber ich habe mich selbst."

„Nun, also wenn Mr. Tullson dort drüben dir großzügigerweise einen Tausender vorschießt, bietest du dich selbst als Sicherheit an, falls du verlierst? Und wie soll das für mich von Vorteil sein? Ich habe dich schon, meine Liebe."

„Wie viel schuldet sie dir, Serino?", fragt Mr. Texas, Tullson. Ich bin überrascht, dass Doms Nachname so italienisch klingt, obwohl er alles andere als so aussieht.

„Drei Riesen."

„Ich sage, setze ihren Schuldschein ein. Ich bezahle dich gern für sie. Lass die Kleine mitspielen", sagt Mr. Tullson, während er an einer Zigarre schnippt.

Der ältere rundliche Mann im gestreiften Hemd sieht mich wohlwollend an und zuckt mit den Schultern. „Ja, warum nicht? Ich würde sie für drei Riesen nehmen."

Mir dreht sich der Magen um und mein Herz rast. Die Sache nimmt eine unerwartete Wendung. Welche Ironie, dass ich aus dem Kartenhai-Dasein ausgestiegen bin, weil ich nicht als Wetteinsatz enden wollte, nur um dann zurückzukommen und mich selbst zu verwetten.

Gibt es nicht das Sprichwort, dass ein bekanntes Übel

besser ist als ein unbekanntes? Ich kenne keinen der Männer an diesem Tisch und weiß nicht, wozu sie fähig sind. Ich gehe davon aus, dass sie, wenn sie meinen Schuldschein kaufen, viel mehr von mir verlangen werden, als nur für sie zu tanzen.

Ich habe keine Ahnung, wie ich da wieder rauskommen soll. Entweder tanze ich, und werde wahrscheinlich von einem psychopathischen Dom vergewaltigt werden, oder ich werde gewonnen und ähnlichen Szenarien ausgesetzt sein. Was diese Männer wollen würden ...

Das Entsetzen über diese neue Erkenntnis muss mir ins Gesicht geschrieben stehen, denn Dom grinst mich an. Seine Augen sind eiskalt, was sein Grinsen noch unheimlicher macht, als er sagt: „Gut. Lasst uns anfangen. Setz dich, Ms. Dawson." Er ist nicht glücklich darüber, dass ich mitspiele, aber er freut sich, dass ich den Einsatz erkannt habe und nicht länger Teil dieses Spiels sein will.

Der halslose Rick schiebt einen Stuhl zwischen Mr. Tullson und den schweigsamen Biker an den grünen Filztisch.

Der Biker lehnt sich auf seinem Platz zurück und mustert mich von oben bis unten, als ich mich setze. In seiner vorderen Jackentasche befinden sich Zigaretten und ich starre darauf. Sie rufen nach mir. Hank wäre stinksauer, wenn ich eine rauche, aber er ist sowieso fertig mit mir, nicht wahr?

Ich hätte das Geld nehmen sollen, dass er gestern Abend nach mir geworfen hat. Dann hätte ich mir vorhin eine Packung Zigaretten kaufen können und wäre jetzt nicht so verdammt nervös, als würden Ameisen über meine Haut laufen.

„Kann ich eine Zigarette schnorren?", frage ich den Biker.

Schweigend und noch immer stoisch zieht er eine Zigarette heraus. Er zündet sie selbst an, bevor er sie an meine Lippen hebt, damit ich sie mit dem Mund greifen kann. Ich habe das Gefühl, dass der schweigsame Biker auf seine Weise versucht, mich anzubaggern. Er hält mich für ein böses Mädchen oder so einen Mist und ich mache ihn neugierig. Das erkenne ich am Funkeln in seinen Augen, als er mich dabei beobachtet, wie ich einen Zug von gesegnetem Teer und Nikotin in mich hinein- sauge und es genieße.

Er lehnt sich zurück in seine zusammengekauerte Position und schlingt einen Arm über die Lehne seines Stuhls. Aber seine Mundwinkel zucken ein wenig nach oben und ich weiß, dass es ihn anmacht.

Worauf auch immer du stehst, Kumpel.

Es wird noch übertroffen von Mr. Tullson, der mich fragt, ob ich etwas trinken möchte. Er ist ein wenig subtiler, wenn es darum geht, mich zu begutachten. Er zwinkert mir unter seinem Cowboyhut zu, während er seine Zigarre anzündet. „Süße, hübsche Mädchen wie du sollten nicht rauchen", sagt er.

„Das wurde mir schon mal gesagt", antworte ich und nehme einen weiteren Zug. Als ich an Hank erinnert werde, spüre ich einen Moment lang den Anflug eines schlechten Gewissens. Ich zerquetsche ihn wie einen Käfer. Ich bin nicht die Art von Frau, die eine schlechte Gewohnheit aufgibt, nur weil ein Mann es mir sagt.

Rick stellt einen Aschenbecher neben Tullsons Ellbogen und legt Pokerchips vor mich hin. Es sind vier weiße, drei schwarze und ein blauer.

Tullson streckt mir die Hand entgegen, während Dom ein Kartenspiel öffnet. „Jethro Tullson, der Dritte, zu deinen Diensten. Du kannst mich Jet nennen."

„Candi." Ich schüttle seine Hand und zwinge mich, mich zu entspannen, während ich noch einmal an meiner Zigarette ziehe. Ich bin so aufgewühlt, als hätte ich einen dreifachen Espresso getrunken, aber ich muss mich auf das Spiel konzen- trieren.

„Nun, ja, das bist du, süß wie Zucker", sagt er. „Ich hoffe, wir bekommen die Gelegenheit, uns besser kennenzulernen. Ich hatte schon immer eine Schwäche für Süßes." Er tätschelt mein Bein unter dem Tisch und ich zucke überrascht zusammen.

„Es sind hundert Dollar Blinds, fünfzig Smalls", erklärt Dom und erspart es mir, eine Antwort auf Tullsons kühne Anmache und seine wandernden Hände formulieren zu müssen. „Euer blauer Chip ist fünfhundert wert, die schwarzen hundert und die weißen fünfzig. Der Gewinner darf sich zuerst die Mädchen aussuchen, die zum Tausch stehen, und natürlich Ms. Dawson."

Als ob ich diese Erinnerung bräuchte.

Große Blinds bedeuten, dass das Spiel schnell geht, egal ob die Einsätze hoch sind oder nicht. Für mich ist das Scheiße, aber bei Texas Hold'em mit nur einem Deck ist das Zählen ziemlich einfach. Neunzehn Karten auf dem Tisch und dreiunddreißig im Deck. Es ist einfach, die Quoten zu berechnen. Schwierig wird es, in einem kurzen Spiel zu gewinnen, wenn man mit Wahrscheinlichkeiten spielt. Das Zählen der Karten ist eine Wissenschaft, die mir einen Vorteil verschafft, aber ich weiß, dass sie nicht idiotensicher ist.

Es gibt einen Tumult an der Tür und mir wird flau im Magen, als Hank hereinspaziert. Er hat einen gewissen Schwung, wenn er geht. Es ist nicht unbedingt arrogant, aber er beherrscht definitiv den Raum, in dem er sich befindet.

Er trägt eine Biker-Lederjacke über seiner Jeans und dem schwarzen T-Shirt. Er sieht aus wie die böse Sünde selbst. Ich muss an all die Tätowierungen denken, die ich gestern Abend auf seinen Armen und auf seiner Brust gesehen habe. Der Look steht ihm. Er lässt mein Herz bei seinem Anblick höherschlagen. Aber was zum Teufel macht er hier?

„Tut mir leid, dass ich zu spät bin." Er wirft zwei Fotos von

Tänzerinnen in die Mitte des Tisches. In dem Moment bemerkt er mich. Seine Muskeln spannen sich unmerklich an. Sein Bizeps zuckt. Sein Blick wandert zu meiner linken Hand, die eine Zigarette hält, dann zu dem Stapel Pokerchips vor mir, bevor er meine Augen durchbohrt.

Wenn er gekommen ist, um mich nach Hause zu schleppen, bin ich am Arsch. Aber er hat Fotos. Warum zum Teufel hat er Fotos?

„Und Sie sind?", fragt Dom, während er die Karten neu mischt.

„Colin, Colin McGellan. Phillipe schickt mich. Seine Freundin liegt seit heute Morgen in den Wehen. Ich bin sein stiller Teilhaber."

Das erregt Doms Aufmerksamkeit. Er mustert Hank von oben bis unten. „Sie sind Teilhaber des Muchachas?" Es ist, als hätte Dom mir die Frage direkt aus dem Kopf gezogen. Hank ist Miteigentümer eines Latino-Stripklubs? Was?

Ich versuche, cool zu bleiben, als hätte ich keine Ahnung, wer Hank ist oder als würden sich meine Gedanken nicht überschlagen. Aber sie überschlagen sich.

Hank. Ist. Hier.

Oder vielmehr „Colin McGellan" – wer auch immer das sein mag –, der gerade dabei ist, sich zu diesem Pokerspiel zu gesellen.

So viel zum Thema keine Ablenkungen.

„Ja, es ist eine neue Vereinbarung", sagt Hank.

Dom kneift kurz die Augen zusammen, bevor er auf den freien Stuhl zu seiner Linken zeigt. „Nun, setzen Sie sich. Wir können genauso gut anfangen."

Sobald Hank Platz genommen hat, starrt er mich mit einem versteinerten Blick an. Dom sieht es. Es ist schwer, es zu übersehen. Ich glaube, er geht 101 Möglichkeiten durch, um mich zu fesseln und mir den Hintern zu versohlen.

„Kennen Sie meine liebe Ms. Dawson, Colin?" Dom legt die Betonung auf *meine liebe* und Hank beißt die Zähne zusammen. Ich bin sicher, Dom versucht, ihn zu provozieren.

Es funktioniert.

Für eine Sekunde knistert Hanks Wut förmlich und sprüht Funken, bevor seine Miene wieder hart und leer wird. „Ja, sie schuldet mir Geld", spottet er.

Das bringt Dom zum Lächeln. „Ms. Dawson, welch ein verworrenes Netz sie sich gesponnen haben. Mr. McGellan, es mag Sie freuen oder auch nicht, dass Ms. Dawson sich selbst und ihre Schulden in den Pott des heutigen Spiels eingesetzt hat."

„Hm, tatsächlich?" Die Frage kommt mit tödlichem Biss heraus.

Nicht erfreut. Hank ist definitiv nicht glücklich.

„Ich muss zugeben", wirft Tullson ein, „unser jährliches Pokerspiel war noch nie so unterhaltsam. Und wir haben noch nicht einmal angefangen." Er grinst von einem Ohr zum anderen, aber er hat seinen Standpunkt klar ausgedrückt; lasst uns endlich anfangen zu spielen.

Er zwinkert mir zu, als er einen Schluck von seinem Whisky trinkt, und ich bin mir ziemlich sicher, dass er weiß, was er will.

Die Spannung, die von Hank, Dom und mir am Tisch ausstrahlt, ist immer noch vorhanden, aber wenigstens kommt jetzt Bewegung in die Sache. Dom teilt aus. Ich nehme meine Karten in die Hand und genieße ihr Gewicht und ihren Duft.

Mein Vater war der Mann an den Tischen und hinter den Karten, aber wir übten jeden Abend zu Hause oder in irgendeiner Spelunke eines Hotelzimmers, wo wir übernachteten. Karten bedeuten Zahlen und Zahlen entspannen mich. Ich kann fast verdrängen, dass Hank mir gegenübersitzt und mir ab und zu entnervende Blicke zuwirft.

Ich habe ein Kreuzass und eine Pikzwei. Alle checken, und ich auch. Der Flop ist eine Kreuzfünf und zwei Siebener. Herz und Karo.

Der Biker gewinnt die erste Runde, verliert aber die nächsten beiden. Er hat ein lausiges Pokerface. Wenn er anständige Karten hat, fährt er sich mit der Hand über den Bart. Nur einmal. Der dicke Typ im gestreiften Hemd spitzt die Lippen, wenn er besonders schlechte Karten bekommt. Er und ich passen beide in den letzten beiden Runden.

Hank spielt beschissen und wird wahrscheinlich als Erster rausfliegen, aber ich glaube, das ist ihm egal. Der gesellige Tullson hat sich in Cool-Hand-Luke verwandelt. Er pafft an seiner Zigarre und hat nur einen Schluck der bernsteinfar-benen Flüssigkeit aus seinem Glas getrunken – nachdem er seine letzte Hand gewonnen hatte. Wenn er etwas zu verraten hat, sehe ich es nicht. Er und Dom sind die, auf die ich aufpassen muss.

Die nächsten beiden Runden gehen schnell. Es gibt kein müßiges Geplauder oder kameradschaftliches Verhalten unter diesen Jungs. Die einzigen Geräusche im Raum sind das Klicken der Chips, die in den Pott geworfen werden, das Mischen der Karten und ab und zu ein keuchendes Husten von Mr. Streifenhemd.

Offensichtlich sind sie alle Geschäftspartner, die nur deshalb hergekommen sind, um mit Tänzerinnen zu handeln. Ich frage mich, warum sie sich überhaupt die Mühe des Pokerns machen. Männer sagen immer, dass sie Frauen nicht verstehen, aber Männer machen auch seltsame Dinge. Wie dieses Spiel.

Ich hätte gedacht, dass es einfacher und billiger wäre, Streichhölzer zu ziehen oder zu würfeln, wer die erste Wahl bekommt. Und doch verspielen sie in weniger als einer Stunde einen Tausender.

In der nächsten Runde erhöht der Biker beim Flop. Ich gehe mit. Ebenso Dom und ‚Nenn mich „Jet"-Tullson'. Dom erhöht beim Turn und Hank, der Biker und ich gehen mit. Er erhöht erneut beim River.

Hank ist all-in. Ich weiß, dass er ein gutes Blatt hat, aber die Chancen stehen besser für mich. Ich habe einen Straight Flush. Ich bezweifle stark, dass einer der beiden Typen das schlagen kann.

Wir decken unsere Karten auf und Dom ist für eine Sekunde wütend, bevor sein Gesicht wieder zu einer ausdruckslosen Maske wird. Er hat vier Vieren. Ein verdammt gutes Blatt. Hank presst die Lippen zusammen, als er sich frustriert zurücklehnt. Er hatte ein Full House. Das beste Blatt, das er bis jetzt gespielt hat, aber es war einfach nicht gut genug.

Ich gewinne den Pot.

Es ist nicht leicht, mir ein Lächeln zu verkneifen. Gewinnen ist im Allgemeinen ein ziemlich euphorischer Rausch, aber es verschafft mir eine besondere Art der Befriedigung, wenn ich Dom und den Biker ausnehme. Wenn Dom die nächste Runde nicht gewinnt, ist er raus.

Ein Blick in die Richtung von Streifenhemd verrät mir, dass auch er nur noch eine Hand davon entfernt ist, selbst raus zu sein. Und der Biker, der gerade mit einem Three of a Kind verloren hat, ist nicht weit hinter ihm.

Sieht so aus, als wäre Tullson der Einzige, der zwischen mir und meiner Freiheit steht.

Die Karten wurden ausgeteilt. Ich habe eine Piksechs und eine Pikacht. Der Flop wird aufgedeckt und enthält eine Pikfünf, eine Karodame und eine Pikneun. Ich habe ein gutes Gefühl, was den Törn angeht. Es ist eine Karosieben, und reicht, damit ich eine Straße habe. Es ist nicht das stärkste Blatt, aber ich habe schon größere Spiele mit weniger gewonnen.

Dom ist raus und der dicke Mann im Streifenhemd eben-falls. Der Biker hat sich jetzt zweimal mit der Handfläche über den Bart gestrichen und krampft vor Aufregung den Kiefer zusammen, während er wieder auf seine Karten hinunter-schaut. Er hat nichts.

In meiner Aufregung ertappe ich mich dabei, wie ich grinse, bevor ich mir den Ausdruck vom Gesicht wische. Das ist so ein Anfängerfehler, dass ich mich dafür schäme.

Jet erhöht und ich bin so in meinen eigenen Gedanken gefangen, dass ich es zuerst nicht bemerke. Ich gehe mit und der Biker geht all-in. Es ist ein gewagter Zug, aber er scheint die Art von Typ zu sein, der auf der Überholspur lebt. Für ihn ist es nur ein Spiel. Was kümmert es ihn, wenn er verliert?

Jet wirft seine Karten hin. Er ist raus. Es sind nur noch ich und der Biker übrig.

Eine Herzzehn wird aufgedeckt und ich versuche, keine Reaktion zu zeigen, als ich meine Sechs und meine Acht umdrehe.

Der Biker ist nicht glücklich. Ich halte immer noch den Atem an, als er sich an der Stirn kratzt und über seinen Bart streicht. Ich bin schon so lange aus dem Kartenspielen raus, dass ich den Kartenaustausch fast verpasse, als er seine Karten mit der Hand abdeckt, bevor er sie sanft umdreht.

Ein Pikbube und ein Kreuzkönig.

Ich fühle mich, als hätte ich einen direkten Schlag in den Magen bekommen. Er hat auch eine Straße, aber seine ist höher als meine. Und das war kein Glücksfall.

„Sie haben geschummelt." Mein Mund schießt mit Anschuldigungen um sich, bevor mein Gehirn richtig einge-schaltet ist. Ich greife nach dem Ärmel seiner Jacke und schüttle ihn. „Wo zum Teufel ist sie? Wo ist die Karte?" Er reißt seinen Arm zurück und ich schwöre bei allem, was mir heilig ist, dass ich eine Karte sehe. „Ich habe eine Karte gesehen." Ich drehe mich zu Tullson. „Ich schwöre, ich habe eine Karte gesehen."

„Das ist eine schwere Anschuldigung, kleines Mädchen." Es ist das erste Mal, dass der Biker an diesem Abend spricht. Seine Stimme ist rau wie Kies auf Stahl.

„Sei keine schlechte Verliererin", sagt Dom. „Du hast klar und deutlich verloren, Liebes."

„Ich bin keine schlechte Verliererin", versuche ich zu argumentieren und stehe auf. Ich starre Dom an und zeige auf den Biker. „Er hat eine Karte im Ärmel. Ist es euch scheißegal, dass er betrügt?"

„Rick", sagt Dom kühl. „Bitte führe Ms. Dawson in mein Büro, während wir hier abschließen. Wir müssen noch den Gewinner ermitteln."

Ich kann diesen Scheiß nicht glauben. Sie teilen die Karten aus und sehen mich nicht an, als ob ich für sie gar nicht existiere. Und sie machen weiter, zumindest bis feststeht, wer mich an diesem ach so schönen Tag kaufen wird.

Der halslose Rick kommt herüber und zieht meinen Stuhl zurück, aber das lasse ich mir nicht gefallen. „Nimm deine Hände von mir", knurre ich und entreiße mich seinem Griff.

Wenn einer von ihnen glaubt, dass ich in Doms Büro sitzen und demütig auf den Ausgang der wankelmütigen Entscheidung des Schicksals warten werde, haben sie sich geschnitten.

Rick beachtet mich nicht und schlingt seine Arme um meinen Oberkörper. Er hebt mich hoch, sodass meine Füße vom Boden abheben. Ich wehre mich nach Kräften, als er mich mit um meinen Oberkörper geklammerten Armen wegträgt und dabei meine Arme an den Seiten festhält.

„Ich habe vor, gutes Geld für sie zu bezahlen. Pass auf, dass du meinem Leckerbissen für später keine blauen Flecken zufügst, Rick", ruft uns der Drecksack Tullson hinterher. Das Schwein kann mich mal …

„Tatsächlich kommt sie mit mir mit."

Als ich Hanks Worte höre, reiße ich den Kopf herum. Mein Herz bleibt in meiner Brust stehen, bevor es wieder zu rasen beginnt.

Hank steht da und zielt mit einer Handfeuerwaffe in die allgemeine Richtung des Tisches. Er nähert sich und greift nach meinem Handgelenk.

„Lass sie los." Hank richtet die Waffe auf Ricks Kopf. Der hält mich immer noch fest im Griff, bis Dom nickt. Rick lässt mich so plötzlich los, dass ich nach vorn stolpere. Hank zerrt mich hoch und hinter sich.

„Was zum Teufel machst du da?" Meine Frage kommt in einem Schrei heraus.

„Wir gehen", sagt er ruhig, so als wäre das eine öde Party und er würde sich langweilen.

Er dreht sich nicht um, als wir zur Tür gehen, sondern hält seine gezogene Waffe die ganze Zeit auf den Tisch gerichtet. Sein Körper versperrt mir die Sicht, aber als ich über seine Schulter schaue, sehe ich, dass alle anderen Männer auch Waffen gezogen haben. Mein Herz stockt, als ich mich gegen Hanks Rücken drücke.

Heilige Scheiße, heilige Scheiße, heilige Scheiße, ist alles, was ich denken kann, als wir durch den Ausgang hinausgehen.

So viel zu einem freundschaftlichen Pokerspiel zwischen Geschäftsinhabern. Wir sind fast draußen, als Hank einen Schuss abfeuert. Dom schreit und fällt auf seinen Stuhl zurück. Die Türen fallen hinter uns zu. Hank stößt mich vor sich her und meine Ohren klingeln von den Schüssen. Wir sprinten über den Parkplatz, als weitere Schüsse ertönen.

„Bist du verrückt?", schreie ich, aber er antwortet nicht.

Er hebt mich auf sein Motorrad und setzt mir einen Helm auf den Kopf, bevor er vor mir aufsteigt. Der Motor heult auf und ich habe zwei Komma zwei Sekunden Zeit, mich an ihn zu klammern, bevor wir vom Parkplatz rasen.

Ich presse mich so fest wie möglich an ihn. Ich habe nicht mehr auf einem Motorrad gesessen, seit ich als Kind mit dem Geländemotorrad meines Bruders gestürzt bin. Das hier ist eine ganz andere Erfahrung. Das Motorrad, auf dem wir sitzen, wird von grimmigen Männern als Hogs bezeichnet. Ich bin mir nicht sicher, ob es mir gefällt. Mein Rock hängt praktisch um meine Hüfte und ich spüre, wie die Käfer an meinen nackten Beinen abprallen. Kein Wunder, dass Biker so viel Leder tragen.

Ich wäre eine lausige Bikerschlampe, denn ich würde am liebsten heulen, so sehr will ich von diesem Ding runter. Die Fahrt kommt mir wie Stunden vor. Ranches und Felder, an denen wir vorbeigefahren sind, sind Wäldern gewichen. Wenn wir verfolgt wurden, haben wir sie abgehängt. Uns ist seit mindestens zwanzig Minuten kein anderes Fahrzeug mehr begegnet. Hank ist über so viele Landstraßen gefahren, dass ich keine Ahnung habe, wo wir sind.

Wir biegen auf eine Schotterstraße und Hank wird langsamer, hält aber nicht an. Je weiter wir die Schotterstraße hinunterfahren, desto dichter werden die Bäume und desto schmaler wird der Weg. Als wir schließlich anhalten, stehen wir vor einem abgelegenen Wohnwagen. Das ist ein Ort, an dem ich einen Drogendealer vermuten würde.

Mein Körper summt von der Fahrt und meine Beine und mein Hintern sind taub geworden. Hank muss mir beim Absteigen helfen und ich stolpere trotzdem für einen Schritt, bevor ich mein Gleichgewicht wiederfinde.

Er nimmt mir den Helm ab und hängt ihn an den Lenker. „Geh hinein und wärme dich auf."

Hank schiebt das Motorrad ganz cool hinter den Anhänger, als hätte er das schon eine Million Mal gemacht. Ich zittere.

Abgesehen davon, dass ich hier draußen dem Wind ausgesetzt bin, lässt das Adrenalin auch langsam nach.

Heiliger Strohsack. Auf uns wurde geschossen. Hank hat auf jemanden geschossen.

Das will ich nie wieder erleben. Ich hatte mehr Aufregung, als ich vertragen kann. Ich dachte, ich wäre fertig mit dieser Art von Mist, als ich aus dem Leben meines Vaters verschwand.

Auf wackligen Beinen mache ich mich auf den Weg hinein. Es sieht eher aus wie einer dieser Wohnwagen auf Baustellen. Es ist ein großer Raum mit einem dünnen blauen Teppich. In der Mitte steht eine Couch, links daneben eine Küchenzeile und ganz rechts ein Schreibtisch. Ich schnappe mir die Decke, die zusammengefaltet auf der Couch liegt, und wickle sie um mich. Meine Arme und Beine haben kleine rote Flecken von den Stellen, an denen ich auf unserer verrückten Fahrt in die Freiheit von Käfern getroffen wurde.

Mein Bruder, mein Vater und ich mussten mehr als ein paarmal fliehen, aber nie auf diese Weise.

Auf uns wurde geschossen!

Jetzt, da wir nicht mehr auf der Flucht sind, schießen mir viele Fragen durch den Kopf. Wer zum Teufel ist Hank und warum zur Hölle war er heute Abend bei diesem Pokerspiel? Und vor allem, warum sind wir mit vorgehaltener Waffe abgehauen, verdammt noch mal?

Scheiße. Dylan.

Wenn Dom sauer ist, wird er sich meinen Bruder vorknöpfen. Ich muss ihn warnen. Ich schüttle die Decke ab und reiße die Tür in dem Moment auf, als Hank hereinkommt.

„Mein Bruder. Ich muss ihn anrufen. Dom ... Dom ist wahnsinnig. Ich muss ihn warnen."

„Beruhige dich." Er streichelt über meine Arme und lenkt mich zur Couch. Er hebt die Decke auf und schlingt sie wieder um meine Schultern.

Aufgebracht schlage ich seine Hände weg. „Du verstehst es nicht. Was zum Teufel ist los mit dir?" Er ist verrückt, wenn er glaubt, dass ich mich jetzt beruhigen werde. „Was hast du dir dabei gedacht? Es waren Doms Männer, die ihn zusammengeschlagen haben. Er schuldet Dom Geld. Ich habe versucht, es in Ordnung zu bringen, aber alles geht einfach so verdammt schief."

Ich kämpfe mit Tränen der Frustration. Ich war so nah dran, frei und unverschuldet zu sein. Dann hat mich dieser verdammte Biker betrogen. Und Hank ...

Verdammter Hank.

„Du hast alles nur noch schlimmer gemacht. Sie werden meinen Bruder umbringen."

Kapitel Fünfzehn

Hank

Sie werden meinen Bruder umbringen.

Ich fluche vor mich hin. Was sie sagt, muss die Wahrheit sein. Ich bin mir sicher, dass mehr an der Geschichte dran ist, aber verdammt. Ich ziehe mein Handy heraus, obwohl ich weiß, dass der Empfang hier draußen begrenzt ist. Das ist der Unterschlupf. Slater hat gesagt, dass es abgelegen ist, und wenn er damit nicht recht hatte. Wir sind hier draußen in der Pampa.

Ich sollte heute Nachmittag für eine Ablenkung sorgen, mich aus dem Staub machen und hoffen, dass Dom, alias Maxwell Huntington, und seine Schläger mir folgen. Ich wusste ja nicht, wie groß die Ablenkung sein würde.

Großer Gott.

Auf dem Weg zum Club fuhr ich bei Candi vorbei. Ihr Bruder und sein Freund erzählten mir, sie hätten ihren Jeep repariert. Dann sagten sie, sie sei nicht da und sie hätten keine Ahnung, wo sie hingegangen ist.

Ich wusste, dass sie mir Scheiße erzählten, aber ich war

trotzdem verdammt schockiert, als ich ihren Renegade auf dem Parkplatz des *Sugar Daddy's* entdeckte. Und als ich sie am Pokertisch sitzen sah, frisch wie der Frühling und Sonnenschein in ihrem kleinen femininen, weißen Oberteil und mit den Haaren, die ihr um die Schultern fielen, hätte ich sie fast auf der Stelle hinausgezerrt. Sie sah aus, als sollte sie irgendwo in einem Garten sitzen und süßen Tee schlürfen. Nicht in einem verdammten Stripklub, wo sie irgendeinen Scotch trinkt und eine Zigarette raucht.

Sie sagt, ich hätte alles noch schlimmer gemacht, aber es hätte verhindert werden können, wenn sie von Anfang an ehrlich zu mir gewesen wäre.

Ich halte das Telefon an mein Ohr, aber nichts. Verdammt noch mal. Ich sende eine SMS: *Es gibt eine Komplikation. Melde dich.*

So viel zum Thema kleiner Gefallen. Slater hat mir im Kosovo aus der Patsche geholfen. Sieht so aus, als müsste er es noch einmal tun. Ich sollte mich hier verkriechen, bis ich Entwarnung bekomme, aber das ist jetzt keine Option mehr. Ich muss Slater erreichen und dafür sorgen, dass Dylan aus der Gegend gebracht wird.

Der Plan war, Dom in verschiedene Richtungen zu hetzen, damit er nicht merkt, dass seine Operation zerschlagen wird, bevor es zu spät ist. Verdammt, ich habe sie auf jeden Fall aufgehetzt. Als ich mit Slater sprach, sagte er, sie seien nah dran, verdammt nah. Ich hoffe, das stimmt noch.

Candi ist ein Wrack, weint und brabbelt Scheiße.

„Hey", sage ich, packe ihre Arme und schüttle sie ein wenig. „Du musst dich zusammenreißen. Ich muss los, aber du wirst hierbleiben. Es gibt zu essen und im Hinterzimmer müssten noch ein paar Klamotten sein."

„Warte!" Sie reißt die Augen weit auf. „Du gehst? Du kannst nicht gehen."

„Ich habe hier draußen keinen Empfang. Ich muss mich mit meinem Kontaktmann in Verbindung setzen und versuchen, deinen Bruder zu finden, bevor Dom es tut. In der Zwischenzeit bist du hier in Sicherheit." Meine Gedanken kreisen bereits um den nächsten Schritt, als ich die Tür öffne.

Sie umklammert meine Handgelenke. „Ich komme mit."

„Prinzessin, das steht nicht zur Debatte. Ich sollte dir den Arsch versohlen, weil du überhaupt in diesem Stripklub warst."

„Ich musste in diesem Klub sein."

„Das ist diskutabel und dafür habe ich im Moment keine Zeit."

„Bitte, Hank, nimm mich mit. Es ist mein Bruder. Du kannst mich später bestrafen, wie du willst, aber lass mich nicht hier zurück."

Sie drückt ihre Vorderseite an mich, als sie mir sagt, ich könne sie bestrafen, wie ich wollte. Mein Gott, ich bin auch nur ein Mann. Und nach allem, was heute Nachmittag passiert ist, bin ich ziemlich angespannt. Ich wünsche mir nichts sehnlicher, als sie an die Wand zu drücken und meinen Schwanz in sie zu rammen, bis wir beide schielen.

Ich befehle meinem Schwanz, runterzugehen, und verspreche mir selbst, dass ich später viel mehr tun werde, als sie nur zu bestrafen. „Ich kann hier nicht allein bleiben. Wenn du jetzt gehst, ist es mir egal, ob ich zurück nach Gibson laufen muss. Ich werde es tun. Mit dir oder ohne dich."

Ich knirsche mit den Zähnen. „Du bist eine gewaltige Nervensäge, Prinzessin. Weißt du das?"

Scheiße. Ich weiß, dass es besser wäre, wenn sie hierbliebe, aber wenn ich in ihre großen blauen Augen sehe, die voller Angst und Entschlossenheit sind, spüre ich, wie ich innerlich nachgebe. „Du wirst auf alles hören, was ich sage. Wenn ich sage, spring, springst du. Kein Zögern. Keine Widerrede."

Sie nickt und ich ziehe ihr Gesicht nach oben. „Ja, Daddy?"

„Ja, Daddy", antwortet sie widerwillig und zieht jetzt diesen sexy Schmollmund, der mich an all die Dinge denken lässt, die ich mit ihrem Mund machen möchte.

„Ich meine es ernst, Candice."

„Ich weiß. Ich werde brav sein. Das verspreche ich."

Das trifft mich direkt in der Leistengegend und ich unterdrücke ein Stöhnen. Ich wünschte, sie würde diesen ganzen Scheiß unter ganz anderen Umständen sagen. Das ist nicht der richtige Zeitpunkt, sosehr sich mein Schwanz auch wünscht, es wäre so.

Als wir hinaus und nach hinten gehen, sagt sie. „Wir steigen doch nicht wieder auf das Motorrad, oder?"

Ich mustere ihr Äußeres. Der Teil ihres Haares, der nicht unter dem Helm steckte, ist ein verknotetes, verworrenes Chaos. Ihr ehemals weißes Oberteil ist vom Straßenstaub verschmutzt und ihre Arme und Beine sind mit kleinen roten Schrammen übersät.

Wir sind über eine Stunde lang wie durch die Hölle gerast. Ich kann sie so angezogen nicht wieder auf das Motorrad setzen. Ihre zarte Haut ist vom Wind schon ganz mitgenommen.

„Komm mit", sage ich und gehe wieder hinein. Ich hole die Taschen mit den Klamotten, die für mich hinterlassen wurde. „Hier." Ich ziehe eine Jeans und ein langärmliges Shirt heraus. „Zieh das an." Die Klamotten werden viel zu groß sein, aber wenigstens ist sie dann bedeckt.

Sie zieht sich nicht einmal aus, sondern zerrt die Jeans und das T-Shirt einfach über ihre Kleidung. Ich suche einen Gürtel und schnalle ihn um ihre schlanke Taille. Anstatt die Hose zu rollen, schneiden wir die Beine ab. Sie hat die Ärmel des Shirts umgeschlagen, aber eine Seite rutscht ihr immer wieder über die Hand.

Ich spüre, wie sich trotz der Umstände ein Grinsen auf meine Lippen schleicht. Ich bin immer noch stinksauer, dass sie sich in diese Situation gebracht hat – und sie wird mir später die ganze Geschichte erzählen müssen –, aber ich muss zugeben, dass sie in diesen Klamotten verdammt süß aussieht.

„Lächelst du etwa?", fragt sie ungläubig.

Ich versuche, mir das Grinsen zu verkneifen. „Ich denke nur darüber nach, wie ich mir später deinen Hintern vornehmen werde, Prinzessin."

Sie schnauft und rollt mit den Augen. „Natürlich tust du das. Können wir endlich losfahren, um sicherzugehen, dass es meinem Bruder gut geht?" Ihre Stimme bricht bei den letzten Worten. Ich habe neun Jahre Erfahrung mit riskanten Situationen, aber egal, wie sie aufgewachsen ist, sie ist diese Scheiße nicht gewöhnt.

„Hey", sage ich und streichle ihre Wange. „Ich werde alles tun, was ich kann, um dafür zu sorgen, dass Dom Dylan nicht in die Finger kriegt." Ich sage ihr nicht, dass es vielleicht schon zu spät ist. Es ist schon über eine Stunde her. Wenn er den Jungen aufgreifen wollte, hätte ihn nichts aufgehalten.

„Mein Bruder ist der Armee beigetreten. Er soll morgen früh abreisen." Ihre Stimme schwankt. „Wir sollten unseren letzten Abend gemeinsam verbringen." Sie schnieft ein paar Tränen zurück.

„Nun, hoffentlich ist Dylan ausgegangen, um seinen Abschied zu feiern oder zu bedauern", sage ich und versuche, optimistisch zu sein. Je schwieriger es ist, ihn zu finden, desto besser. „Hey, hattest du heute Abend nicht eine Schicht in der Bar?"

„Scheiße", sagt sie und sieht unglücklich aus. „Ja, habe ich, oder hatte ich."

Ich schlinge einen Arm um ihre Schulter und küsse ihr die Stirn. „Lass uns gehen, Prinzessin. Wir müssen nah genug an die Zivilisation herankommen, damit ich meinen Kontaktmann erreichen kann."

„Deinen Kontaktmann?" Sie steigt auf das Motorrad und dreht ihr Haar zu einem Knoten, bevor sie den Helm aufsetzt. „Wenn das alles vorbei ist, hast du einiges zu erklären."

* * *

„Du auch, Prinzessin", sage ich über das Aufheulen des Motors hinweg. „Du auch."

Dreißig Minuten später sind wir in einem Schnellrestaurant am Rande der Autobahn, wo ich endlich wieder Empfang habe. Ihr Bruder geht nicht ans Telefon und sein Freund Byron ebenso wenig. Das lässt bei mir die Alarmglocken schrillen, aber ich sage Candi, dass sie wahrscheinlich unterwegs sind, um sich zu besaufen. Sie machen Männersachen.

Sie ist immer noch besorgt, aber wenigstens kann ich ihr versichern, dass ich Slater erreicht und ihn über die Situation informiert habe.

Slater schnaufte. „Verdammte Scheiße, Mann. Bist du mit dem Mädchen wenigstens im Unterschlupf?"

„Negativ. Ich hatte dort keinen Empfang. Wir mussten gehen."

„Wir?" Er seufzt am anderen Ende. Ich kenne Slater schon seit Jahren, aber ich *kenne* den Kerl nicht wirklich gut. Er ist schwer zu durchschauen. Seit eine Explosion seine Stimmbänder beschädigt hat, klingt seine Stimme immer heiser und kieselig. Ich kann nicht sagen, ob er gerade wütend oder amüsiert ist.

„Versucht, zurück zum Unterschlupf zu fahren. Ich weiß, dass Marines dickköpfig sind, aber in einem sicheren Unterschlupf ist man *sicher*. Wir geben eine Fahndung nach dem Bruder heraus. Versuche, in den nächsten vierundzwanzig Stunden verdammt noch mal nicht zu sterben."

Nachdem er aufgelegt hat, rufe ich in der Bar an, um der heutigen Belegschaft mitzuteilen, dass eine Person fehlen wird, dann stecke ich mein Handy ein und gehe wieder hinein.

Candi stopft sich mit Pfannkuchen und Eiern voll, während ich einen Burger esse, der überraschenderweise nicht schlecht schmeckt.

„Isst du deine Pommes nicht auf?" Sie deutet mit ihrer Gabel hungrig auf meinen Teller.

„Nimm sie dir." Ich schiebe ihr meinen Teller zu und sie verschlingt meine Pommes, bevor sie sich ein ganzes Glas Schokoladenmilch hinunterkippt. Dieser Scheiß ist beeindruckend. Ich habe keine Ahnung, wie dieses Mädchen ihre Figur hält, wenn sie regelmäßig so isst.

Als sie merkt, dass ich sie beobachte, errötet sie und zuckt mit den Schultern. „Ich bin Stressesserin", sagt sie mit vollem Mund.

Das ist unerwartet liebenswert. Wenn ihr etwas besonders gut schmeckt, verdreht sie die Augen und stöhnt, so wie sie es tut, wenn sie kurz vor dem Orgasmus steht. Ich hätte nie gedacht, dass es mich geil macht, einer Frau beim Essen zuzusehen, aber vielleicht muss ich Candice eines Tages nackt fesseln und sie mit Häppchen füttern.

Ich reiße die Hände hoch und zucke mit den Schultern. „Hey, ich urteile nicht."

„Ich würde eine Zigarette rauchen, aber jemand ist diesbezüglich ein richtiges Arschloch."

„Pass auf", sage ich und starre sie an. „Du hast schon genug

Ärger." Ich bin zufrieden, als ich sehe, wie sie sich windet und ihr die Röte ins Gesicht steigt.

„Was zum Teufel kümmert dich das, Hank?", zischt sie.

„Ich hatte den Eindruck, dass ich dir scheißegal bin."

Das ist eine berechtigte Frage, so, wie ich die Sache beendet habe. „Wenn ich mich recht erinnere, habe ich gesagt, dass ich mir Sorgen mache. Und dann warst du diejenige, die gesagt hat, sie empfinde nichts für mich."

Sie verzieht das Gesicht und ich bereue, etwas gesagt zu haben. Es war eine viel zu aufschlussreiche Aussage und ich klinge wie ein weinerlicher Jammerlappen.

„Hank, was ich gesagt habe, war nicht die Wahrheit. Es tut mir leid."

„Vergiss es. Wir haben Wichtigeres zu tun. Du musst mir alles über deine und Dylans Verwicklung mit Dom erzählen."

Sie wischt sich den Mund ab und schaut sich um. „Hier?"

„Nein, wir müssen zurück."

„Nach Gibson?"

„Nein."

Sie seufzt und lehnt sich zurück. „Was ist mit meinem Bruder?"

„Es gibt eine Fahndung nach ihm."

„Was?" Sie macht große Augen. „Also wird er einfach wie ein Krimineller abgeführt werden?"

„Nein, wie eine Person, die davor bewahrt wird, von Kriminellen getötet zu werden."

„Die Polizei kann meinen Bruder nicht abholen. Du weißt noch nicht alles."

„Ich glaube nicht, dass wir eine Wahl haben, was meinst du? Was wäre schlimmer, die Bullen oder Dom?"

Sie zuckt mit den Schultern und stochert in den Essensresten herum, isst aber nichts mehr. „Er ist alles für mich. Er ist alles, was ich habe. Ich kann mich an keine Zeit erinnern, in der ich mich nicht um Dylan gekümmert habe."

Es gibt nichts, was ich sagen kann, dass nicht unzureichend wäre. Ich habe noch nie jemanden auf diese Weise geliebt und ich kann nicht versprechen, dass ich den Jungen retten kann. Meine oberste Priorität ist es, sie in Sicherheit zu bringen. Lieber sehe ich zu, wie mir die Eingeweide herausgerissen werden, als dass diesem Mädchen etwas passiert. Vielleicht beginne ich also, zu verstehen, was sie für ihren Bruder empfindet. Aber ich kann trotzdem nichts dagegen tun. Und das ist noch nicht mal die frustrierendste Scheiße an allem.

Ich hatte noch nie einen Heldenkomplex, aber es scheint, als würde ich einen entwickeln. Es ist wie ein verdammter Ausschlag.

Ich werfe eine Zwanzig-Dollar-Note auf den Tisch und wir gehen hinaus.

„Hank, wo ist das Motorrad?"

Komisch, ich habe mich verdammt noch mal das Gleiche gefragt. Ich mustere den Parkplatz, aber ich weiß, dass das Ding längst weg ist. Verdammt. In Gedanken schlage ich meine Faust gegen die Wand und jage irgendwelche Scheiße in die Luft. Aber ich rolle nur mit den Schultern und zwinge meinen Kiefer, sich zu entspannen.

Wir sind hier mitten im verdammten Nirgendwo und mein Motorrad wurde gerade gestohlen.

Kein. Verdammtes. Problem.

„Oh, hey!" Candi schreitet über den Parkplatz und winkt einen Trucker heran, während sie mit der anderen Hand ihre übergroße Hose festhält.

Was zum Teufel macht sie da?

„Hallöchen, du da", zwitschert sie und betont ihren Südstaatenakzent. „Ich habe mich gefragt, ob du uns mitnehmen würdest? Nur bis zur nächsten Stadt oder ... irgendwohin."

„Klar nehme ich dich mit, Süße", sagt er und seine Andeutung ist eindeutig. Der Trucker ist zweifellos alt und wohl gerundet. Er trägt eine Kappe mit der Aufschrift *Ich wäre lieber Angeln* und die Schweißflecken auf seinem T-Shirt lassen darauf schließen, dass er schon eine Weile unterwegs ist. Entweder das oder er hat ein generelles Desinteresse an grundlegender Hygiene.

„Nun, das wäre wirklich toll!" Candi klingt übermäßig fröhlich. Entweder merkt sie nicht, dass dieser schäbige Trottel sie anbaggert, oder sie hat sich entschieden, es bewusst falsch zu verstehen. Wie ich Candi kenne, tippe ich auf Letzteres.

„Meinem Freund wurde das Motorrad gestohlen und wir sitzen hier fest."

Es trifft mich schwer, als sie mich als ihren Freund bezeichnet. Ich kann mich nicht erinnern, wann ich das letzte Mal von jemandem als Freund bezeichnet wurde.

„Tatsächlich?" Der Trucker zieht seine Hose hoch und lässt seinen Blick über mich schweifen. „Und wenn ich euch irgendwohin bringe, was habe ich dann davon? Ich befördere nichts, wofür ich nicht entschädigt werde, wenn du verstehst, was ich meine?"

Mir ist sonnenklar, was er meint, und es kostet mich alles, diesem Arschloch nicht die Fresse zu polieren und seinen Truck zu stehlen. Das würde ihm verdammt noch mal recht geschehen. Ich verschränke meine Arme vor der Brust, um ihn nicht zu schlagen. „Ich kann dich für die Fahrt bezahlen."

Der Trucker spuckt und nickt in Candis Richtung. „Was ist mit ihr?"

„Sie ist nicht zu verkaufen."

Wir starren uns gegenseitig an, aber diesen Pisswettbewerb wird dieses Arschloch nicht gewinnen. Er versucht, mich einzuschätzen. Eine Schwäche zu finden. Ich beiße die Zähne zusammen und verhärte meinen Blick, damit er weiß, dass ich ihn sofort fertigmachen und seine Knochen als Zahnstocher benutzen würde.

Und er weiß es auch, denn eine Sekunde später nickt er. „Ich bringe euch überall hin, solange ich in dieselbe Richtung fahre. Keine Fummeleien."

Wir setzen uns ins Führerhaus des Sattelschleppers, als Candi fragt: „Oh, ist das deine Familie?" Auf dem Armaturen- brett klebt ein Bild von einer böse wirkenden Frau, drei schmuddeligen Kindern und zwei räudigen Hunden.

„Ja. Das sind meine Frau Jeni und unsere Jungs Scout, Scooter und Scotty. Sie sind mein Herz und meine Seele."

Ich verdrehe die Augen und weise nicht darauf hin, dass er noch vor zwei Sekunden versucht hat, die Frau, vor der er jetzt mit seiner Familie prahlt, für Sex zu bestechen.

„Oh, ihr habt alle Namen mit S gewählt", schwärmt Candi. „Ich liebe es, wenn eine Familie Themennamen hat. Mein Vater heißt Ray und meine älteren Brüder sind Ronnie und Robbie. Es ist ein Wunder, dass ich nicht Rachel und mein anderer Bruder Rick oder so genannt wurden. War das deine Idee oder die Idee deiner Frau?"

Der Trucker zuckt mit den Schultern, als wir uns auf den Weg machen. „Es hat sich einfach so ergeben. Ein Junge ist nach meinem Papa benannt, einer nach Jenis Papa. Und den letzten Jungen haben wir nach dem Jagdhund benannt, den ich als Junge hatte."

„Ich hatte noch nie einen Hund", sagt Candi traurig. „Ich dachte immer, wenn ich einen hätte, würde ich ihn Butch nennen ... oder Charlie."

„Schöne Namen. Verdammt schöne Namen. Ich hatte mal einen einäugigen Hund namens Steve."

Kapitel Sechzehn

Hank

Es dauert eine Stunde, bis wir auf ein Hotel am Rande der Autobahn stoßen. Es handelt sich um ein ‚Comfort Inn and Suites' und ist nicht annähernd so unauffällig, wie ich es mir gewünscht hätte. Ein heruntergekommenes Motel wäre besser gewesen, um unterzutauchen. Wir brauchen die Art von Ort, wo jeder Geheimnisse hat und niemand einen zweimal anschaut. Aber wenn ich nicht aus diesem Truck steige, werde ich mich erschießen.

„Gott segne dich, Ernest", sagt Candi, als wir aus dem Fahrerhaus aussteigen.

Ich bezweifle, dass sie religiöse Überzeugungen hat, aber das Mädchen stammt aus dem Süden. „Der Vater dort oben wird dir für die heutige gute Tat sicher einen riesigen Gefallen tun." Candi stehen die Tränen in den Augen und sie küsst den Trucker auf die Wange.

„Die heutige gute Tat hat mich hundertfünfzig Dollar gekostet", kann ich mir nicht verkneifen zu sagen.

Candi wirft mir einen bösen Blick zu.

„Du bist so süß wie ein Engel. Pass gut auf das Mädchen auf, hörst du?", ruft er mir zu.

„Verdammt, Ernie." Ich lege meinen Arm um Candis Schultern und ziehe sie eng an mich. „Es ist ein Vollzeitjob, dieses Mädchen aus Schwierigkeiten herauszuhalten."

„Du wieder", sagt Candi und setzt noch einen drauf, indem sie mir den Ellbogen in die Rippen rammt. „Fahr vorsichtig und lass dir unbedingt diese Wucherung untersuchen, wenn du wieder zu Hause bist. Deine Familie möchte, dass du noch lange lebst, Ernest Bernum!"

Ich schwöre bei Gott, Ernie wischt sich eine Träne ab. „Gott ja, aber ich weiß, dass du recht hast. Passt beide auf euch auf."

Ich knalle die Tür des Trucks zu und Ernie hupt, als er vom Parkplatz fährt. Es ist inzwischen schon nach acht Uhr abends und draußen ist es bereits dunkel. Ich sehe ein paar Leute, die aus den Fenstern ihrer Hotelzimmer schauen, also packe ich Candi am Arm und ziehe sie in Richtung Eingang. Sie winkt noch, bis der Wagen außer Sichtweite ist.

„Weißt du, du hättest netter sein können", sagt sie, als wir die gemütliche Lobby mit Kamin, Sofas und Schaukelstühlen betreten.

„Er wollte dich kaufen. Für Sex. Wieso bin ich das Arschloch?"

Candi schmollt und schaut weg. „Ich bin sicher, es ist unterwegs manchmal furchtbar einsam."

Ich würdige diesen Scheißdreck nicht mit einer Antwort, also gehe ich zur Rezeption. Die Angestellte sagt mir, dass sie nur noch eine Luxussuite haben. Der Parkplatz ist nicht sonderlich voll, aber ich widerspreche nicht. Ich habe genug Geld, aber leider muss ich das Zimmer mit einer Kreditkarte bezahlen. Ein weiterer Grund, warum ich hätte warten sollen, bis wir ein schäbiges Motel finden.

Da ich im Unterschlupf bleiben sollte, bis alles vorbei ist, wurde mir keine falsche Kreditkarte ausgestellt. Ich habe nicht einmal daran gedacht, nach einer zu fragen. Ich bereue dieses Versäumnis, als mir die Angestellte beim Einchecken meine persönliche, leicht zu verfolgende Kreditkarte zusammen mit unseren Zimmerschlüsseln zurückgibt.

„Vielen Dank, Mr. Buchannan." Ich erschaudere innerlich, als sie meinen richtigen Namen benutzt. „Das Frühstück wird von sechs bis neun Uhr in der Gaststube serviert. Ich hoffe, Sie genießen Ihren Aufenthalt." Das Lächeln der Angestellten ist verkniffen, als sie Candis und mein Erscheinungsbild studiert. Wahrscheinlich passen wir nicht in das Muster der gewöhnlichen reisenden Familien, die hier regelmäßig übernachten.

Bedauerlicherweise geht mir das am Arsch vorbei.

Candi legt ihre Hand in meine, als wäre sie verlegen, und wir machen uns auf den Weg ins Zimmer. Ihren Augen entgeht nichts. „Dieser Ort ist schön", flüstert Candi.

Ich sehe nicht, wo. Der Teppich ist bunt gemustert und Kunstlicht beleuchtet unseren Weg. In fast jedem Flur, durch den wir gehen, steht ein schmaler unscheinbarer Tisch mit einer großen unechten Pflanze darauf. Ich denke, es ist in Ordnung. Ein bisschen besser als der Durchschnitt vielleicht. Viel besser als das Motel, in dem wir untertauchen sollten.

Ein Blick auf Candis unterdrücktes Lächeln und mir wird bewusst, dass sie beeindruckt ist. Vielleicht ist sie sogar begeistert, hier zu übernachten. Ich weiß nicht, warum, aber ich fühle mich deshalb wie ein verdammter König.

„Hier." Ich reiche ihr die Schlüsselkarte, als wir vor unserer Tür stehen bleiben. „Erweise uns die Ehre."

„Wirklich?"

„Nur zu."

Sie beißt sich auf die Lippe, als sie die Karte nimmt und in den Schlitz steckt. Es leuchtet grün auf und sie drückt die

Türklinke. Das breite Grinsen, das sie mir zuwirft, kurz bevor sie den Raum betritt, ist strahlend. Ich muss mir die Brust reiben, so verdammt heftig trifft es mich.

Ich lasse mich auf das harte Sofa fallen, strecke die Beine aus und beobachte Candi, als sie herumschwirrt, nach Dingen greift und auf Sachen hinweist.

„Sieh dir mal diese Kaffeefilter an! Da ist der Kaffee schon drin, wie in einem großen Teebeutel!" Und dann ruft sie aus dem Badezimmer: „Oh, sie haben die kleinen Seifen, die wie schicke Schokolade eingewickelt sind. Und sie riechen so *gut*."

„An was für verdammten Orten hast du bisher übernachtet?"

Dass sie mit Schwachköpfen wie Cody zusammen war, ergibt langsam mehr Sinn. Wenn sie mein Mädchen wäre, würde ich ihr ein Stück von der Welt zeigen und ... meine Gedanken stocken, als Candi aus dem Bad kommen. Ihre langen Beine sind bereits nackt, als sie das langärmlige Oberteil auszieht. Ein verdammtes Höschen, eine sexy Taille und ein weißer BH, der ihre herrlichen Brüste umschließt, kommen zum Vorschein, als sie sich das Unterhemd über den Kopf zieht.

„Ich gehe duschen", sagt sie. „Ich kann mich nicht erinnern, wann ich mich das letzte Mal so schmutzig gefühlt habe."

Mein Mund wird ganz trocken, als der BH und das Baumwollhöschen neben den Oberteilen auf dem Boden landen. Splitterfasernackt stolziert Candi zurück ins Bad. Ihr Arsch wackelt und ihre Titten wippen.

„Ich fühle mich auch ziemlich schmutzig", höre ich mich sagen. Ich reiße mir das Hemd über den Kopf und streife mir auf dem Weg zur Badezimmertür die Stiefel ab. Meine Hose hängt offen an meiner Hüfte und mein Schwanz möchte bei ihrem Anblick herausspringen und spielen.

Candi mit ihren langen Gliedmaßen und den Kurven. Ihre

Muschi blinzelt mir entgegen, als sie sich vorbeugt, um das Wasser zu testen. Mein Schwanz zuckt bei ihrem Anblick.

Ich betrete das Bad und überrasche sie, als ich sie von hinten an der Taille packe. Sie gibt ein überraschtes Quietschen von sich und schreit dann auf, als ich ihren üppigen Hintern so hart schlage, dass ein Handabdruck entsteht. Der leuchtende Umriss meiner Hand auf ihrem Hintern lässt meinen Schwanz zucken.

„Was machst du denn?", keucht sie.

Ich reiße sie herum und drücke sie an die Wand. „Ich bin hier, um dir zu helfen, dreckig zu sein."

„Meinst du nicht sauber?"

„Nein." Ich presse meinen Mund auf ihren. Ihre Lippen geben unter meinem Angriff nach und öffnen sich in sanfter Unterwerfung für meinen strafenden Kuss.

Meinen fordernden Kuss.

Das ist meine Frau. Mir gehört ihr Stöhnen, wenn ich sie küsse. Ihr Keuchen, wenn ich ihren Hintern streichle und sie hochhebe, um meinen Schwanz an ihrer heißen Mitte zu reiben. Ihre langen Beine, die sie um meine Taille schlingt. Das alles gehört mir.

Ich weiß, es ist nicht rational. Dieses Mädchen bedeutet Ärger. Die Art von Ärger, die ich nie in meinem Leben haben wollte. Aber es ist nichts Rationales daran, wie ich mich mit ihr fühle. Die Vernunft hat sich in dem Moment verabschiedet, als ich diesem Mädchen im Hinterzimmer einer beschissenen Party den Hintern versohlt habe. Ich will sie bestrafen, aber ich will sie auch genauso verrückt machen, wie sie es mit mir tut.

Ich reiße meine Brieftasche aus der Gesäßtasche meiner Hose und ziehe ein Kondom heraus. Ich lasse ihre Beine auf den Boden gleiten und rolle es auf meinem Schwanz ab. Die ganze Zeit über schaut sie keuchend und mit geröteten Wangen zu. Sie hat die Arme um meinen Hals geschlungen und greift in mein Haar. Ich strecke ihre Arme über ihren Kopf, halte ihre Handgelenke mit einer Hand fest und nähere mich ihrer heißen Muschi.

Sie wendet ihren babyblauen Blick nicht von meinem ab, als ich in sie eindringe. Selbst dann nicht, als sie sich auf die Lippe beißt und wimmert. Ich habe sie nicht vorbereitet. Sie ist nicht bereit, mich so aufzunehmen, wie sie es sollte, aber sie hält mich nicht auf.

Ich halte ihre Handgelenke weiter fest und reibe mit dem Daumen über ihre Klitoris. Sie wimmert und stöhnt, bis ihre süße Möse um meinen Schwanz pulsiert und nass wird. Dann stoße ich hart in sie hinein. Nur einmal, um sie an der Wand hochzuschieben und mit meinem Schwanz aufzuspießen.

„Daddy sollte sein ungezogenes kleines Mädchen nicht kommen lassen." Meine Stimme klingt rau, bedrohlich, und ihr Atem keucht bereits schwer. Ich zwicke ihre Brustwarze zur Strafe, woraufhin sie sich um meinen Schwanz zusammenzieht.

Sie keucht: „Bitte", und windet sich.

„Du warst ein unartiges Mädchen, nicht wahr, Prinzessin?" Als sie nicht antwortet, packe ich ihr Haar im Nacken und zwinge sie dazu, zu mir aufzuschauen. „Nicht wahr?", knurre ich.

„Ja, ja, Sir."

Es befriedigt mich zutiefst, als ihre Antwort stöhnend herauskommt. „Nenn mir einen Grund, warum Daddy dich kommen lassen sollte?"

„Hank", fleht sie.

„Falsche Antwort." Ich nehme eine Handvoll Handtücher aus dem Regal neben uns und werfe sie auf den Boden. Dann entziehe ich mich ihr und drücke sie nach vorn. „Präsentiere Daddy deinen Arsch."

Sie zögert nur eine Sekunde, bevor sie hinuntersinkt. Sie

streckt ihren wunderschönen Arsch in die Luft und lässt ihren Kopf auf ihren Unterarmen am Boden ruhen. Sie ist perfekt und ich möchte sie fast dafür belohnen, dass sie genau weiß, wie sie sich mir präsentieren muss. Fast.

Mein Blick fällt auf die kaum merklichen Kratzer auf ihrer rechten Arschbacke. Ich habe ihr diese Kratzer nicht zugefügt.

„Woher zum Teufel hast du die?", frage ich mit trügerischer Ruhe und streiche mit einem Finger über die Linien.

Sie beißt sich auf die Lippe und schaut wieder zu mir auf. Ein Inbild der Schuld. „Dom." Ihre Antwort kommt so leise, dass ich sie fast nicht höre.

Mein Blut kocht und ich wünschte, ich hätte diesem Wichser mehr als nur den Zeh weggeschossen. „Hast du ihn ... Hat er verdammt ..." Meine Gedanken stocken. Ich kann es nicht aussprechen. Ich verliere meinen Verstand.

„Das war alles", sagt sie hastig. „Ich musste heute Nachmittag für ihn tanzen und er hat mich gekratzt."

Ich hasse es, dass sie für ihn getanzt hat. Dass er auch nur ein Stück von ihr gesehen hat. Sie gehört mir.

Meine Hand klatscht auf ihren nach oben ausgestreckten Arsch. Mein Schwanz pulsiert. Das Stechen in meiner Hand, ihr kleiner Schrei, der Anblick meines Handabdrucks auf ihrem Hinterteil – das alles ist immer noch nicht genug, um die Qualen zu lindern, die in meinem Inneren toben. „Du hättest das alles verhindern können, wenn du ehrlich zu mir gewesen wärst. Warst du ehrlich zu mir, Prinzessin?"

„Nein, nein, Daddy." Fuck! Diese Antwort bringt mich dazu, meinen Schwanz in sie rammen zu wollen. Stattdessen ziehe ich meine Hose aus, die bereits zu Boden gefallen ist, und versohle ihr wieder und wieder den Hintern.

Sie hält still, ihre Muskeln spannen sich an und entspannen sich bei jedem Schlag. Ihr Körper steht unter Strom, weil sie sich bemüht, nicht vor mir wegzuzucken. Erst als sich ihr Keuchen in stöhnende Schreie verwandelt und ihr Arsch geschwollen und rot ist, falle ich hinter ihr auf die Knie und stoße erneut in ihre nasse Hitze.

Ich ziehe sie an den Haaren hoch, bis ihr Rücken an mich gepresst wird, und greife ihr sanft an die Kehle. „Sag mir, Prinzessin, würdest du dich immer noch lieber für Fremde ausziehen?"

Ein Wimmern ist ihre einzige Antwort und es macht mich wütend.

„Darf ich dich anfassen und ficken, weil du mir Geld schuldest?"

„Hank, bitte", keucht sie und packt mein Handgelenk an ihrer Kehle, als würde ich sie würgen, was ich nicht tue. „Es tut mir leid. Es tut mir leid." Die Worte strömen wie ein Singsang heraus, wieder und immer wieder. Sie stößt zurück und reibt ihre heiße Muschi an meinem Schwanz.

Ich knirsche mit den Zähnen. Sie fühlt sich wie der Himmel an. Ich wusste, dass ihre enge kleine Fotze mich für alle anderen Frauen ruinieren würde.

Ich hatte recht.

Das heißt aber nicht, dass ich sie nicht trotzdem bestrafen will.

Als ich meine Hand mit einem scharfen Schlag auf ihre Klitoris klatsche, entweicht ein Schrei über ihre Lippen und ihr Körper spannt sich an. Ich wiederhole es, bis ihr Tränen der Frustration über die Wangen laufen und ihre Muschi zu zucken beginnt. Ich ziehe mich aus ihrer Hitze zurück. Ihr Schrei der Unbefriedigung ist Musik in meinen Ohren.

„Hank, bitte! Ich bin so nah dran."

„Wie kommst du darauf, dass Daddy dich kommen lassen wird?"

Mit glasigen Augen und Spuren von Tränen im Gesicht schaut sie mich über ihre Schulter an. Ihre Haare sind ein

Chaos. Ohne ein weiteres Wort zu sagen, lässt sie sich nach vorn fallen, bis ihr Gesicht auf den Handtüchern ruht und ihr Hintern in die Luft gestreckt ist.

Sie gibt die Kontrolle in einer Bewegung ab. Sie ist wunderschön und ach so verführerisch. Ihr unschuldiger Akt der Unterwerfung lässt mich wieder in ihre enge Hitze stoßen.

Ich falle nach vorn. Ich drücke sie nach unten und bedecke sie. Ich halte sie an der Taille fest, während ich in sie stoße. Sie spreizt die Beine weiter, bis sie völlig offen für meine Stöße ist. Ich verbrenne von innen heraus. Meine ganze Hitze strömt in meinen Schwanz und ich stoße in sie hinein. Ein heiseres Stöhnen entspringt meiner Kehle und ich komme, lange bevor ich es geplant habe.

Ihre köstliche Muschi zuckt um mich herum. Sie stöhnt laut und mir wird klar, dass ich mich zurückziehen sollte. Ich hatte nicht vor, sie kommen zu lassen. Nicht dieses Mal. Aber ich kann mich dem keuchenden Sog ihrer süßen Muschi nicht entziehen.

Mein Puls rast in meinen Ohren, als ich über ihr liege und nach Luft schnappe. Sie windet sich unangenehm unter mir und ich merke, dass ich sie erdrücke. Ich gleite von ihr herunter und lasse mich auf den kalten Fliesen auf den Rücken fallen. Die Dusche läuft immer noch hinter uns.

Die Stille zwischen uns zieht sich unangenehm in die Länge. Ich weiß, ich sollte etwas sagen, um die Barriere zu durchbrechen, aber ich bin nicht in meinem Element. Ich bin nicht der Typ für Worte und Gefühle.

Ich schaue zu ihr und sehe, wie sie mich mit ihren großen blauen Augen ansieht, während sie sich auf die Lippe beißt. Sie streckt die Hand aus und streicht mit den Fingern über meinen Bart.

„Es war nicht wahr", sagt sie leise.

„Hmm, was?"

„Als ich sagte, dass du mich nur anfassen darfst, weil ich dir Geld schulde." Eine Träne fließt aus ihrem Augenwinkel und ihre Stimme wird schwer. „Das war nicht die Wahrheit. Ich vertraue dir. Und ich mag dich viel mehr, als ich einen Mann mögen sollte, der mir den Hintern versohlt und sich selbst Daddy nennt." Der letzte Teil ihres Geständnisses kommt in einem entrüsteten Flüsterton heraus und bringt mich zum Lächeln.

„Komm her." Ich strecke einen Arm aus.

Anstatt sich neben mir zusammenzurollen, klettert sie auf mich und spreizt ihre langen Glieder um mich herum. Sie schmiegt ihren köstlichen Körper an meinen.

Mein Körper reagiert augenblicklich, obwohl ich erst vor wenigen Minuten gekommen bin. Bei diesem Mädchen bin ich immer bereit. Ich packe ihren heißen Arsch mit beiden Händen und ziehe sie näher an mich heran, als sie sich an mir reibt.

Großer Gott, sie wird noch mein Tod sein.

Ich ziehe sie zu einem Kuss hinunter, bis sie stöhnt und versucht, mir ihre Zunge in den Hals zu schieben. Dann reiße ich sie an den Haaren zurück und klatsche ihr auf den Hintern, um zu sehen, wie sie die Augen verdreht. „Wir sollten duschen, bevor das Wasser kalt wird."

Sie ist so verdammt gierig.

Ihr wimmernder Schmollmund bereitet mir ein sadistisches Vergnügen. Ihre Lippen sind von meinem Bart ganz geschwollen und rot. Ihre Haut ist so empfindlich und leicht zu zeichnen, aber das macht mir nur noch mehr Lust darauf, sie zu markieren.

Unter der Dusche wasche ich ihr die Haare, während ich an ihren Lippen sauge und mit Seifenhänden über ihren Körper gleite. Ihr Honig ergießt sich über meine Hand, als ich zwischen ihre Beine greife. Sie ist so nass und ich möchte sofort wieder in sie stoßen.

Ich weiß, dass es Dinge gibt, die wir besprechen müssen. Dinge, die sie erklären muss. Und ich schulde ihr immer noch eine echte Bestrafung für die Aktionen, die sie abgezogen hat. Aber hier und jetzt kann ich mich nicht dazu bringen, mich darum zu sorgen.

Ich drehe das Wasser ab und wickle sie in ein kleines Handtuch, bevor ich sie in meine Arme hebe und ins Schlafzimmer trage. Wir sind immer noch klatschnass, aber das ist mir scheißegal. Ich lege sie mit dem Rücken aufs Bett und spreize ihre Beine weit auseinander, bevor ich mein Gesicht genau dort vergrabe, wo ich sein will. Ich lecke über ihre Schamlippen und nehme ihre Klitoris in den Mund, bevor ich meine Zunge in sie stoße. Die ganze Zeit über reißt sie mit den Händen an meinen Haaren, während sich ihr Körper windet. Aber ich halte sie als Gefangene meiner Lippen an Ort und Stelle fest.

Von der Klitoris bis zum Arschloch lecke ich sie. Als ich mit meiner Zunge um ihre enge kleine Rosette wirble, windet sie sich und zerrt an meinen Haaren. „Fuck Hank, nicht da."

Ich schiebe ihre Beine hoch und schlage ihr auf den Arsch. „Wer?"

Sie erstarrt. „Daddy."

Ich liebe es, wie sie „Daddy", sagt, als wäre sie total empört darüber.

„Darf Daddys Mädchen fluchen?"

Sie schüttelt den Kopf.

„Darf Daddys Mädchen Daddy sagen, was er tun soll oder wo er sie berühren darf?"

Sie saugt ihre Unterlippe zwischen die Lippen und errötet. Bei meinen Worten rinnt Honig aus ihrer Muschi und sammelt sich an ihrem süßen kleinen Arschloch.

„Daddy, bitte", beginnt sie, aber ich lege ihre Hände um ihre Kniekehlen und spreize sie weit auf. „Halte dich offen." Ich fahre mit meinen Fingern durch ihren Honig, bis sie benetzt sind. „Wem gehört diese süße kleine Muschi?"

„Daddy."

„Und hier?", frage ich und schiebe langsam einen feuchten Finger in ihr Poloch, ohne meinen Blick von ihr abzuwenden, als sie wimmert. „Wem gehört dieser Arsch?"

„Daddy", keucht sie und schließt die Augen.

„Das ist richtig, meine Kleine. Du gehörst mir." Mehr von ihrem Saft quillt heraus und ich kann es plötzlich kaum erwarten, mein Sperma aus ihr fließen zu sehen. „Nimmst du die Pille? Weißt du, ob du gesund bist?"

Ich habe sie überrumpelt. Ihr Mund öffnet und schließt sich ein paar Mal, bevor sie nickt und den Blick abwendet. „Ich habe immer Kondome benutzt, aber ich nehme auch die Pille. Und letzten Monat, als ich dachte, Cody würde mich betrügen, habe ich mich testen lassen."

„Ich bin auch gesund und ich will spüren, wie du auf meinem nackten Schwanz kommst. Willst du, dass Daddy dich ohne Kondom fickt, Prinzessin?"

„Ja, bitte." Sie sagt es so süß, dass ich fast auf der Stelle in sie stoßen will. Aber ich will zuerst spielen.

Ich ziehe meinen Finger aus ihrem Arsch, nur um zwei glitschige Finger in sie hineinzuschieben und zu beobachten, wie sich ihre Rosette dehnt. „Verdammt, du bist so wunderschön, Baby. Reibe deine Klitoris für Daddy. Sag mir Bescheid, wenn du kurz vorm Höhepunkt bist."

„W-was?"

„Du hast mich gehört."

Zögernd berührt sie ihre Klitoris, bewegt ihre Finger jedoch nicht. Ich greife mit meiner freien Hand nach ihrem Handgelenk und klatsche auf ihre Muschi. „Autsch."

„Mach es richtig oder ich versohle dir die süße kleine Muschi."

Sie wimmert, als sie ihre Klitoris umkreist. Ich bewege meine Finger langsam hinein und heraus und ihre Bewegungen werden weniger zaghaft.

„Oh ja, fühlt sich das gut an, meine Kleine? Gefällt es dir, wenn Daddy deinen Arsch bearbeitet, während du mit deiner Muschi spielst?"

Ihr kleines Quietschen, als sie ihre Hüfte gegen meine Finger presst und die Augen schließt, ist die einzige Antwort, die ich brauche. „Eines Tages werde ich dich genau hier ficken." Ich spreize meine Finger, während ich tiefer eindringe. Ihr Körper krümmt sich. „Und du wirst so heftig für mich kommen, mit deinem hübschen Arsch, der von meinem Schwanz aufgespreizt wird."

Die rosa Spitzen ihrer Brüste heben und senken sich bei ihrem flachen, schnellen Atem und ihre Bewegungen werden zuckend. Sie ist so nass, dass schmatzende Geräusche den Raum füllen. Ich kann nicht anders, als mich nach unten zu beugen und an einer Brustwarze zu saugen. Ich sauge ein wenig fester und beiße zu, als sie leise und wild aufstöhnt. Ihre Hüfte stößt wie verrückt gegen meine Finger und ihre eigenen. Ich bezweifle, dass sie meine Worte überhaupt noch wahrnimmt.

„Bist du nah dran, Baby?"

„Mmhmm."

„Wie nah?"

„So nah, Daddy. Oh Gott, ich werde kommen."

Mit einem harten Stoß bin ich in ihr und dringe in ihre geschwollene Fotze, als sie sich um meinen nackten Schwanz zusammenzieht. Ich dachte vorher schon, sie fühlte sich wie der Himmel an, aber das hier – dieses Gefühl ihrer seidigen, geschwollenen inneren Wände, die sich wie eine Faust um meinen Schwanz krallen – das ist der wahre Ort, an den ich gehen will, wenn ich sterbe.

Ihre Schreie sind kehlig und dröhnen durch meinen Körper, sodass mir schwindlig wird. „Fuck, Kleines, so ist es gut. Komm weiter auf Daddy."

Großer Gott. Die Art und Weise, wie sie an den Laken reißt, wenn sich ihr Körper bei jedem Orgasmus krümmt – ihr keuchendes Stöhnen, wenn ich tief in sie stoße – es ist alles verdammte Perfektion.

Meine Eier schmerzen davon, dass ich mich zurückhalte, aber ich will nicht, dass es schon vorbei ist. Ich möchte für immer in ihr bleiben. Ich werde langsamer und gebe ihr und mir selbst eine Atempause. Ich möchte sie über mir sehen, wie sie meinen Schwanz melkt, wenn ich komme.

Ich entziehe mich ihr, rolle mich auf das Bett und lege mich hin, während ich ihr die Hand entgegenstrecke. „Komm und reite meinen Schwanz, Baby."

Sie ist ein schlaffer Waschlappen, als sie ihren Kopf schüttelt. „Ich kann nicht. Ich kann nicht noch mal kommen."

„Doch, das kannst du, meine Süße. Komm schon. Nur noch einmal."

Langsam krabbelt sie an mir hoch und ihre herrlichen Brüste wippen. Sie legt sich wie eine Decke auf mich und schmiegt ihr Gesicht an meinen Hals. „Ich bin erledigt, Daddy. Ich kann nicht mehr."

Mein Schwanz zuckt unter ihr. Ich packe ihre Hüfte und drücke sie nach unten. „Nein, Madame. Du bist erst erledigt, wenn Daddy erledigt ist. Rauf mit dir."

Ich drücke sie hoch und hebe ihre Hüfte an. Sie erhebt sich auf zittrigen Schenkeln. Mit ihrer schlanken Hand führt sie meinen Schwanz mit einem Zischen in sich ein.

„So ist es gut, schön langsam." Ich kann meinen Blick nicht

von der Stelle abwenden, wo sie meinen Schwanz in ihre Möse schiebt.

Wir stöhnen beide, als sie ganz hinuntergeglitten ist. Mit zurückgeworfenem Kopf hebt und senkt sie sich langsam. Ihre süße Muschi spannt sich jedes Mal an und zieht sich zusammen.

„Massiere mich. Massiere Daddy genau so." Stöhnend fallen mir die Augen zu. Ich umklammere ihre Hüfte so verdammt fest. Ich bin mir nicht sicher, ob ich damit ihre Bewegungen kontrollieren oder verhindern will, dass ich wild in sie stoße.

Sie krümmt sich und bewegt sich ein wenig schneller. Sie lässt sich nach vorn fallen und ihre Brüste werden gegen meinen Oberkörper gepresst. Sie vergräbt ihr Gesicht an meinem Nacken und hört nicht auf, in süßen, quälenden Bewegungen auf meinem Schwanz zu reiten.

„Daddy ..." Ihr Atem haucht gegen meine Haut. „Daddy, ich will spüren, wie du in mir kommst." Sie streicht mit der Hand über meinen Kiefer. Ich sauge ihre Finger in meinen Mund und knurre bei ihren Worten.

Ich kann mich nicht länger davon abhalten, in sie zu stoßen. Sie richtet sich auf, um meine Stöße zu empfangen, und begegnet ihnen mit ihren eigenen, bis sie mit gekrümmtem Rücken aufschreit. Ich genieße ihren Orgasmus, halte sie an Ort und Stelle fest und stoße tief und langsam weiter hinein.

Ihr Honig sprudelt auf meinem Schwanz. Ihre inneren Wände sind wie ein enger Schraubstock und ich kann mich nicht länger zurückhalten. Mein Schwanz pulsiert, füllt sie und ergießt sich, während ich sie fest an mich drücke. Ich komme länger und härter, als ich jemals zuvor gekommen bin.

Als sie erschlafft auf meiner Brust zusammenbricht, hebe ich ihren Kopf und küsse sie zärtlich. Sie verzieht die Lippen zu einem müden Lächeln, als sie ihre Nase wie ein Kätzchen an meiner Brust reibt. Das hat sie schon in der letzten Nacht getan, als wir zusammen waren, und es wird schnell zu einem meiner liebsten Dinge.

Ich drehe sie auf den Rücken, entziehe mich ihr und knie mich zwischen ihre Beine. Der Anblick ihrer feuchten Schenkel, die weit aufgespreizt sind, während mein Sperma aus ihr herausläuft, ist eines der schönsten Dinge, die ich je gesehen habe.

„Großer Gott, du bist so wunderschön." Ihr Körper ist errötet und verausgabt, und das meinetwegen. „Du bist die ganze Zeit wunderschön, aber so ..." Ich möchte mich für immer an diesen Moment erinnern. „Beweg dich nicht. Daddy will ein Foto von dir, genau so." Ich drücke ihr einen Kuss auf den Schoß und springe vom Bett.

„Warte, was?"

Kapitel Siebzehn

Candi

Hat er gerade gesagt, dass er ein Foto von mir will?

Ich schwebte in einem sinnlichen Rausch. Sonnte mich in der Glut seines Lobes. Erfreute mich an meinem neu entdeckten Wunder über multiple Orgasmen, wie ich sie noch nie erlebt habe. Der Nebel der Befriedigung lichtet sich bei seinen Worten jedoch schlagartig.

Hank kommt mit seinem Handy aus dem Bad zurück ins Zimmer, während ich noch immer breitbeinig auf dem Bett liege. Das Telefon ist nach oben gerichtet und die Kamera bereit. Ich schließe meine Beine wie eine Falle.

„Nein, Fräulein. Spreize sie." Er packt meine Knie.

„Nein."

„Candice, wenn Daddy sagt, spreize sie, dann spreizt du sie besser. Es sei denn, du willst herausfinden, was die Strafe ist, wenn du nicht tust, was dir gesagt wird."

„Weißt du, ich finde diese Daddy-Sache ziemlich einseitig",

schmolle ich. Trotzdem spreize ich meine Beine. Ich strecke meinen Mittelfinger hoch, als er ein Foto schießt.

„Unartiges Mädchen", knurrt er. „Ich behalte es trotzdem."

„Lass es mich sehen." Ich strecke die Hand aus und er reicht mir das Handy. Ich bin, nun ja ... zerzaust wäre ein freundlicher Begriff. Und ich sehe nicht sonderlich zart aus, sondern völlig durchgefickt, und mein Bauch ist ganz zerknittert. Meine Brüste sehen komisch aus, wenn ich auf dem Rücken liege. „Ich sehe furchtbar aus. Ich lösche das."

Er reißt mir das Handy aus der Hand. „Es ist nicht für dich. Es ist für mich. Ich möchte mich an diesen Moment erinnern."

Das ist auf eine Art und Weise süß und sentimental, die mein Gehirn nur schwer begreifen kann. „Oh. Nun, können wir ein Neues machen?"

Hank gluckst und ich erröte. Nennt es Eitelkeit, aber wenn der Mann ein Nacktfoto von mir will, will ich, dass es ein gutes ist.

Er hält die Kamera hoch. „Ich bin bereit, wenn du es bist."

Ich spreize meine Beine, drücke meine Füße flach auf das Bett und beuge meine Knie nach oben, damit meine Oberschenkel kleiner wirken. Dann richte ich mich gerade so weit auf, dass meine Brüste prall anstatt flach sind und meine Taille besonders schlank aussieht. Oder zumindest hoffe ich das.

Hank schießt das Foto, gibt mir das Handy und geht zurück ins Bad. Ich höre das Wasser laufen, während ich mir das Foto von mir ansehe. Ich habe mich selbst noch nie nach dem Sex gesehen und frage mich, ob ich immer so aussehe oder nur bei Hank, dem Gott der Orgasmen.

Ich seufze und stelle fest, dass er sich in meinen Gedanken von einem Blödmann in einen Gott verwandelt hat, weil er mir guten Sex geliefert hat.

Wirklich guten Sex.

Der Sex, den ich jahrelang hatte, war so enttäuschend, dass ich das ganze Konzept von gutem Sex nicht verstanden habe. Das neue Bild ist viel besser. Ich sehe zwar immer noch fertig aus, aber auf eine … sexy Art und Weise. Ich glaube, ich bin mir meiner selbst jetzt auf eine andere Weise bewusst. Erst heute Nachmittag bin ich

durch einen Stripklub stolziert.

Meine Güte, ich kann nicht glauben, dass das erst heute Nachmittag war.

Hank kommt mit einem Waschlappen herein und dieses Mal wehre ich mich nicht gegen ihn. Ich lehne mich einfach zurück und blättere durch seine Fotos, während er mich säubert. Es erinnert mich an eine Tankstelle mit Komplett-Service, zu der wir immer gefahren sind, als ich noch ganz klein war. Der Vergleich bringt mich zum Kichern.

„Soll ich fragen, was du so lustig findest?"

„Ich habe mich nur gefragt, ob ich dir für den Vollservice, den du da unten bietest, ein Trinkgeld geben muss."

Mir entweicht ein Schrei, als er mich umdreht und mir spielerisch auf den Hintern schlägt. Er bedeckt mich mit seinem Körper und knurrt in meinen Nacken, bevor er seine Arme um mich schließt und uns auf die Seite zieht. Er küsst meine Wange, bevor er sich mit einem zufriedenen Seufzer hinter mir niederlässt.

In einem Moment kann er so hart und unnachgiebig sein, und dann wieder so. Ganz verspielt und zärtlich. Der Mann ist mir ein Rätsel.

„Ich verstehe dich überhaupt nicht, Hank Buchannan."

„Das Gleiche gilt auch für dich, Prinzessin."

Hank reißt mir sein Handy aus der Hand. Ich hatte vergessen, dass ich es noch in der Hand halte. „Hey, ich war noch nicht fertig damit, mir deine Fotos anzusehen."

„Warum willst du meine Fotos sehen?", knurrt er, gibt es mir aber trotzdem zurück.

„Um sicherzugehen, dass das Fotografieren nackter Mädchen nicht ‚dein Ding' ist und ich nicht auf irgendeiner Schundseite im Internet landen werde."

„Mit was für Typen warst du denn zusammen?", fragt er und stützt sein Kinn an meine Schulter, während ich mir weiter Fotos ansehe.

„Die Art von Spinnern, die sich selbst Daddy nennen und nach dem Sex Nacktfotos von mir schießen, um sie ins Internet zu stellen."

„Kein Internet. Niemand außer mir darf mein Mädchen nackt sehen."

Seine Worte erwärmen eine kleine Stelle in mir. Ich bin mir nicht sicher, was es wirklich bedeutet, wenn er ‚mein Mädchen' sagt – er könnte damit andeuten, dass er jetzt mein Partner ist oder dass wir offiziell Fickfreunde sind. Ich habe keine Ahnung, aber es gefällt mir. Ich mag es auch sehr, wie er sich an meinen Rücken schmiegt, wie ein fehlendes Puzzleteil, das seinen Platz gefunden hat.

Sein Gewicht verschwindet von meinem Rücken und er lässt sich neben mir fallen. Ich schätze, er hat genug davon, sich die Bilder anzusehen, durch die ich mich wühle. Er hat sie wahrscheinlich schon eine Million Mal gesehen. Das gibt mir auch die Gewissheit, dass er nicht das Gefühl hat, etwas verbergen zu müssen. Nicht, dass ich das gedacht hätte.

In Wahrheit finde ich seine Fotos interessant. Sie erzählen mir ein wenig über ihn, auch wenn sie mir zeigen, dass ich ihn überhaupt nicht kenne. Es gibt tonnenweise Bilder von Orten, an denen er gewesen ist. Berge, Wälder, Straßen. Bilder von Menschen, die ich noch nie getroffen habe, und von Bars, in denen ich noch nicht war. Einige Fotos zeigen das Innere von Flugzeugen, aber keine normalen Passagierflugzeuge. Dann gibt es Bilder vom offenen Himmel und von der Außenseite eines Flugzeugs. „Oh Scheiße, bist du aus einem Flugzeug gesprungen?"

„Fluchst du etwa?"

„Du hast selbst geflucht, Mr. Daddy Doppelstandard."

„Daddy Doppelstandard?"

„Du hast mich gehört."

„Ich habe dich gehört. Es klingt wie das Geräusch, das man hört, bevor ein kleines Mädchen Ärger mit seinem Daddy bekommt."

„Und was willst du dagegen tun, Daddy?", stichle ich. „Oder sollte ich dich Colin McGellan nennen?"

Er versteift sich und ich bereue sofort, es gesagt zu haben. Die spielerische Stimmung ist mit ein paar unbedachten Worten im Spaß aus dem Raum verschwunden.

„Candi, wir müssen reden." Sein Ton ist ernst. Als er mich auf den Rücken dreht, sehe ich den Ausdruck in seinem Gesicht. Düster und ernst.

Verdammt noch mal.

„Wir müssen nicht reden." Ich hatte unsere Seifenblase der Realitätsverweigerung genossen. Eine Zeit lang hatte ich vergessen können, dass wir uns auf der Flucht befinden. Dass mein Bruder in Gefahr schwebt und mich, egal was passiert, verlassen wird. Er hat sich entschieden, mich zu verlassen, wie jeder andere in meinem Leben.

„Candi." Mein Name klingt nach Verzweiflung, Bedauern und einer Bitte –alles in einem. Seine Augen, die die warme Farbe von goldenem Whisky hatten, als er in mir war, sind jetzt hart. Dieses Mal werde ich nicht davonkommen. Er will meine Ehrlichkeit, denn ich bin nicht ehrlich gewesen.

Die Tatsache, dass er heute als Colin McGellan aufgetaucht ist, sagt mir, dass auch er sich nicht gerade als redselig gezeigt hat. Es beruhigt mich ein wenig, aber ich lasse es für den Moment darauf beruhen.

„Ich weiß nicht, wo ich anfangen soll", sage ich und setze mich gegen das Kissen gelehnt auf, um seiner drohenden Gestalt zu entfliehen.

„Wie wäre es mit dem Anfang?"

Der Anfang. Eine so einfache und doch komplizierte Bitte. Soll ich damit beginnen, wie meine Mutter starb? Oder damit, als mein Vater anfing, mich zum Kartenspielen mitzunehmen? Oder setze ich an, als meine älteren Brüder anfingen, sich selbst zu zerstören, und ich mir geschworen habe, Dylan nie so werden zu lassen wie sie?

Ich entscheide mich dafür, es einfach zu halten und auf den Punkt zu bringen. Ich muss ihm nicht mein ganzes deprimierendes Leben zu Füßen legen. Er hält mich ohnehin schon für einen Jammerlappen.

„In der Nacht der Party", sage ich. „Nachdem ich nach Hause gefahren war, saß ich in der Einfahrt, als Dylan im Vorgarten abgeworfen wurde. Ich wollte ihn ins Krankenhaus bringen, aber er hat mich nicht gelassen. Da fand ich heraus, dass Cody ihn ein paar Typen vorgestellt und dass er Koks verkauft hat ... nur hatte er eine Tüte verloren. Er hat mir versprochen, dass er die Droge selbst nicht nimmt, aber ich weiß nicht, ob ich das glauben kann. Ich wusste damals nicht, dass er Dom das Geld schuldete. Ich wusste nur, dass er irgendjemandem dreitausend Dollar schuldete, und wenn er nicht zahlte, würden sie ihn umbringen. Und ich hatte genug gespart, also habe ich mein Geld benutzt, um seine Schulden zu begleichen."

„Moment, wenn du Dom bezahlt hast, was zur Hölle hast du dann im Klub gemacht, um dich bei einem Pokerspiel mit einer Gruppe von Stripklubbesitzern selbst du verkaufen?"

„Nun ..." Das ist der schwer zu erklärende Teil. Ich

vermeide Blickkontakt, untersuche einen abgebrochenen Fingernagel und atme tief ein. „Ich ... Die Sache ist die ...“ Das ist so demütigend. „Dylan wollte nirgendwo hingehen. Nicht, dass ich ihm so viel Geld anvertrauen würde, verstehst du?“

Hank schaut mich erwartungsvoll an und ich schlucke meine Verlegenheit hinunter.

„Ich musste Cody bitten, mit mir zu kommen. Wir hatten uns getrennt, aber er hatte Dylan überhaupt erst in den Schlamassel hineingezogen und er versicherte mir, dass er wüsste, wer zu bezahlen wäre und wohin er zu gehen hätte. Aber dann ... nun, er hat das Geld irgendwie gestohlen. Er sagte mir, er hätte die Schulden beglichen. Stattdessen hat er uns abgezockt.“

„Großer Gott.“ Hank fährt sich mit der Hand über das Gesicht, während er sich in die Kissen lehnt.

„Und ich konnte nicht zur Polizei gehen.“ Ich lasse die Tatsache weg, dass ich Cody immer noch nicht wegen des Angriffs auf eine meiner Kolleginnen angezeigt habe. Ich schäme mich zu sehr, um es laut auszusprechen.

„Natürlich nicht“, wirft Hank ein, aber ich kann nicht sagen, ob er sarkastisch ist oder es ernst meint.

„Das konnte ich nicht. Ich meine, kannst du dir das vorstellen? Jedenfalls schickte Dom an dem Tag, an dem du und Wyatt vorbeikommen wolltet, seine idiotischen Schläger zu uns nach Hause. Sie sagten mir, ich müsse zahlen. Ich ging in den Klub und Dom wollte mich meine Schulden abarbeiten lassen.“ Ich werde Hank nicht das erste Angebot erklären, wie ich meine Schulden hätte abarbeiten können. Ich lasse ihn in der Annahme, dass ich nur tanzen wollte. „Heute musste ich hingehen und ...“

Scheiße. Ich kann Hank nicht von der demütigenden Erfahrung von Doms ‚Vortanzen‘ erzählen. Dass ich mich für den Drogenboss ausziehen musste, weil ich wusste, dass er sonst hinter meinem Bruder her wäre.

„Du musstest was?"

„Ähm, meinen Dienstplan herausfinden."

„Und dich für Dom ausziehen", fügt Hank mit zusammengebissenen Zähnen hinzu. Er erinnert sich wohl an die Kratzer, die Dom an mir hinterlassen hat.

„Ich wollte mich eigentlich nicht ausziehen." Das ist die Untertreibung des Jahres. „Als ich dann sah, dass sie Poker spielten, habe ich gefragt, ob ich mitspielen darf, weil ..."

„Weil du weißt, wie man Karten zählt, weil dein Vater dich immer mitgenommen hat", fügt Hank hinzu und ich bin überrascht, dass er das über mich weiß.

„Ja, und woher weißt du das?"

„Dein Bruder hat es mir neulich Abend erzählt."

„Oh." Es ist mir peinlich, dass Hank das über mich weiß. Ich bin nicht gerade stolz darauf, dass ich meinem Vater geholfen habe, beim Kartenspielen zu betrügen.

„Und die Jungs waren alle damit einverstanden, dass du dich zu ihrem privaten Spiel gesellst?"

„Nicht ganz. Dom war überaus unglücklich, aber einer der Typen, Tullson, sagte, er würde für mich auslegen, wenn ich mich selbst einsetze ... Und na ja, den Rest kennst du ja." Ich drehe mich zu Hank um. „Das ist der Kern der Sache."

„Die lange Rede vom Sinn des Ganzen", murmelt Hank und schüttelt den Kopf. „Und du dachtest, ich könnte dir nicht helfen, warum?"

„Abgesehen davon, dass ich dich nicht in Gefahr bringen wollte? Ich wollte nicht, dass du meinen Bruder auslieferst."

„Aber es war in Ordnung, dich selbst in Gefahr zu begeben? Hast du eine Vorstellung davon, was dir hätte passieren können?"

Tränen der Frustration brennen in meinen Augen.

„Denkst du wirklich, ich bin so naiv? Jedes Mal, wenn ich mich mit diesem Mann getroffen habe, wusste ich genau, was passieren könnte. Ich hatte Todesangst. Ich weiß, wie viel Glück ich habe."

„Weißt du das wirklich? War dir bewusst, dass Dom in Menschenhandel verwickelt ist? Weißt du, was das bedeutet?"

„Prostitution?"

„Das wäre die warme und kuschelige Version, die eine Wahlmöglichkeit impliziert. Was Dom macht, wird als Sklaverei betrachtet. Er schnappt sich Mädchen wie dich, die keine Familie haben oder niemanden, der auf sie aufpasst, und er verkauft sie nach Übersee."

Das ist schrecklich, aber mein Verstand schnappt nur eine Sache auf. „Mädchen wie mich?" Das tut weh. Ich weiß, dass es wahr ist, aber die Art, wie er es so sachlich sagt ...

„So habe ich es nicht gemeint."

„Ich glaube schon."

Er streicht mir eine Haarsträhne hinters Ohr und neigt mein Gesicht nach oben, aber ich entreiße mich aus seinem Griff und weigere mich, ihn anzusehen. „Candi, es tut mir leid. Ich wollte nicht ...“

„Wie dem auch sei. Ich bin eine gute Kandidatin, um in die Sklaverei verkauft zu werden. Es ist, wie es ist. Vergiss es einfach." Er greift wieder nach mir und ich schiebe seine Hände weg.

„Hör mal, ich bin ein Arschloch."

„Dem widerspreche ich nicht."

Dieses Mal gelingt es ihm, mein Gesicht zu greifen, und er kommt ganz nah. Ein intensives Feuer lodert in seinen Augen. „Denkst du, du bist die Einzige, die sauer sein darf? Ich bin sauer, weil ich dir hätte helfen können, aber du mir nicht einmal eine Chance gegeben hast."

„Gut zu wissen", sage ich, aber er spricht weiter, als hätte ich gar nichts gesagt.

„Ich bin sauer, weil deine beschissene Familie dich überhaupt erst in diese Lage gebracht hat." Er erhebt seine Stimme. „Ich bin sauer, weil du dachtest, du müsstest das allein schaffen, weil das die einzige Möglichkeit war, die du jemals hattest. Wäre dir etwas zugestoßen, hätte mich das für den Rest meines verdammten Lebens gequält. Verstehst du das nicht?"

Ich versuche, meine Tränen zurückzuhalten, aber sie laufen mir trotzdem über die Wangen. Als er sie wegwischt, muss ich noch mehr weinen. „Was kümmert dich das, Hank? Warum zum Teufel sollte es dich interessieren, was mit mir passiert, wenn es offensichtlich niemanden sonst interessiert?"

Sein Gesicht wird weicher und er schüttelt unsicher den Kopf. „Ich weiß es nicht. Zuerst hast du mich an meine Mutter erinnert. Sie hatte nur begrenzte Möglichkeiten und wurde zur Prostituierten, nachdem mein Vater sie verlassen hatte."

Ich atme erschrocken ein. Ich hatte keine Ahnung. Und ich dachte schon, meine Geschichte sei traurig.

„Sie hat sich schließlich das Leben genommen", fährt er fort und es bricht mir das Herz, dass er das durchmachen musste. „Das würde ich niemandem wünschen. Aber ich weiß, es geht um mehr als das. Es geht um dich, Prinzessin. Ich glaube, ich war dazu bestimmt, der Mann zu sein, der sich um dich kümmert. Derjenige, der immer für dich da sein wird. Noch nie wollte ich irgendwelche Drachen für jemanden töten, aber für dich würde ich alle Drachen erschlagen."

„Ich dachte, du wärst kein Ritter in glänzender Rüstung", sage ich leise und von seinen Worten verführt. Ich möchte sie mehr glauben, als ich atmen möchte. *Immer* ist eine lange Zeit. Er sagt nichts von Liebe und dafür bin ich ihm dankbar. Ich habe noch nie einem Mann gesagt, dass ich ihn liebe, nun, abgesehen von meinem Bruder. Ich habe nie an diese Art von Liebe geglaubt. An die romantische Art.

„Nur für dich, Prinzessin. Nur für dich." Die Art und Weise, wie sein Blick heiß wird und jede Faser meines Wesens durchdringt, wenn er das sagt, lässt mich glauben, dass es romantische Liebe gibt. Und vielleicht beginnt er gerade, sie für mich zu empfinden. Ich fühle mich nicht annähernd wohl mit diesem Grad an Aufrichtigkeit. Als er mich hasste – das habe ich verstanden. Als er nichts mit mir zu tun haben wollte – nun, das konnte ich auch verstehen.

Aber das hier ...

„Du hast dich von dem Kerl, der dachte, ich sei nichts weiter als ein gestörtes Mädchen, das den Hintern versohlt kriegen sollte, sehr gewandelt."

„Ich denke immer noch, dass du Ärger bedeutest. Und du musst auf jeden Fall den Hintern versohlt bekommen." Seine Lippen sind auf meinen und ich bin fertig mit dem Denken. Mit dem Analysieren.

Wir rutschen herum und er ist über mir und schiebt meine Beine auseinander. Er gleitet in mich hinein. Und alles, was ich tun kann, ist, zu fühlen.

Die Art, wie er in meinen Mund stöhnt.

Wie seine Brusthaare über meine Brüste kratzen.

Wie sich mein Körper unter ihm zusammenzieht und zittert.

Sein Atem schnauft an meinem Ohr und er sagt mir, dass ich seine verdammt perfekte, unartige Prinzessin bin. Seine Stimme klingt rau und sexy wie die Hölle und er erzählt mir all die Dinge, die er mit mir machen will. All die Dinge, die ich mit ihm machen soll.

Ich war mir meines Körpers noch nie so sehr bewusst. Ständig erschaudere ich in Mini-Orgasmen, während er mir sagt, dass ich ein gutes Mädchen bin, weil ich auf Daddys Schwanz komme.

Es ist verrückt, wie sehr ich es genieße, wenn er diese Dinge zu mir sagt. Wie sehr ich anfange, mich danach zu sehnen, dass er sie immer wieder wiederholt.

Die Welt verschwindet mit ihm in mir. So ist es jedes Mal, wenn wir zusammen sind. Roh und intensiv. Wir existieren nur füreinander. Ich komme, ringe nach Luft und erschaudere, als Hank in mir pulsiert und mir seinen Höhepunkt ins Ohr brummt. Ich spüre, wie meine Seele zerreißt. Sie spaltet sich weit auf, entblößt und verletzlich.

Dann rollt Hank sich von mir herunter, nur um mich fest an sich zu ziehen und mich in seine Arme zu schließen. „Du wirst geschätzt, Prinzessin", sagt er, als er in den Schlaf sinkt. „Ich werde nicht zulassen, dass du mir weggenommen wirst. Du gehörst mir."

In seinen Armen werde ich von den Fasern von Hanks Dasein wieder zusammengefügt. Ich bin mir nicht sicher, ob ich ihm ganz glaube, aber ich möchte es gern. Aber *Wollen* und *Hoffen* sind gefährliche Gefühle. Ich wollte, dass meine Mutter zurückkommt. Ich hoffte, mein Vater würde sich ändern. Dass meine Brüder sich anders entwickeln würden.

Es gab viele Enttäuschungen in meinem Leben.

Sie alle beginnen und enden mit Wollen und Hoffen.

Ich wollte, dass Cody ein guter Mann wird, und in all der Zeit, die wir zusammen waren, habe ich nicht annähernd so viel für ihn empfunden wie für Hank. Das sollte mir Angst machen, aber ich habe im Moment zu viele andere Dinge, über die ich mir Sorgen machen muss. Zum Beispiel um meinen Bruder.

Ich erlaube mir, ein wenig im warmen Kokon von Hanks Umarmung zu dösen, aber ich weiß, dass ich versuchen muss, Dylan zu erreichen.

Ich erhebe mich aus Hanks Armen, greife nach dem Handy und setze mich auf die Bettkante, während ich es klingeln und klingeln und klingeln höre. Ich versuche es mit Byrons Nummer, mit dem gleichen Resultat.

Ich bin verdammt frustriert und in Gedanken versunken. Hanks Berührung lässt mich zusammenzucken. Er küsst mich auf die Schulter und spielt mit meinem Haar. Seine Lippen sind weich, aber sein Bart kitzelt mich. Es ist trotzdem sehr beruhigend. Es ist eine Erinnerung daran, dass ich vielleicht doch nicht ganz allein bin.

„Immer noch nichts?" Seine Stimme ist ein leises Grollen im stillen Raum. Warm und beruhigend. Ich muss gegen den Drang ankämpfen, mich in ihrer Behaglichkeit zu vergraben und zu schluchzen. Es ist zu verlockend.

„Nein, immer noch nichts." Meine Stimme klingt leer und tot. Ruhig. Aber mein Herz rast und mein Magen ist ein verkrampfter Knoten. Ich hatte noch nie so viel Angst um meinen Bruder.

„Hoffentlich finden meine Jungs ihn." Es soll mich beruhigen, und ich bin dankbar dafür, aber sein Tonfall verrät, dass er selbst nicht daran glaubt. Dann bleiben meine Gedanken wieder an seinen Worten hängen.

Meine Jungs.

„Hank, warum warst du im Stripklub als Colin McGellan, dem Teilhaber des Muchachas? Ist das eine echte Person? Und wer genau sind deine Jungs?"

Hank schlingt seine Arme von hinten um mich und seine Beine über meine, als er mir einen Kuss auf den Nacken drückt. „Wenn ich dir etwas erzähle, darfst du es niemandem sagen, nicht einmal deinem Bruder."

Wenn mein Bruder das hier überlebt. Diesen morbiden Gedanken behalte ich für mich. Es lohnt sich nicht, auf diese Weise zu denken.

„Okay", sage ich zögernd.

„Ich bin, oder besser gesagt, ich war ... Die Sache ist ..."
Hank hält inne. „Ich nehme Aufträge an. Regierungsaufträge."

Ich spüre, wie mir fast die Augen herausfallen, als ich mich
in seinem Griff umdrehe. „Wie ein Attentäter?" Ich schreie die
Frage förmlich heraus.

„Nein. Wie ein Sicherheitsdienstleister."

„Ist das eine vornehme Art, Attentäter zu sagen?"

Er gluckst. „Es ist eine vornehme Art, Söldner zu sagen.
Normalerweise schießen wir nicht, es sei denn, wir werden
zuerst beschossen."

„Es sei denn, du willst einem Drogenboss ein Mädchen
stehlen."

„Ja, außer in diesem Fall."

Ich lehne mich wieder gegen seine Brust. „Aha." Ich
dachte, ich wüsste, was Söldner sind, aber jetzt bin ich mir
nicht mehr so sicher. „Ist das, was du machst, illegal?"

„Nein. Zumindest nicht die Jobs, die ich annehme."

„Aha." Ich habe immer noch keine Ahnung, was es bedeutet, Söldner zu sein. „Und hast du jetzt gerade einen Auftrag?
Warst du deshalb beim Pokerspiel?"

„Ein Typ, mit dem ich ein paarmal zusammengearbeitet
habe, ist von der Drogenfahndung. Vor zwei Jahren hat er mir
einen Gefallen getan, als ich tief in der Scheiße steckte. Er rief
mich vor ein paar Wochen an und bat mich, inoffiziell hierher
zu kommen. Ich sollte eine Vertretung sein. Dann stellte sich
heraus, dass sie mich nur brauchten, um Dom ein wenig abzulenken, während sie seine Operation zum Erliegen brachten."

„Das hast du auf jeden Fall getan."

„Ja", sagt er und bleibt ganz still hinter mir liegen. Er neigt
kurz den Kopf, bevor es an unserer Tür klopft.

Hank erhebt sich mit steinerner Miene vom Bett und presst
einen Finger auf seine Lippen, um zu signalisieren, still zu sein.

Ohne den Blick von der Tür abzuwenden, schleicht er zu seinen abgelegten Klamotten und greift nach seiner Waffe.

Ich werfe einen Blick auf die Uhr, mein Herz überschlägt sich. Es ist halb zwei nachts. Das ist ganz sicher nicht der Zimmerservice auf der anderen Seite der Tür.

Kapitel Achtzehn

Candi

Hank kommt lautlos auf mich zu. Es klopft noch einmal eindringlich und die Tür ruckelt. „Sag, eine Minute", flüstert Hank.

„Eine Minute", rufe ich mit zitternder Stimme.

Hank deutet mir an, aufzustehen, und lenkt mich ins Badezimmer.

Runter, haucht er tonlos. Als ich unter dem Waschbecken hocke, gibt er mir ein Zeichen, dass ich dortbleiben soll. Er schließt die Tür ohne einen Laut.

Ich verkrampfe und rolle mich auf den kalten Fliesen zusammen, als ich ein Rascheln und einen dumpfen Schlag, gefolgt von einem weiteren Schlag und noch einem, höre. Draußen findet eine Art Handgemenge statt und ich kann nur beten, dass Hank gewinnt. Ich will mich zur Tür schleichen und nachsehen, was vor sich geht, aber so schnell wie die Geräusche angefangen haben, hören sie auch wieder auf.

Mein Atem klingt in der Stille so laut, dass ich mir den Mund zuhalte. Das Einzige, was ich höre, ist mein rasender

Puls. Mein Hintern ist taub, weil ich ihn auf die kalten Fliesen gepresst habe, aber ich kann mich nicht bewegen. Ich habe Angst, einen Laut von mir zu geben.

Die Tür wird aufgerissen und mein Schrei wird durch meine Hand gedämpft. Hank steht mit blutender Lippe in der Tür. Erleichterung durchströmt mich so schnell, dass mir schwindlig wird.

„Komm schon", sagt er und winkt mich hoch.

Ich schlinge meine Arme um seinen Hals und klammere mich an ihn, so fest ich kann. Er drückt mich in einer Umarmung fest an sich und presst mir einen Kuss auf den Scheitel, bevor er mich zurücklenkt.

„Du musst dich anziehen. Wir sind hier nicht sicher", weist er mich ruhig an.

Ich nicke, aber ich bin immer noch in Panik. Ich drehe mich im Kreis und weiß nicht mehr, wo meine Klamotten sind. In diesem Moment sehe ich ihn. Einen hünenhaften Mann, der mit dem Gesicht nach unten liegt. Er wurde mit einem zerrissenen Laken geknebelt. Seine Arme sind hinter dem Rücken gefesselt und seine Knöchel wurden zusammengebunden. Heilige Scheiße.

„Hey, sieh mich an." Hank stellt sich vor mich und versperrt mir die Sicht auf den Fremden, der ohnmächtig und gefesselt auf dem Boden liegt. „Du musst dich jetzt für mich zusammenreißen." Seine Stimme ist sanft, seine Berührung beruhigend.

Er hebt meine Kleidung vom Boden auf und beginnt, mich effizient anzuziehen. Er selbst ist bereits komplett angezogen. Sogar seine Stiefel. Ich hebe erst das eine Bein, dann das andere, als er mir den Rock hochschiebt. „So ist es brav", murmelt er.

Er umklammert meine Hand, als wir zur Tür gehen.

„Was ist mit der Hose?" Ich weiß nicht, warum ich das frage. Sie scheint einfach vergessen auf dem Boden zu liegen.

Mit der Hand auf dem Türknauf sieht er mich an. „Du musst in der Lage sein zu rennen." Mit dieser ominösen Aussage öffnet er die Tür und blickt den Flur auf und ab, bevor er mich hinauswinkt.

Wir machen uns auf den Weg zum hinteren Treppenhaus und gehen hinunter. Er überrascht mich, als wir durch die Tür im zweiten Stock gehen und den hinteren Aufzug in die erste Etage nehmen.

Hank wirkt ruhig und kühl, wenn auch hoch konzentriert, und ich frage mich, wer zum Teufel er ist. Er benimmt sich wie der Terminator.

Ich stolpere aus dem Aufzug und höre mich selbst wimmern. Ich bin eher wie das weinerliche, schreiende Mädchen im Film. Das, welches immer gerettet werden muss.

Verdammt. Ich hasse dieses Mädchen. Sie ist so nervig.

Ich drücke die Schultern durch und versuche, meinen inneren Kampfgeist heraufzubeschwören. Ich dachte, wir würden zur Hintertür gehen. Stattdessen gehen wir um die Ecke zu einer der Seitentüren. Mit ausgestrecktem Arm drückt er mich gegen die Wand, während er in beide Richtungen durch das Glas späht. Was auch immer er sieht, lässt ihn fluchen.

Er greift nach meiner Hand und zieht mich hinter sich her, bis wir den Flur entlang und um die Ecke laufen. Wir stehen mit dem Rücken zur Wand und warten. Ich habe keine Ahnung, worauf wir warten, aber ich will es wissen.

Hank sieht die Frage in meinen Augen und schüttelt den Kopf.

Ich schnaufe, als hätte ich gerade versucht, ein paar Kilometer zu laufen. Wenn Hank atmet, höre ich es nicht. Es ist, als bräuchte er keinen Sauerstoff. Er ist in Chuck Norris-Modus gewechselt.

Das unüberhörbare Geräusch der sich öffnenden Seitentür hallt laut durch den Flur. Dann die Tür zum Treppenhaus. Wer auch immer gerade hereinkam, versucht nicht, leise zu sein.

Hank wartet nicht einmal eine ganze Minute, bevor er mich den Gang hinunterzieht, durch den wir gerade gekommen sind. Wir sind aus der Tür und stürmen zusammengekauert und nah am Boden, als wären wir in einem Spionagefilm. In der Hocke hinter einem großen schwarzen Geländewagen schleichen wir uns zur Fahrertür.

Mit der Waffe in der Hand reißt Hank die Tür auf und zerrt einen Mann heraus. Er schlägt ihn mit dem Kolben seiner Waffe in einer einzigen geschmeidigen Bewegung nieder. Das Geräusch einer Pistole, die entsichert wird, klingt in meinen Ohren, bevor kaltes Metall an meinen Kopf gedrückt wird.

„Hank?" Mein Herz schlägt rasend schnell, als mir eine Träne über die Wangen läuft.

Ich bin nicht der harte Typ.

Ich bin definitiv das weinerliche Mädchen, das gerettet werden muss.

Hank

„Hank?"

Beim Zittern in Candis Stimme läuft mir ein Schauer über den Rücken.

Ich schwinge mich hoch und drehe mich mit gezogener

Waffe und dem Finger am Abzug von der Stelle um, wo ich den Mann am Boden gesichert habe.

In einem Kampf würde ich nicht zögern.

Wenn dies ein normaler Job wäre, wäre das Arschloch, das hinter Candi steht und ihr eine Waffe an den Kopf drückt, bereits tot. Zwischen die Augen geschossen.

Aber ich zögere.

Was-wäre-wenn's füllen meinen Kopf. Was, wenn ich danebenschieße? Was, wenn die Waffe dieses Arschlochs losgeht? Ich habe schon Gehirne gesehen, die beim Einschlag einer Kugel durch den Raum spritzten.

Mir dreht sich der Magen um, als mir das Bild ihres hübschen blonden Haars und des zerfetzten Gesichts durch den Kopf schießt. Scheiße. So fühlt es sich an, wenn man seinen Biss verliert. Ich bin weich geworden. Und weich ist im Moment keine Option.

„Es ist vorbei", sagt er. „Nimm die Waffe runter oder sie stirbt."

Die Anspannung löst sich aus meinen Schultern, aber mein Herz schlägt wie ein Hammer gegen meine Rippen. Ich drücke den Abzug. Das Geräusch des Schusses hallt laut durch die Nacht. Candi zuckt zusammen, aber sie schreit nicht. Mit zusammengepressten Lippen dreht sie sich um und starrt auf den toten Mann zu ihren Füßen, unter dem sich eine Blutlache ausbreitet.

Ich packe sie, schiebe sie in den Wagen und klettere hinter ihr hinein. Wir rasen gerade vom Parkplatz, als zwei Männer aus der Seitentür des Hotels stürmen.

Candi zittert mit großen Augen auf ihrem Platz und ich greife über sie hinweg nach ihrem Sicherheitsgurt und lasse ihn einrasten.

„Hey, meine Kleine", beruhige ich sie. Ohne meinen Blick von der Straße abzuwenden, nehme ich ihre Hand und küsse ihre eiskalten Finger. Mist. Sie verfällt in einen Schockzustand. „Wie geht es dir da drüben?"

„Ich bin nicht der harte Typ", sagt sie und starrt auf das Armaturenbrett.

„Doch, bist du. Du bist ein unglaublich knallhartes Mädchen."

„Nein", sagt sie, schaut zu mir auf und schüttelt den Kopf hin und her. „Ich glaube nicht, dass ich das bin."

Scheiße. Sie hat Blutspritzer im Gesicht. Darunter ist ihre Haut farblos und ihre Augen glänzen mit Restangst.

„Alles wird gut, Prinzessin."

Sie nickt und lehnt sich auf ihrem Platz zurück. Sie starrt ausdruckslos aus dem Fenster und ich frage mich, ob es ihr wirklich gut gehen wird.

„Du hast das gerade großartig gemacht. Ich möchte, dass du etwas für mich tust. Du musst die Augen nach einem anderen Motel oder so offenhalten. Wir müssen den Wagen tauschen."

„Warum? Was stimmt mit dem hier nicht?"

„Es hat wahrscheinlich einen Ortungssender. Und jeder, der den Schuss gehört und aus dem Fenster gesehen hat, kann dieses Fahrzeug vielleicht identifizieren. Das Hotelzimmer läuft auf meinen Namen. Die Polizei könnte nach uns suchen."

„Oh Gott."

Na toll. Ein Punkt für den Versuch, sie abzulenken, indem ich sie noch mehr erschrecke. Ich bin so ein Trottel. Sie ist diese Art von Scheiß nicht gewöhnt.

Als ich durch die Nebenstraßen fahre, entdecke ich ein einsames Haus. Der Hof steht voller Autos. Es sieht aus, als würde jemand eine Party feiern. Perfekt.

Ich bremse und fahre an den Straßenrand.

„Was machen wir?"

„Hast du schon jemals ein Auto gestohlen, Prinzessin?"

„Natürlich."

Überrascht von ihrer Antwort halte ich inne und öffne die Tür.

Sie zuckt mit den Schultern. „Familienangelegenheiten", sagt sie als Erklärung.

Das bringt mich zum Lächeln. „Und du sagst, du bist kein hartes Mädchen. Komm und zeig mir, wie es geht."

Sobald wir die Autotüren öffnen, hören wir Musik und das unverwechselbare Geräusch von betrunkenen Feiernden. Lichterketten funkeln im Hinterhof, aber vorn ist niemand zu sehen. Das Schicksal scheint uns wohlgesonnen zu sein. Auf der anderen Seite des Hofes entdecken wir einen alten Chevy, der bereits in Richtung Straße zeigt. Es sollte so sein. Die Türen sind nicht verschlossen.

Candi beugt sich unter die Lenksäule und steht auf, als ob sie etwas entdeckt hätte. Kichernd greift sie an die Sonnenblende. Mit einem Grinsen im Gesicht dreht sie sich um und lässt die Schlüssel von ihren Fingern baumeln.

„Einer der Vorteile, wenn man in Texas lebt. Ich liebe gute alte Jungs", sagt sie und wirft mir die Schlüssel zu. Ich steige nach ihr ein, lasse den Motor aufheulen und lege den Gang ein.

Nach der Nacht, die wir hinter uns haben, erwarte ich, dass irgendein Hinterwäldler aus der Vordertür stürmt und mit einem Gewehr auf uns schießt. Aber der Blick in den Rückspiegel zeigt, dass niemand da ist. Wir sind auf der Straße und auf dem Weg.

Ich sollte wahrscheinlich Slater anrufen, aber wenn Huntington meinen richtigen Namen kennt, könnte mein Telefon abgehört werden. Ich schaue hinüber und sehe Candi mit einem selbstzufriedenen Grinsen im Gesicht. Ich merke, dass sie von vorhin immer noch ein wenig erschüttert ist, aber sie ist offensichtlich auf dem Weg der Besserung.

„Worüber grinst du denn?"

„Das habe ich gebraucht."

„Was? Ein Auto zu stehlen?"

„Ja." Sie zuckt auf ihre niedliche Art mit den Schultern. „Es fühlte sich vertraut an. Es hat mich wieder geerdet. Du weißt schon, wie Meditation oder Yoga oder so etwas. Ich fühle mich jetzt ruhiger. Konzentrierter."

Ich stoße ein schnaufendes Lachen aus. Wer bezeichnet einen Autodiebstahl als therapeutisch? „Prinzessin, wir müssen daran arbeiten, wie du mit Stresssituationen umgehst. Deine Bewältigungsmethoden könnten dazu führen, dass du verhaftet wirst."

Obwohl ich es in Wahrheit irgendwie heiß finde.

Himmel, sie ist wie ein Kübel voll Ärger, der nur darauf wartet, umgestoßen zu werden.

Sie verdreht die Augen und streckt mir die Zunge heraus. „Es ist ja nicht so, dass ich es oft mache. Es ist ewig her, seit ich ein Auto gestohlen habe. Und als ich es das letzte Mal tat, fühlte ich mich furchtbar und brachte es wieder zurück."

„Ich bin sicher, der Besitzer war sehr verständnisvoll."

„Ja, tatsächlich war sie das. Es handelte sich um eine ältere Dame. Ich habe ihr gesagt, dass ich dachte, es sei mein Auto, weil es so aussah wie meins – was eine Lüge war." Candi sagt das Letzte so, als ob ich es nicht hätte erraten können. „Ich hatte zu diesem Zeitpunkt kein Auto. Sie lud mich zu sich ein. Wir haben Sonnentee und Rhabarberkuchen zusammen gemacht."

„Prinzessin, nur du kannst ein Auto stehlen und am Ende mit der Besitzerin Kuchen backen. Hast du sie jemals wieder-gesehen?"

„Oh ja. Ich habe sie öfter besucht, aber dann wurde sie von ihren Kindern abgeholt und in ein Altenheim in deren Nähe in Ohio gesteckt. Darüber war sie überhaupt nicht glücklich."

„Das kann ich mir vorstellen."

Ich lasse sie erzählen, während wir uns auf den Weg zum

Unterschlupf machen. So wie Stressessen und Autodiebstähle erscheint auch das Reden über alles Mögliche eine Art Ablenkung für sie zu sein. Sie reibt mit der Hand über die getrockneten Blutspritzer auf ihrem Gesicht und wird still.

„Glaubst du, du hast ihn umgebracht?"

Ich weiß, dass sie den Mann meint, der sie mit der Waffe bedroht hat. Ich habe ihn genau zwischen die Augen getroffen. Ich bin ein perfekter Schütze. Ich schieße nie daneben. Das ist eins der Dinge, die mir beim Militär und dann später, als ich anfing, Aufträge anzunehmen, Anerkennung eingebracht haben. Der Mann war mausetot. Ich bin mir aber nicht sicher, ob sie das hören will.

Unverbindlich zucke ich mit den Schultern. „Wer weiß?", sage ich. Es wäre mehr als ein Wunder, wenn der Drecksack überlebt hätte, aber es sind schon verrücktere Dinge passiert.

Wir haben die Hälfte des Weges zum Unterschlupf geschafft, als ich ein mulmiges Gefühl bekomme. Als ich klein war, habe ich mich immer gefragt, was die Leute meinten, wenn sie sagten, sie hätten das Gefühl, jemand sei gerade über ihr Grab gelaufen. Jetzt weiß ich es. Genauso fühlt es sich gerade an.

Ich hatte dieses Gefühl bei meinem letzten Einsatz im Irak. Ich hatte dieses Gefühl im Kosovo. Etwas Schlimmes steht bevor.

Ich verlangsame den Wagen auf Kriechtempo. Ich ziehe mein Handy heraus und wähle Slaters Nummer, wobei ich vergesse, dass es hier draußen keinen Empfang gibt. Ich stecke das Handy ein, überlege es mir dann anders und schiebe es in meinen Stiefel, bevor ich meine Waffe ziehe.

„Was machst du da?", fragt Candi und starrt auf die Waffe.

„Ich bin nur vorsichtig." Wir erreichen den Teil der Straße, der sich auf eine einzige Spur verengt. Die Bäume werden dichter und ich kann nicht länger umdrehen – nur noch rückwärtsfahren.

„Aber das ist der Unterschlupf. Warum solltest du zu einem sicheren Unterschlupf fahren, wenn es nicht sicher ist?"

Warum eigentlich?

Ich erreiche das Ende der Zufahrt und alles ist dunkel. Das Einzige, was ich sehen kann, ist der Anhänger, der von den Scheinwerfern unseres Wagens beleuchtet wird.

Candi greift nach ihrem Türgriff, um auszusteigen, aber ich halte ihre Hand zurück. Ich habe immer noch dieses verdammte Gefühl.

Ich lege den Gang ein, um den Wagen zu wenden und den Weg zurückzufahren, den wir gekommen sind, als wir plötzlich von Arschlöchern mit Waffen umzingelt werden. Wie verdammte Guerillas kommen sie hinter den Bäumen hervor, ganz in Schwarz und mit Tarnfarbe im Gesicht.

Auf einen Blick zähle ich etwa zehn, vielleicht fünfzehn von den Wichsern. Es ist schon eine Weile her, seit so viele Waffen auf mich gerichtet waren. Die Scheinwerfer von zwei großen Fahrzeugen gehen an. Eins vor uns und eins hinter uns.

Wir sitzen fest.

Das erscheint mir ein ziemlicher Aufwand für ein Mädchen zu sein, das jemandem drei Riesen schuldet, und für mich selbst. Auch wenn ich Huntington den Zeh abgeschossen habe.

Ich frage mich, ob wir für etwas anderes den Kopf hinhalten. Etwas Größeres.

Entweder hat Slater Huntingtons Ressourcen unterschätzt oder er hat mich verraten. Letzteres ergibt keinen Sinn, aber es ist wahrscheinlich, dass es einen Maulwurf gibt.

Diese Typen wussten, wo sich der Unterschlupf befindet, und haben hier auf uns gewartet. Gott weiß, wie lange. Nur wenige Personen kennen diesen Ort, aber sie sind trotzdem hier, als hätten wir sie eingeladen.

Candi hat meinen Arm im Würgegriff und ich will schreien.

Was auch immer passieren wird, ich werde sie nicht beschützen können. Wir sind so etwas von am Arsch.

„Was machen wir jetzt?" Sie vertraut darauf, dass ich mich um sie kümmere. Dass ich uns hier raushole. Ich weiß nicht, ob ich das kann. Dieses Mal nicht.

Ich sehe ihr in die Augen und versuche, ihr Kraft zu senden. „Sei stark. Und lauf, wenn du die Gelegenheit bekommst."

Die Türen werden aufgerissen und wir werden zu beiden Seiten aus dem Wagen gezerrt. Ich werde von hinten geschubst und sehe, wie Candi in die entgegengesetzte Richtung weggezerrt wird. Mit vor Schreck geweitet Augen schaut sie zu mir zurück, aber sie schreit nicht.

Im Moment ist sie noch stark.

Ich schwinge mich herum und schicke den Typ zu meiner Linken zu Boden. Ich schnappe mir seine Waffe und gebe drei schnelle Schüsse ab, die einen von Huntingtons Soldaten in den Kopf, einen anderen in die Kehle und einen Dritten in die Brust treffen. Der Dritte trägt ballistische Ausrüstung, schwankt aber trotzdem genug, um zurückgeschlagen zu werden.

Schmerz explodiert in meinem Hinterkopf, bevor ich einen weiteren klaren Schuss abgeben kann. Meine Sicht verschwimmt. Ich falle auf die Knie und meine Sicht klärt sich gerade rechtzeitig, um den Kolben eines Gewehrs in mein Gesicht schlagen zu sehen.

Kapitel Neunzehn

Candi

Auf jeder Seite von mir steht eine Wache und sie führen mich weg. Ich wehre mich nicht, aber sie haben meine Arme trotzdem eisern im Griff. Der Wachmann zu meiner Linken ist ein großer, glatzköpfiger, furchterregender Wichser, der aussieht, als sollte er in einem Film den Bösewicht spielen. Er trägt ein automatisches Gewehr herum, als würde er nur darauf warten, etwas zu töten.

Der Wachmann zu meiner Rechten scheint ein ganz normaler Typ zu sein und ich frage mich, wie er zu seinem speziellen Beruf gekommen ist, für einen Drogenboss zu arbeiten. Abgesehen von der schwarzen Uniform und der kugelsicheren Weste sieht er aus, als könnte er das Baseballteam seiner Kinder trainieren und einen Minivan fahren.

Sie schieben mich in einen großen, schwarzen Geländewagen, als ich den Schusswechsel höre.

Ich drehe mich gerade noch rechtzeitig um, um zu sehen, wie Hank zu Boden gestoßen wird. Zwei Männer prügeln auf ihn ein.

„Hank!" Ich reiße meinen Arm los und renne. Sofort werde ich an meinen Haaren zurückgerissen. Es ist der Glatzkopf. Meine Kopfhaut schreit auf, als er mich in den Wagen drängt. Erst als ich drin bin, lässt er los und ich beiße in seine Hand, bis er mir so fest ins Gesicht schlägt, dass ich Sterne sehe.

Der Durchschnittstyp setzt sich und schließt die Tür, während ich auf dem Boden kauere und mir das Gesicht halte.

„Hey, der Boss hat schon einen Käufer für dieses Mädchen", tadelt er. „Du kennst die Regeln. Keine Spuren, nachdem sie verkauft wurden."

Ich bin noch ganz benommen von dem Schlag, als meine Arme grob nach hinten gerissen und gefesselt werden. Dann reißt mich der Psycho-Fußballpapa herum und klebt mir Klebeband auf den Mund.

„Beschissene Regeln", beschwert sich der gruselige Hurensohn. „Es ist ja nicht so, dass wer auch immer sie gekauft hat, sie nicht fertigmachen wird, bevor er sie umbringt."

„Ja, aber der Unterschied ist, dass derjenige für das Vergnügen bezahlt hat. Du und ich sind nur Drecksäcke, die dafür bezahlt werden, das neue Spielzeug zu liefern."

Kaum bin ich gefesselt, fahren wir auch schon los. Ich schaue noch rechtzeitig aus dem Fenster, um zu sehen, wie Hanks lebloser Körper in den Kofferraum einer großen schwarzen Limousine geworfen wird. Bei diesem Anblick bleibt mir die Luft weg. Es tut mehr weh als ein Schlag in die Magengrube. Ich breche mit einem Schluchzen zusammen.

Stark und ruhig zu sein, ist nicht länger möglich. Ich habe keine Angst mehr und mache mir keine Sorgen um mich. Der Schmerz, der mich durchdringt, als mir bewusst wird, dass Hank tot sein könnte, ist zu groß, als dass irgendetwas anderes existieren könnte.

Eine Zeit lang ist das einzige Geräusch im Fahrzeug mein

leises Weinen. Ich ringe nach Luft, als meine Nase vom vielen Weinen mit Rotz verstopft ist. Ich gerate in Panik, aber sie schauen mir nur zu, bis der Glatzkopf sagt: „Glaubst du, sie wird ohnmächtig?"

„Gib ihr etwas zum Naseputzen. Wäre ja scheiße, wenn sie an ihrer eigenen Rotze ersticken und sterben würde, bevor wir sie zum Boss bringen können."

Der Glatzkopf hält mir ein stinkendes blaues Halstuch vors Gesicht. „Schnauben", sagt er und ich tue es nur für die Erleichterung, wieder atmen zu können. Aber noch bevor ich den ersten Atemzug nehmen kann, drückt er mir die Nase zu, bis meine Augen tränen. Ich verrenke mir den Nacken, als ich versuche, zurückzuweichen. Schwarze Punkte trüben meine Sicht, bevor er mich loslässt.

Ich sacke nach vorn und atme tief durch die Nase ein. Der glatzköpfige Arsch stopft das rotzverschmierte Bandana in mein Oberteil und drückt meine Brust so fest zusammen, dass es auf jeden Fall blaue Flecken hinterlassen wird.

„Zu schade, dass du schon einen Käufer hast und ich meinen Job mag. Ich würde dir die Seele aus dem Leib ficken, Süße." Die Art, wie er mich angrinst, bringt mich zum Würgen. „Hast du jemals darüber nachgedacht?", fragt er den Durchschnittstyp im Plauderton.

„Was? Die Mädchen zu ficken?"

„Nein, nein, also doch, ja, aber eine zu kaufen. Hast du jemals darüber nachgedacht, wie das wäre. Was du tun würdest?"

Der andere Typ zuckt mit den Schultern und der, der mich geschlagen hat, klopft seinem Kumpel gutmütig aufs Bein. „Das hast du! Ich weiß, dass du es getan hast. Wie sollst du auch nicht, bei dem, was wir tun?"

Ihr krankes, beiläufiges Geplänkel über den Besitz einer

verdammten Sklavin geht weiter wie ein Hintergrundgeräusch. Mir schwirrt der Kopf.

Ich stehe kurz davor, abtransportiert zu werden, weil ich verkauft wurde. Und der einzige Mann, den es kümmern würde, könnte möglicherweise tot sein. Hank.

Schmerz ergreift meine Brust. Fast kippe ich wieder nach vorn und schluchze. Ich atme tief durch die Nase und blinzle die Tränen zurück. Wenn ich wieder anfange zu weinen, werde ich nicht aufhören. Ich darf jetzt nicht zusammenbrechen. Noch nicht.

Hank, Gott, bitte sei am Leben.

* * *

Hank

Das Bewusstsein ist eine seltsame Sache. Ich kann mich nicht bewegen. Ich kann die Bodenwellen, über die wir fahren, nicht wirklich spüren, aber ich bin mir ihrer bewusst. Ich kann das Knirschen des Kieses hören. Das Geräusch des Motors. Ich weiß, dass ich in einem Kofferraum liege. Ich kann sogar das Gemurmel von Stimmen hören.

Ich schwebe im Dämmerzustand, als hätte man mir das Betäubungsmittel für einen Büffel in den Hintern geschossen.

Als ich das nächste Mal zu mir komme, ist die Fahrt ruhig und ich kann spüren, dass wir schnell fahren. Ich schwöre, wir sind auf einer offenen Autobahn. Alles, was ich höre, ist das Summen der Straße, das wie Rauschen in meinen Ohren dröhnt. Ich schwebe zwischen Bewusstsein und Bewusstlosigkeit, ich schwimme.

Als mein Körper endlich wieder zu sich kommt, pulsiert er

vor Schmerz. Kopf, Gesicht, Arme. Die Kabelbinder, mit denen sie meine Handgelenke gefesselt haben, schneiden in meine Haut. Ich kann Kabelbinder zwar knacken, aber nicht jetzt, nicht in diesem Winkel.

Ich glaube auch, dass ich eine gebrochene Rippe habe, was bedeutet, dass sie mich getreten haben, als ich am Boden lag. Es fühlt sich auf jeden Fall so an, als ob ich als menschliche Piñata missbraucht worden wäre.

Ich drehe meinen Körper und trete gegen die Rücklichter, ohne auf den Schmerz in meinen Rippen zu achten. Wahrscheinlich werden wir vom Rest von Huntingtons Männern verfolgt, aber es macht mir trotzdem Spaß, das Rücklicht zu zertreten.

Candi stiehlt Autos. Ich zerstöre Dinge. Wir sind ein tolles Paar.

Der Gedanke an sie bringt mich zum Stocken. Ich kann nicht darüber nachdenken, was mit ihr geschehen könnte. Ich habe sie direkt in einen Hinterhalt gefahren. Wenn ihr auch nur ein Haar gekrümmt wird, ist es meine Schuld.

Etwas löst sich von meinem Stiefel und ich erinnere mich, dass ich das Handy habe. Ich schiebe meinen Fuß hinter mir hoch und versuche, das Telefon zu meinen gefesselten Handgelenken zu treten, aber mir wird vor Schmerz schwarz vor Augen. Diese Arschlöcher müssen mich wirklich zugerichtet haben. Ich brauche zwei weitere Versuche, bis ich es mit den Fingerspitzen erreiche und mich nach hinten beugen kann, um es zu greifen.

Ich schalte das Handy ein und versuche, einen Blick darauf zu werfen, um erkennen zu können, was zum Teufel ich tue. Das ist eine Art Yogascheiße hier. Würde ich nicht beten, dass mir keine Rippe bricht und mir einen Lungenflügel durchbohrt, könnte ich es sogar lustig finden.

Ich wähle die zuletzt gewählte Nummer, die von Slater. Ich bezweifle, dass er irgendetwas hören wird, was ich zu sagen habe. Als unser Wagen langsamer wird, versuche ich nicht zu sprechen. Er weiß, dass es meine Nummer ist. Ich sperre den Bildschirm und stecke das Telefon wieder in meinen Stiefel. Ich hoffe, dass Slater genug mitbekommen hat, um meinen Standort orten zu können.

Das Fahrzeug rollt zum Stillstand und ich höre mehrere Türen zuschlagen. Zu viele, um nur ein Wagen zu sein. Der Kofferraum springt auf und ich kneife die Augen zusammen, weil ich plötzlich geblendet werde. Wir stehen im Scheinwerferlicht eines Parkplatzes. Zwei Männer sind nötig, um mich aus dem Kofferraum zu ziehen, und ich empfinde eine dumme Genugtuung, dass ich ein Schwergewicht bin und sie dafür arbeiten müssen.

Ich lasse den Kopf hängen, als ob ich immer noch nicht ganz bei Sinnen wäre, während ich in die Richtung schlurfe, in die sie mich schieben. In meinem seitlichen Blickfeld entdecke ich Candi. Ihre Arme sind auf dem Rücken gefesselt und ihr Mund wurde mit Klebeband zugeklebt. Als sie mich sieht, stolpert sie, als hätten ihre Beine versagt, und einer der Wachmänner schleppt sie den Rest des Weges über den Kiesplatz.

Ich präge mir sein Gesicht genau ein, als wir zu einer alten Lagerhalle geführt werden. Und ich bete, dass ich die Gelegenheit bekommen werde, ihm die Zähne in den Hals zu schlagen.

Alte Lagerhäuser bedeuten nie etwas Gutes. Vor allem nicht, wenn man mit vorgehaltener Waffe hineingeht. Wir werden durch die Tür geschoben und der Geruch von Schweiß und Blut schlägt mir entgegen. Es ist ein allzu vertrauter Gestank.

Wir werden in einen Raum geführt, der eine Laderampe zu sein scheint. Auf der linken Seite befindet sich eine große

Tür, wie sie von Sattelschleppern angefahren wird, um Dinge ein- oder auszuladen. Am anderen Ende befindet sich eine schwere Metalltür, die zu einem größeren Lagerhaus zu führen scheint. Wahrscheinlich ein Warenlager. Auf der rechten Seite gibt es eine weitere Tür, die zu einem Schotterparkplatz führt. Sie ist der Tür ähnlich, durch die wir eben gekommen sind. In der Mitte des Raums steht ein alter Schreibtisch.

Unsere Schritte hallen in dem riesigen Raum wider. Ich werde auf einen harten Metallstuhl gestoßen, der auf dem Beton quietscht, als ich auf den Sitz sinke.

Candi versucht, sich von dem Arschloch zu befreien, dass sie auf den Stuhl neben mir stößt, und ich muss mich beherrschen, um nicht zu reagieren. Ich mustere die Umgebung und schaue hinter uns. Dort bemerke ich Dylans blutige Gestalt, die gefesselt und ohnmächtig von der Decke hängt .

Gott, ich hoffe, er ist nur ohnmächtig.

„Hallo, zusammen." Huntington klingt so abfällig, dass ich ihm am liebsten den Kopf abreißen würde.

Er schlendert mithilfe eines Gehstocks in den Raum und setzt sich hinter den alten Metallschreibtisch. Er trägt einen Gips am Fuß und ich verkneife mir ein Grinsen, weil ich weiß, dass ich der Grund dafür bin. Ich hätte ihn zwischen die Augen schießen sollen, damit es wirklich zählt.

„Es war ein geschäftiger Tag", sagt er. „Mit dem Schuss in den Fuß und allem."

Huntington nickt einer Wache zu seiner Rechten zu. Der Wachmann zieht eine Waffe und feuert, bevor ich auch nur blinzeln kann. Das Geräusch hallt von den Metallwänden wider, genau wie Candis gedämpfter Schrei. Ich starre auf das Loch in meinem Fuß, das sich mit Blut füllt, bevor ein brennender Schmerz mein Bein hochschießt.

„Aahhhh! Verdammt!"

„Das tut weh, nicht wahr, Mr. Buchannan?", fragt er.

Ich hatte schon vermutet, dass das Arschloch herausgefunden hat, wer ich bin, aber jetzt ist es bestätigt.

Ich knirsche mit den Zähnen und versuche, durch den stechenden Schmerz zu atmen, der mir all meine Nervenenden zu quälendem Bewusstsein bringt.

„Ms. Dawson", fährt der selbstgefällige Wichser fort. „Du hast dir einen hochdekorierten Militär geangelt. Er ist ziemlich schnell durch die Ränge aufgestiegen. Er hatte auch eine vielversprechende Karriere vor sich. Das heißt, bis er unehrenhaft entlassen wurde. Anscheinend hat er ein Problem damit, sein Temperament zu zügeln. Er hat seinen befehlshabenden Offizier fast zu Tode geprügelt. Hat er dir das erzählt?"

Das Arschloch war nicht mein Vorgesetzter und ich hätte ihn für das, was er getan hat, umbringen sollen. Candi zeigt keine Reaktion. Sie sitzt einfach nur da, starrt mit gerunzelter Stirn auf den Boden und krümmt die Schultern. Sie sieht so verdammt verletzlich aus, dass ich am liebsten schreien und Huntington die Fresse polieren würde.

„Candi, ich hasse es, wenn deine Gedanken abschweifen und du mir nicht antwortest." Mit einem Fingerschnippen von Huntington presst einer der Wachmänner eine Pistole an Candis Schläfe. Sie kneift die Augen fest zu. Der Typ reißt ihr das Klebeband vom Mund und sie schreit auf. Ihre Lippen sind rissig und bluten. Es ist offensichtlich, dass jemand sie geschlagen hat, bevor man ihr den Mund zuklebte.

„Also, worüber haben wir gerade gesprochen?"

„N-nein, das hat er mir nicht erzählt", stottert sie.

„War das so schwer?" Er schüttelt mit Unverständnis den Kopf. „Ich war zu nachsichtig mit dir. Das ist mein Fehler. Ein Fehler, den ich nicht noch einmal machen werde." Er schnippt erneut mit seinen verdammten Fingern. „Oskar. Würdest du

Ms. Dawson bitte die Kleidung abnehmen und sie neben ihren Bruder hängen?"

Dann fährt er fort: „Normalerweise schicke ich meinen Käufern nicht gern beschädigte Ware. Das gibt mir einen schlechten Ruf. Aber für dich mache ich eine besondere Ausnahme. Weißt du, ich habe mir von dem Moment an, als ich dich kennenlernte, vorgestellt, wie du wohl aussiehst, wenn du dich vor Schmerzen krümmst. Fast hätte ich darüber nachgedacht, dich für mich zu behalten, aber verkauft bist du so viel wertvoller für mich. Das wird mich aber nicht davon abhalten, noch ein wenig Spaß zu haben, bevor du gehst." Er lässt ein aufgerolltes Seil auf seinen Schreibtisch fallen und mir wird klar, dass es eine verdammte Peitsche ist.

Mein Blut gefriert zu Eis, wenn ich daran denke, was er vorhat. Ich kann nicht einfach hier sitzen und mir diesen Scheiß ansehen. Ich versuche, abzuschätzen, wie lange ich Druck auf meinen Fuß ausüben kann, wenn ich meine Handgelenke freibekomme.

Mein Kopf schwirrt vor Schmerzen, aber ich muss wachsam bleiben.

Der kalte Lauf eines Gewehrs wird seitlich gegen meinen Kopf gedrückt, als ob der Typ neben mir meine Energie spüren könnte.

Oskar, ein großer Kerl, der aussieht, als hätte er mehr Muskeln als Verstand, grinst krankhaft, als er Candi hochreißt und ihr mit einem Jagdmesser die Kleider vom Leib schneidet. Sie zittert und beißt sich so heftig auf die Lippe, dass sie bluten wird.

Als ich dieses Mal mit den Zähnen knirsche, hat es nichts mit meinem körperlichen Schmerz zu tun. Eine Träne läuft über das Gesicht meiner Prinzessin, als ihr die letzten Kleider vom Leib gerissen werden, und ich schwöre, jeden einzelnen Drecksack hier drin dafür bezahlen zu lassen.

Oskar zerschneidet die Fesseln an ihren Handgelenken und sie rastet aus, zerkratzt dem Wichser das Gesicht und schreit. Das Arschloch verpasst ihr einen Tritt, der sie nach hinten schleudert.

Mein Herz bleibt stehen.

Ich weiß nicht wie, aber sie hat sich die Pistole des dummen Trottels geschnappt.

Bevor ich mich fragen kann, was sie damit vorhat, feuert sie drei Schüsse ab, Schnellfeuer, wildes Zielen. Ein weiterer Schuss ertönt, bevor sie von dem Wächter, der mich im Visier hatte, von hinten angegriffen wird.

Ich richte mich auf, schlage meine Handgelenke nach unten und auseinander und zerreiße die Fesseln.

Alles verschwimmt und mein Blickfeld verengt sich. Mit einem Adrenalinstoß schlage ich dem nächstbesten Wachmann mit der Faust ins Gesicht, schnappe mir seine Waffe und schieße. Ich feuere noch einmal und schalte den Typ hinter Huntington aus, bevor ich Huntington die Waffe aus der Hand schieße.

Huntington brüllt: „Schnappt *ihn!*" Aber es erreicht meine Ohren wie durch einen Tunnel. Ich konzentriere mich darauf, Candi zu packen und mit ihr von hier zu verschwinden. Ich mache einen Schritt in ihre Richtung und breche fast zusammen. Der Schmerz, der in meinem Bein hochschießt, verschlägt mir die Luft. Verdammt. Schwärze verschwimmt vor meinen Augen und ich schüttle die Welle des Schwindelgefühls ab.

Nur eine Sekunde. Ich halte nur eine Sekunde inne und es ist gerade genug Zeit für einen Wächter, um mit dem Gewehrkolben um sich zu schlagen. Dieses Mal sehe ich es kommen und wehre ihn ab. Ich greife nach dem Lauf, reiße ihn nach vorn und nutze den Schwung, um dem stämmigen Wachmann ins Gesicht zu schlagen.

Candis Schrei lässt mich herumwirbeln und ich sehe, dass der große Schläger, Oskar, sie festhält. Sein Arm ist fest um ihre Kehle geschlungen und er presst seine .40mm an ihre Wange. Er zerrt sie zurück zu der schweren Metalltür, die in das größere Warenlager führt, und zieht sie wie einen verdammten Schutzschild vor sich her.

Ich habe keine freie Schussbahn.

Huntington hebt eine Glock mit der linken Hand und ich spüre das Zischen einer Kugel an meinem Ohr, bevor die Türen aus allen Richtungen aufliegen. Eine Flut von Bundespolizisten strömt mit gezogenen Waffen herein.

Candi wird freigelassen. Oscars Waffe wird ihm aus der Hand gerissen, als er zu Boden gestoßen wird. Huntingtons angeheuerte Schläger zerstreuen sich und geben ihre Waffen ab, einige widerwilliger als andere.

Huntington steht in der Mitte des Geschehens und streckt die Hände lässig in die Luft. Er hat einen arroganten, selbstsicheren Gesichtsausdruck, als Slater mit gezogener Waffe auf ihn zukommt und ihn über den Schreibtisch stößt, um ihm Handschellen anzulegen und ihn abzutasten. Wahrscheinlich denkt er, er kommt aus der Sache raus, genau wie bei jeder anderen Verhaftung. Ich hoffe sehr, dass sie es dieses Mal durchziehen können.

Slater zieht eine .22 Kaliber aus Huntingtons Hosenbein und übergibt sie einem wartenden Agenten. Dann noch ein Messer und eine .32.

Jemand stößt mich von hinten zu Boden und entreißt mir meine Waffe. Ich lasse ihn gewähren. Slater ruft: „Das ist einer von uns." Derjenige, der meine Arme hinter meinen Rücken zieht, lässt mich los.

„Tut mir leid, Mann", sagt der Agent, der mich niedergeschlagen hat. „Sanitäter hierher", ruft er und klopft mir auf die Schulter.

Meine Sicht verschwimmt, als ich auf dem Boden liege. Ich versuche, bei Bewusstsein zu bleiben, und suche mit den Augen nach Candi.

„Hank!" Sie reißt sich von einem Agenten los und rennt zu mir hinüber. Tränen fließen über ihr Gesicht. Sie rufen nach weiteren Sanitätern. Sanitäter lösen die Fesseln ihres Bruders.

Ich drehe mich auf den Rücken, lasse Candi über mich fallen und ihre Arme um mich schlingen. Meine Rippen schreien in Protest, aber das ist mir egal.

Es ist vorbei. Mein Mädchen ist in Sicherheit.

Ich streiche ihr das Haar aus dem Gesicht und ziehe sie zu einem Kuss zu mir hinunter. „Lass uns das nicht noch einmal machen", scherze ich, aber ihre Augen sind immer noch weit aufgerissen und die Tränen laufen unkontrolliert.

Meine Zunge ist schwer und mein Verstand unscharf. Mein Adrenalinspiegel sinkt und Dunkelheit schleicht sich ein.

„Hank?" Candi verzieht das wunderschöne Gesicht vor Verwirrung. „Geht es dir gut?" Sie fährt mit zitternden Händen über meine Stirn, meine Wangen und meinen blutverschmierten Bart. „Ich dachte, sie hätten dich umgebracht. Ich dachte, du wärst tot."

„Ich liebe dich", lalle ich. Ich wollte eigentlich etwas sagen wie: „Ich bin schwer zu töten", oder: „Ich werde wieder gesund." Mein Gehirn kommuniziert nicht länger mit meinem Mund. Jemand schlingt eine Decke um Candi und schiebt sie aus dem Weg.

„Ich glaube, ich habe eine Gehirnerschütterung", sage ich zu dem Sanitäter, der mit seiner Taschenlampe erst in mein linkes und dann in mein rechtes Auge leuchtet.

„Mann, du hast auch ein Loch im Fuß."

Das bringt mich zum Lächeln. „Es tut weh, als wäre er weggeblasen worden."

„Nein. Du hast Glück gehabt. Er ist noch dran."

„Du siehst scheiße aus", scherzt Slater, der über mir steht.

„Scheiß Party. Keiner hat mir gesagt, dass ich die Piñata sein soll."

Sie heben mich auf eine Trage und bringen sie in Position. Ich packe Slater und ziehe ihn zu mir hinunter, um ihm ins Ohr zu flüstern. „Sie haben am verdammten Unterschlupf auf uns gewartet. Weißt du etwas darüber?"

In Slaters Augen ist Überraschung zu erkennen, bevor sein Gesicht zu einer ausdruckslosen Maske wird. „Leute unter den Bus zu werfen, ist nicht mein Stil."

„Das dachte ich auch nicht. Es ist wohl an der Zeit, das Licht einzuschalten und zu sehen, was versucht, zurück in die Dunkelheit zu huschen." Ich lehne mich zurück und lasse mich zu dem wartenden Fahrzeug rollen.

Sobald ich mich im Krankenwagen befinde, schließen sie die Türen und ich frage: „Wo ist sie? Wo ist Candi?"

Der Mann, der mich begleitet, zuckt mit den Schultern und fragt nach ihr.

„Die nackte Blondine? Sie fährt mit dem anderen Typen mit, den wir eingeladen haben. Sie sind direkt vor uns", versichert mir die Fahrerin, eine nüchterne, ältere Brünette.

„Wie geht es ihm? Dem anderen Kerl?"

Sie zuckt mit den Schultern. „Nicht so gut. Ausgekugelte Schulter und wir glauben, er hat ein gebrochenes Bein und vielleicht ein oder zwei zerschlagene Rippen. Er kam gerade wieder zu sich, als sie ihn einluden."

Wir fahren los. Die Sirene heult und ich versuche, es nicht persönlich zu nehmen, dass Candi nicht hier bei mir ist. Es ist verdammt dumm. Es ist nur richtig, dass sie bei ihrem Bruder mitfährt. Ich wäre schockiert gewesen, wenn sie nicht mit dem Jungen gefahren wäre. Dylan braucht sie jetzt mehr als ich. Sie ist das einzige Familienmitglied, das er hat.

Wer zum Teufel bin ich für sie?

Ich blende diese Frage aus, weil mir die Antwort wahrscheinlich nicht gefallen würde. Es ist schon schlimm genug, dass ich ihr etwas bedeuten will.

Verdammt, wem zum Teufel mache ich etwas vor?

Ich möchte ihr alles bedeuten.

Kapitel Zwanzig

C andi

Ich bin völlig erschöpft, aber wenn ich die Augen schließe, höre ich wieder Schüsse. Ich spüre den warmen klebrigen Spritzer des Blutes eines anderen auf meinem Gesicht. Schmecke den kupfernen Geschmack auf meinen Lippen. Ich sehe Hank auf dem Boden liegen, blutverschmiert und blass.

„Bist du dir sicher, dass du deine Schicht heute Abend schaffst?", fragt Hank und lehnt sich über die Couch, auf der ich liege.

„Ja, Daddy", sage ich und verdrehe die Augen. Der Spitzname kommt mir leicht über die Lippen. Ich nenne ihn jetzt immer so, wenn wir allein sind. Es fühlt sich ganz natürlich an und löst ein warmes, kuscheliges Gefühl in mir aus. Außerdem schadet es nicht, zu wissen, dass es ihm gefällt. Und ihm zu gefallen, führt zu demselben warmen, flauschigen Gefühl.

Er fährt mit einem Fingerknöchel über meine Wange und zeichnet die Ringe unter meinen Augen nach. Ich weiß, dass sie vor Müdigkeit dunkel sind. Sorgenfalten zeichnen seine

Stirn. In der Art, wie er mit mir umgeht, liegt eine ständige Zärtlichkeit. In den ersten Wochen, nachdem alles vorbei war, war es ein heilsamer Balsam. Aber seine Art der liebevollen Fürsorge beginnt zu nerven.

Er ist immer noch derselbe kontrollsüchtige Hank, aber anders. Es scheint, als würde er sich selbst zurückhalten.

Ich will nur, dass alles wieder normal wird, auch wenn ich bezweifle, dass das möglich ist. Wir haben eine neue Normalität. Ich habe in den letzten zwei Monaten bei John bzw. in Hanks Zimmer gewohnt. Dylan ist auch in dem Haus.

In der ersten Woche wieder zu Hause, hat Dylan ihm verraten, wie ich schlafe. Beziehungsweise nicht schlafe. Tagsüber ging es mir gut, aber jede Nacht wachte ich schreiend auf. Als Hank dies herausfand, ließ er uns hier einziehen. Ich beschwerte mich darüber, aber insgeheim war ich erleichtert. Die Nacht war nicht mein Freund.

Wenn ich mich nicht gerade an tatsächliche Ereignisse erinnere, macht mein Unterbewusstsein Überstunden, um neue, schreckliche Szenarien zu erschaffen, die nur darauf warten, dass ich einschlafe. Dann werden sie abgespielt.

Der schweigsame Biker vom Pokerspiel entpuppte sich als Hanks Freund, Slater. Ich hörte zufällig, wie Slater Hank von dem Käufer erzählte, den Dom für mich gefunden hatte. Ein kranker Typ, der angeblich Mädchen kauft, um sie über Wochen und Monate zu Tode zu quälen. So lange sie eben durchhalten.

In dieser Woche waren meine Albträume besonders schlimm.

Ich bin mir ziemlich sicher, dass ich nur deshalb ein wenig Schlaf bekomme, weil ich mich an Hank kuscheln kann. Jedes Mal, wenn ich aufwache, kann ich nach ihm greifen und mich an ihn schmiegen.

John gefällt es nicht, dass wir im selben Zimmer schlafen.

Er meint, wir sollten zuerst heiraten. Hank hat gelacht und wies darauf hin, dass John in Bezug auf die Ehe ein wenig zu übereifrig sei. John war schon öfter verheiratet, als es legal sein sollte.

Hank hat sich gerade ein eigenes Haus gekauft und möchte, dass ich permanent bei ihm einziehe, was mich in Panik versetzt.

Im Moment kann ich mir immer noch vormachen, dass unsere Situation nur vorübergehend ist. Zusammenzuziehen würde bedeuten, dass es echt ist, und ich bin mir nicht sicher, ob ich dazu schon bereit bin. Alle Menschen, die mir etwas bedeuten, verlassen mich immer.

Das ist ein weiterer Grund, warum ich gern bei John wohne, denn ich kann mitten in der Nacht auf Zehenspitzen durch den Flur schleichen, um nach meinem Bruder zu sehen. Ich muss mich vergewissern, dass er da ist und lebt.

Wenn ich bei Hank bin, muss ich mich zwingen, nicht mitten in der Nacht zwanzigmal anzurufen, um mich nach Dylan zu erkundigen. Ich muss damit aufhören. Wenn er in zwei Monaten eine psychologische Untersuchung besteht, ist er weg. Seine Pläne, der Armee beizutreten, haben sich nicht geändert. Aber nach allem, was passiert ist, wollen sie sichergehen, dass er keinen posttraumatischen Stress hat.

Wahrscheinlich wird er die Prüfung gut bestehen. Dylan hat bewiesen, dass er widerstandsfähig ist. Ich glaube, es geht ihm viel besser als mir.

Vielleicht sind es die Gene, als Dawson-Mann geboren zu sein, die es ihn mental aushalten lassen, blutig geschlagen zu werden. Dieses Mal haben sie ihm das Bein gebrochen und die Schulter ausgekugelt. Seiner Schulter geht es jetzt gut, aber sein Bein liegt noch zwei weitere Wochen im Gips.

Ob er deswegen Albträume oder Angstzustände hat, kann ich nicht sagen. Er wirkt jetzt anders. Stärker sogar. Vielleicht liegt es daran, dass er die Gelegenheit hatte, etwas Heldenhaftes zu tun, als er von Doms Männern aufgegriffen wurde. Er hatte sich selbst ergeben, als er herausfand, dass sie hinter ihm her waren, und Byron so entkommen lassen.

„Du siehst nicht so aus, als hättest du die Kraft, heute Abend zu arbeiten", sagt Hank und richtet sich auf.

„Meine Güte. Im Ernst jetzt, es geht mir gut."

Die Muskeln in seinen Armen spannen sich von den Fingerknöcheln bis zu den Schultern an, als er sich auf die Rückenlehne der Couch stützt. Sein Kiefer zuckt. Ich spüre, dass er mich zurechtweisen will, weil ich ihn angeschnauzt habe. Vielleicht damit drohen, mir den Hintern zu versohlen.

Aber er tut es nicht.

Und ich bin ... enttäuscht.

Er ist schon so, seit wir von Dom – oder besser gesagt von Huntington – verschleppt wurden. Wie auch immer sein Name ist, ich hasse ihn. Manchmal frage ich mich, ob Hank sich einfach nur verpflichtet fühlt, sich um mich zu kümmern. Es heißt, eine Bindung durch ein traumatisches Ereignis sei normal und gesund. Aber verwechseln wir diese Bindung mit Liebe?

Ich bin definitiv verwirrt.

Ich bin mir nicht sicher, wie sich Liebe anfühlt. Ein Teil von mir denkt, ich würde zu Asche zerfallen, wenn ich Hank verlasse. Der andere Teil von mir will gehen und ihn vor sich selbst retten. Ich will ihm nicht zur Last fallen.

Er fühlt sich für mich verantwortlich. Er will mich retten, aber das muss er nicht. Ich habe mich immer um mich selbst gekümmert. Warum sollte es jetzt anders sein?

Außerdem weiß jeder, dass es klüger ist, jemanden zu verlassen, bevor er dich verlassen kann.

Aber die Sache mit dem Verlassen ist die, dass ich mir auch Sorgen um ihn mache. Ein Teil von mir ist gestorben, als ich dachte, er könnte tot sein. Ich habe es ihm nicht gesagt, aber ich fühle mich ängstlich, wenn er nicht da ist. Nicht, weil ich Angst um mich selbst habe, sondern weil ich fürchte, dass ihm etwas zustoßen könnte. Mit Dylan geht es mir genauso, aber bei Hank ist es noch schlimmer.

Ich will nicht, dass er mir weggenommen wird. Nie wieder.

„Du solltest deinen Fuß nicht belasten", schimpfe ich. Sein Arzt hat ihm letzte Woche einen Gipsstiefel verpasst, und der Mann ist viel zu viel herumgelaufen. Er ist ein furchtbarer Patient.

„Warum kommst du nicht mit und sorgst dafür, dass ich in der horizontalen bleibe, Baby?"

Ich weiß, was er vorhat. Er hofft, wenn wir Sex haben, schlafe ich ein. Das hat eine Zeit lang gut funktioniert, aber es reicht nicht mehr. Ich bin vor Angst zu angespannt. Ich bin mir nicht sicher, warum ich mich so ängstlich fühle. Was auch immer der Grund ist, ich bin dankbar für die Ablenkung.

Seine Augen funkeln. Das Feuer ist gedämmt, aber ich möchte sehen, ob ich es zum Lodern bringen kann.

Ich ziehe meine Unterlippe zwischen die Zähne, bevor ich einen Schmollmund mache.

„Ich weiß nicht, Daddy. Ich bin nicht wirklich in der Stimmung."

Noch während ich das sage, spüre ich ein heißes Kribbeln zwischen meinen Beinen. Mein Puls beschleunigt sich noch mehr, als er mit einem leisen Grollen gluckst, das meine Brustwarzen hart werden lässt.

„Das überrascht mich, Prinzessin." Gemächlich streicht er mit einer Hand an meinem nackten Bein hinauf und zwischen meine Schenkel. Er lässt seine Finger hauchzart über mein Geschlecht gleiten. Er muss wissen, dass ich nass für ihn bin, aber er zuckt mit den Schultern, als ein verruchtes Lächeln um seine Lippen spielt. „Ich schätze, wir werden uns einfach hinlegen müssen."

Er zieht sich das T-Shirt über den Kopf aus. Obwohl er sich von einer Schusswunde erholt, hat er immer noch trainiert, und man kann es sehen. Seine Brust- und Bauchmuskeln sind wohlgeformt und hart. Er erlaubt mir, mich sattzusehen, bevor er weggeht.

Als er im Flur ankommt, ruft er: „Kommst du, Prinzessin?"

„Noch nicht, Daddy. Aber wenn du Glück hast, kommen wir beide in einer Minute."

„Nur eine Minute? Du machst es mir zu leicht."

„Du bist ein Krüppel."

„Pass auf, kleines Mädchen, sonst bin ich der Einzige, der in einer Minute kommt." Seine Drohung löst ein köstliches Kribbeln in mir aus. Ich will mehr. Ich will ihn drängen. Es ist ein neues krankes Spiel, das ich spiele. Ich will sehen, wie weit ich gehen kann, um bestraft zu werden.

Die Augen auf ihn gerichtet, ziehe ich mich aus, sinke auf die Knie und krieche langsam durch den Raum zu ihm in den Flur. Ich öffne seine Hose, ziehe seinen harten Schwanz heraus und lecke ihn von oben bis unten ab, bevor ich an seinem Hodensack knabbere. Dann kratze ich mit den Fingernägeln an seinem Oberschenkel hinunter.

Er krallt seine Faust in mein Haar und reißt meinen Kopf so weit nach hinten, dass meine Augen tränen. Erregung durchströmt mich.

„So soll es also sein?", knurrt er.

Als Antwort beiße ich die Zähne zusammen und er drückt meine Lippen weit auf. Er schiebt mir seinen Schwanz in den Mund und tief in die Kehle. Dort hält er ihn fest, bis ich würge und keine Luft mehr bekomme.

Das ist etwas, das ich liebe. Wenn ich an seinem Schwanz würge, wird mein Höschen jedes Mal nass. Er stützt sich an der Wand ab und tut es immer wieder und wieder, bis mein Kiefer schmerzt und meine Augen tränen.

„Bist du bereit, meinen Saft zu schlucken?"

Ich nicke, grabe meine Fingernägel in seinen Arsch, und dann stöhnt er über mir. Er ergießt sich in Stößen in meine Kehle. Und ich schlucke wieder und wieder. Ich komme fast von seiner rauen Behandlung, aber ich brauche mehr.

Er fährt mit einem Finger sanft über meine Wange. Sein Blick ist aufmerksam. „Du bist so ein braves Mädchen. Es tut mir leid, Prinzessin." Ich bin mir nicht sicher, ob er sich für den groben Blowjob entschuldigt oder für die Tatsache, dass er weiß, was ich brauche und es mir nicht geben will.

Ich schaue zu ihm auf und möchte ihn anflehen, mir zu geben, wonach ich mich sehne. Ich weiß, dass es keinen Sinn ergibt, aber die Dunkelheit, die sich in den letzten zwei Monaten in meine Adern geschlichen hat, verlangt mehr als nur leichte Schläge und Orgasmusverweigerung. Und er treibt es nicht weiter als ein wenig harten Sex. Niemals. Das ist nicht genug. Es ist niemals genug.

Ich bin mir nur nicht sicher, wie ich nach mehr verlangen soll.

Und noch beängstigender ist die Frage, was passiert, wenn er es mir gibt und diese Dunkelheit nicht verschwindet?

Kapitel Einundzwanzig

C andi
   Es gibt etwas, das ich Hank nicht erzählt habe,
   und ich werde in dem Moment daran erinnert, als
wir auf den Parkplatz des *Rusty Spur* biegen. Mir wird heiß
und kalt, als ich ihr Auto dort geparkt sehe. Kat Martin, das
Mädchen, das Cody angegriffen hat.

„Was macht die denn hier?", frage ich.

„Wer?", fragt Hank und parkt den 4Runner.

„Kat", sage ich und zeige auf ihren Wagen.

„Oh, ich glaube, sie springt für Isaac ein." Er zieht eine
fragende Augenbraue hoch. „Ist das ein Problem?"

Jetzt wäre der perfekte Zeitpunkt, um auszupacken, aber
stattdessen sage ich: „Nein, nein. Es ist schon in Ordnung. Es
ist nur ... nicht sehr angenehm, mit ihr zu arbeiten. Sie mag
mich nicht besonders." Was ja auch stimmt. Sie sieht immer so
aus, als wollte sie mir bei der kleinsten Gelegenheit eine
reinhauen.

Hank lächelt, seine Augen werden weich und er beugt sich
vor, um mir einen zarten Kuss auf die Lippen zu hauchen. Es

ist nur ein Küsschen, aber es löst trotzdem ein warmes Kribbeln in mir aus. „Ich habe noch nicht viel mit ihr gearbeitet, aber sie scheint eine harte Nuss zu sein. Ich würde es nicht persönlich nehmen", sagt er und streicht mir eine lose Haarsträhne hinter das Ohr.

Wenn er nur wüsste.

Er steht in der offenen Tür und lehnt sich hinein. „Kommst du, Prinzessin? Es ist an der Zeit, deinen Unterhalt zu verdienen."

„Ich dachte, das hätte ich heute Nachmittag getan." Es kommt schärfer heraus als die angedeutete Stichelei, die ich beabsichtigt hatte.

„Ich weiß nicht, was in letzter Zeit mit dir los ist, aber dein Hintern scheint eine ordentliche ..." Er unterbricht sich unbeholfen und presst die Lippen zusammen.

Mein Herz rutscht in die Kniekehlen. Es ist so verrückt, deswegen enttäuscht zu sein. Ich nenne ihn vielleicht Daddy und bin vielleicht seine Prinzessin und sein Baby, seine Kleine, aber vielleicht ist es besser so. Er kümmert sich um mich und ist völlig vernarrt.

Zu wollen, dass alles wieder so wird, wie es vorher zwischen uns war, ist völlig verdreht.

Aber ich vermisse den Kampf.

Die Rebellion.

Das Überwältigtsein.

„Komm schon, Candi."

„Ich komme gleich nach."

Er schaut mich eine Minute lang aufmerksam an und ich glaube, er will etwas sagen, aber er nickt nur. „Okay, aber lass dir nicht zu viel Zeit. Es wird jetzt schon langsam voll." Er schließt die Wagentür, geht zum Hintereingang der Bar und lässt sich selbst hinein.

Hank hat mir erzählt, dass er unehrenhaft entlassen wurde,

weil er bei seinem letzten Einsatz einen Offizier halb zu Tode geprügelt hatte. Er hatte den Mann bei der Vergewaltigung eines älteren Jungen aus einem der Dörfer in der Nähe erwischt. Es stand Hanks Wort gegen seins, und der Offizier hatte Beziehungen.

Er erzählte mir auch von seiner Mutter und davon, wie es war, mit einer Prostituierten als Mutter aufzuwachsen. Wie er sie tot auffand. Wie er erst zu seiner religiösen Großmutter und dann zu seinem Vater geschickt wurde, um sich dann bei der Marine zu melden, sobald er dazu in der Lage war.

Seine dunkle Vergangenheit ist noch herzzerreißender als meine eigene und zeigt nur, wie ehrenhaft und stark er ist ... und wie unwürdig ich bin, mit ihm zusammen zu sein.

Er hat auf mich herabgeschaut, als wir uns das erste Mal trafen, und jetzt glaube ich, dass er damit recht hatte. Ich bin kein guter Mensch. Nicht einmal annähernd so gut, wie er es ist.

Ich hatte wochenlang Zeit, ihm zu erzählen, dass Cody Kats Angreifer ist, und die Schuldgefühle nagen jeden Tag ein wenig mehr an mir. Ich glaube, ich habe dem FBI gegenüber seinen Namen erwähnt, als sie meine Aussage aufnahmen, aber wenn die Drogenfahndung oder das FBI Cody zur Befragung vorgeladen haben, dann weiß ich nichts davon. Es wäre sicher nicht wegen des Angriffs auf Kat gewesen.

Seit Wochen achte ich darauf, dass meine Schichten nicht mit ihren zusammenfallen. Sie hat mich noch nie gemocht, aber jetzt hat sie einen guten Grund, mich zu hassen. Ich weiß, wer sie angegriffen hat, und ich habe nichts gesagt.

Zuerst hatte ich Cody, und was er getan hat, ganz vergessen. Meine Welt beschränkte sich darauf, so zu tun, als wäre alles normal und der ganze Scheiß mit Dom nie passiert.

Als ich wieder anfing zu arbeiten, hatte ich es verdrängt, bis ich zufällig mithörte, wie Kats Freund ihrer Freundin Mimi erzählte, dass sie immer noch Panikattacken hat.

Kat macht das Gleiche durch wie ich, aber die Person, die sie in ihren Albträumen verfolgt, ist nicht hinter Gittern. Jeder Mann, der mich berührt hat. Alles Schreckliche, das ich gesehen habe. Jede schreckliche Sache, die passiert ist. Es war alles wegen Dom. Und Dom, beziehungsweise Maxwell Huntington, sitzt hinter Gittern und wartet auf seinen Prozess.

Ich bin vielleicht etwas besorgt, dass er nicht verurteilt wird. Verdammt, ich werde vielleicht nicht gut schlafen können, bis er tot ist, aber ich weiß, wer er ist. Ich kenne seinen Namen. Ich weiß, wo er sich aufhält.

Ich habe mich oft gefragt, wie viel schlimmer es wäre, wenn ich nicht wüsste, wer mich, meinen Bruder und Hank entführt hat, oder warum. Wenn wir es nur durchgemacht hätten und bei jedem Schatten zusammenzucken würden.

Das ist es, was Kat erlebt, und ich habe ihr das angetan. Und das alles nur, damit ich keinen Staub aufwirbeln muss.

Die Beziehung meines Bruders zu Dom wurde unter den Teppich gekehrt. Für die Drogenfahndung und das FBI war sein Verbrechen ein kleiner Fisch. Für sie ist er nur ein dummer Junge, der zur falschen Zeit am falschen Ort war.

Die örtliche Polizei hingegen könnte sich an den Vergehen meines Bruders stören. Soweit ich weiß, hatte die Polizei wenig bis gar nichts mit dem Fall zu tun. Die Festnahme von Maxwell Huntington wurde auch nicht in der Presse veröffentlicht. Sie halten es geheim, bis sie eine Verurteilung haben.

Ich will keine schlafenden Hunde wecken, aber jedes Mal, wenn ich Kat sehe – und einen Blick auf die dunklen Ringe unter ihren Augen erhasche, die nun auch meine Augen zieren –, frisst es mich innerlich auf.

Ich raufe mir das Haar und atme frustriert aus.

Gott, ich wünschte, ich hätte eine Zigarette. Verdammt,

jeden Tag wünschte ich, ich könnte eine Zigarette rauchen. Gott, ich habe mir einen schlechten Zeitpunkt zum Aufhören ausgesucht.

Ich schnappe mir meine Handtasche, springe hinaus und schließe die Tür hinter mir.

Ich bin auf halbem Weg zur Tür, als ich eine Stimme höre: „Hey, Candi, können wir reden?"

Mein Rücken versteift sich und ich drehe mich um.

Das Universum ist definitiv gegen mich. Oder vielleicht ist es Karma.

„Cody, was machst du hier?" Ich hätte nicht gedacht, dass ich sein Gesicht jemals wiedersehen würde, und ich bin kein bisschen erfreut, dass er jetzt vor mir steht.

„Ich vermisse dich."

Ich verdrehe die Augen. „Du wirst mich auch weiter vermissen müssen."

„Warum musst du nur so sein, Candi-Girl?"

„Wie was? Eine Ex-Freundin? Es ist aus zwischen uns, Cody. Verdammt, ich bin mit jemand anderem zusammen."

Er schlägt mir mit der Hand ins Gesicht, bevor ich überhaupt begreife, was passiert. Er krallt seine Faust in mein Haar und reißt mich herum, damit ich ihn ansehe. „Du bist mit niemand anderem zusammen", knurrt er. Ich greife mir an die schmerzende Wange und weiche vor ihm und seinem sauren Bieratem zurück. Seine kristallblauen Augen, die ich früher für hübsch hielt, leuchten wild und gemein.

„Du bist verrückt."

„Du bist mein Mädchen und es wird Zeit, dass du dich auch so verhältst." Er fängt an, mich zu seinem Wagen zu zerren, und ich kratze über sein Handgelenk.

Wut und Zorn toben durch mich.

„Lass mich verdammt noch mal los, Cody!" Ich kämpfe jetzt mit allem, was ich habe. Ich habe genug davon, von verrückten Arschlöchern misshandelt zu werden. „Ich lasse mir deinen Scheiß nie wieder gefallen!" Oder den Scheiß von irgendwem anders.

„Wir sind fertig, wann immer ich sage, dass wir fertig sind. Steig in den verdammten Truck, sofort, Schlampe."

Ich ziehe meinen Fuß zurück und trete ihn, so fest ich kann. Ich trage Stiefel und ich weiß, dass es wehtun muss, aber es ist, als würde er es nicht einmal spüren.

„Bist du high, du geldklauender Arsch?" Schließlich befreie ich mich aus seinem Griff. Natürlich ist er high. Und jetzt bin ich sauer, dass er mir die Genugtuung geraubt hat, ihm wehzutun. „Du hast keine Ahnung, wie sehr du mein Leben zerstört hast! Ich hasse dich so sehr. Warum ziehst du nicht noch eine Line Koks und lässt mich weiterarbeiten?"

Mit dem Schlag seiner Faust explodiert der Schmerz in meinem Gesicht. Kies bohrt sich an Millionen Stellen in meinen Körper, als ich zu Boden stürze. Sterne tanzen vor meinen Augen.

„Du bist ein dummes Mädchen, Candice Dawson."

Meine Sicht verschwimmt, als ich mich auf Hände und Knie drücke.

„Umpf." Alle Luft entweicht mir schlagartig, als ein Stiefel meinen Bauch trifft.

„Was wir hatten, war gut. Du wirst dafür büßen, dass du mich verlassen hast."

Hustend rolle ich mich zu einer Kugel zusammen. Nach Luft ringend umklammere ich meine Mitte, als er mich erneut tritt.

Oh Gott. Ich habe es überlebt, von Sklavenhändlern entführt und fast verkauft zu werden, und jetzt werde ich von diesem Arschloch umgebracht. Das ist Karma. Ich habe ihn nicht der Polizei ausgeliefert und dafür werde ich jetzt bestraft.

Wie aus dem Nichts höre ich einen markerschütternden

Schrei und schaue auf, als Kat mit dem Stiel eines Wischmopps auf Codys Rücken einschlägt. Sie sieht aus wie eine Verrückte. Ihre feuerroten Locken bilden einen wilden Heiligenschein um ihren Kopf wie bei einem Racheengel. Sie ist keine große Person, aber zur Hölle, sie hat einen gewaltigen Schlag. Cody stolpert und kommt mit Schwung zurück. Er schlägt Kat so fest ins Gesicht, dass sie mit einem lauten Knall zu Boden stürzt.

Sie rappelt sich wieder auf und schnappt sich den Mopp. Mordlust sprüht aus ihren Augen.

Heilige Scheiße, Kat ist knallhart.

Wie aus dem Nichts rammt ein riesiger Kerl Cody gegen die Heckklappe seines Trucks. Seine Faust gleicht einem Vorschlaghammer und er schlägt wieder und wieder auf Codys Gesicht ein. Ich bin mir ziemlich sicher, dass es Caleb ist, Kats Freund. Er war früher Navy SEAL oder so und er ist eine Bestie von einem Mann.

Ich schüttle den Kies von mir ab und schwanke auf wackligen Beinen aus dem Weg. Ich höre ein krankes Knirschen und will den Kerl davon abhalten, Cody zu töten, aber Kat hält mich zurück.

Hank stürmt zur Hintertür heraus und ist viel schneller unterwegs, als er es auf seinem noch nicht geheilten Fuß sein sollte.

„Halte ihn auf. Er wird ihn umbringen", schreie ich Hank an, aber nicht, weil es mich kümmert, ob Cody lebt oder stirbt. Ich mache mir Sorgen, dass Kats Freund ins Gefängnis kommt.

Das ist alles meine Schuld. Ich habe ihm nicht sofort die Polizei auf den Hals gehetzt, als ich erfuhr, was Cody getan hat.

„Es tut mir leid, es tut mir so leid." Ich bin mir nicht sicher, zu wem ich es sage, ich kann einfach nicht aufhören, es zu wiederholen.

Hank zerrt Kats Freund von Cody weg, der auf dem Boden liegt und versucht, sich wieder aufzurichten. Ich beachte ihn nicht. Meine Augen sind auf Hank gerichtet. Er kommt herüber und streicht mir die Haare aus dem Gesicht.

Sein Kiefer verkrampft sich, als er mich genau mustert. „Ich hätte diesen Kerl ihn töten lassen sollen."

„Nein, nein, das ist meine Schuld, es ist alles meine Schuld."

Hank zieht verwirrt die Augenbrauen zusammen. „Wovon redest du?"

„Ich wusste es, ich wusste, was er getan hat, und ich habe nichts gesagt ..."

„Baby, du ergibst keinen Sinn." Plötzlich ist Hanks Aufmerksamkeit auf etwas über meiner Schulter gerichtet und er schubst mich, sodass ich umfalle. Wir fallen immer noch, als der Schuss wie eine Kanone ertönt, gefolgt von einem Schrei, der mir das Blut in den Adern gefrieren lässt. Hank hat seinen Körper um mich geschlungen, als wir auf dem Boden aufschlagen.

Sekunden später rast Codys Wagen vom Parkplatz.

Und dann sehe ich Kat auf dem Boden und da ist Blut, so viel Blut.

Sie wurde angeschossen.

Oh Gott, Kat wurde angeschossen.

Alles verschwimmt. Polizeisirenen heulen auf und Hank ruft einen Krankenwagen.

Zwei Streifenwagen fahren vor und überall sind Menschen. Die Beamten helfen Kat. Einer der Beamten fragt, ob jemand weiß, wer der Angreifer ist. Das reißt mich aus meiner Benommenheit.

„Cody Matthews", sage ich mit mehr Kraft, als ich sie von mir erwartet hätte. „Er ist mein Ex-Freund. Er war auch derjenige, der Kat damals im Dezember angegriffen hat." Es fühlt sich gut an, es laut auszusprechen und zu wissen, dass er ins Gefängnis kommt.

Kat, die auf dem Boden liegt, hört mich und schreit: „Ich werde dir in den Arsch treten. Du hast es gewusst. Du wusstest es und hast nichts gesagt, du Schlampe!"

„Es tut mir leid!" Es tut mir mehr leid, als Kat je wissen wird. Ich hätte das alles verhindern können.

Hank sieht mich stirnrunzelnd an und ich weiß, dass er sich fragt, warum ich Cody nicht angezeigt habe. Warum ich nichts gesagt habe.

„Er hat mich erpresst und ich musste meinen Bruder schützen", versuche ich zu erklären. „Ich musste meinen Bruder beschützen."

Ich kralle mich in das Hemd auf seiner Brust und bete, dass er es versteht, aber sein Gesicht wird hart.

„Du bist mit dem Schutz deines Bruders viel zu oft viel zu weit gegangen. Du wusstest es seit Monaten und hast mir nichts gesagt. Schon wieder. Wann fängst du endlich an, mir zu vertrauen, hmm, Candi?"

„Das tue ich. Ich vertraue dir."

„Wirklich, deshalb erfahre ich das jetzt? Weil du mir vertraust?"

Der Krankenwagen trifft ein und wir sehen zu, wie Kat hineingeschoben wird, während wir der Polizei unsere Aussagen geben. Es stehen immer noch Streifenwagen auf dem Parkplatz, als Hank die Leute dazu bringt, wieder hineinzugehen.

„Komm, Candice, du brauchst Eis auf deinem Gesicht."

Ich umklammere meinen Bauch, als wir hineingehen und das Hinterzimmer betreten. Hank sieht es, zieht meine Hand weg und hebt mein Oberteil hoch.

„Großer Gott", flucht er, reibt sich mit der Hand über das Gesicht und marschiert hinaus. An meinem Bauch bilden sich bereits Blutergüsse. Der Abdruck seines Stiefels ist deutlich zu erkennen.

Er kommt zurück und sein Blick ist finster. Er sagt nichts, als er mir in ein Handtuch eingewickeltes Eis reicht.

„Es tut mir leid, Hank."

„Setz dich hin und drücke das verdammte Eis auf dein Gesicht."

Ich tue, was er sagt, und starre unglücklich zu ihm auf. Er funkelt mich immer noch an. „Wirst du mit mir reden?" Ich hasse es, dass er wütend auf mich ist. Ich weiß, er hat jedes Recht, sauer zu sein, aber ich will wenigstens, dass er mich anschreit oder so.

„Ich kann das jetzt nicht. Ich muss eine Bar betreiben und ich bin sicher, John hat bereits Wind davon bekommen und ist auf dem Weg. Wir werden später darüber reden."

„Aber, Hank ..."

„Ich sagte später." Er wirft mir einen letzten enttäuschten Blick zu, bevor er zur Tür hinausgeht.

* * *

Hank

Das Leben ist abgefuckt.

Ich bin abgefuckt. Candi ... Candi ist definitiv abgefuckt.

Gott, dafür, dass sie so schlau ist, verhält sie sich richtig dumm, wenn es um Dylan geht.

Ich glaube, ich bin selbst ziemlich dumm, denn ich kann fast verstehen, warum sie Cody nicht angezeigt hat. Die Dinge, die ich tun würde, um sie zu beschützen, sind idiotisch. Unlogisch. Illegal.

Was ich nicht verstehe, ist, warum sie nichts zu mir gesagt

hat. Ich hätte gedacht, dass sie weiß, dass sie mit mir reden kann.

„Hasst du mich jetzt?", fragt sie mit leiser Stimme.

Die Bar ist geschlossen. Wir sitzen im Hinterzimmer auf der alten Couch nebeneinander. Ich wollte dieses Gespräch nicht bei John zu Hause führen. Mein alter Herr ist stinksauer, dass eine seiner Angestellten vor seiner Bar angeschossen wurde. Zum Glück wird Kat wieder gesund werden. Die Kugel hat nur ihren Hintern gestreift, aber es hätte viel schlimmer sein können. Und Candi hätte es verhindern können, wenn sie ihren bescheuerten Ex angezeigt hätte.

Ich kann mir Johns Wut im Moment nicht antun. Ich kann kaum meine eigene Wut verarbeiten. Ich weiß nicht, ob ich sie mit zu mir nach Hause nehmen kann, ohne ihr den Hals umzudrehen.

Anscheinend weiß ich im Moment überhaupt nicht, wie ich mit Candi umgehen soll, denn wir sitzen schon seit zehn Minuten schweigend da. Ihre Worte reißen mich jedoch aus meinen Gedanken.

Hasse ich sie? Nein, ich könnte sie niemals hassen. Aber ich möchte ihr gern den Hintern versohlen. Und nicht nur ein wenig. Ich will sie fesseln und sie schreien und heulen lassen, bis sie mich anfleht, ihr zu vergeben. Das ist nur ein weiteres Zeichen dafür, wie abgefuckt ich bin. Denn nach allem, was sie durchgemacht hat, würden all die Dinge, die ich ihr antun möchte, sie brechen.

„Ich hasse dich nicht." Ich hasse mich selbst. Sie ist gebrochen und ich muss sanft zu ihr sein. Ich weiß nicht, wie ich das machen soll. Sie schleicht jede Nacht wie ein Geist herum, schläft nicht. Sie isst nicht. Ich weiß nicht, was zum Teufel ich tun soll.

Ich bin vorsichtig mit ihr, bringe sie zum Essen, schicke sie zu einem Therapeuten, versuche, sie in die Gegenwart zu holen, aber es scheint nicht zu reichen.

„Ich bin enttäuscht von dir", höre ich mich sagen.

„Das ist noch schlimmer", sagt sie mit leiser Stimme.

„Ich weiß nicht, wie ich dir helfen soll, wenn du es mir nicht sagst. Ich habe das Gefühl, dass du mir nichts von dem erzählst, was wirklich in dir vorgeht."

„Wie kommst du darauf, dass es deine Aufgabe ist, mir zu helfen?", fragt sie mit tränenerstickter Stimme.

„Warum glaubst du, es sei deine Aufgabe, deinen Bruder zu beschützen?" Ich habe es so satt, dass sie sich in Gefahr begibt, weil sie sich zu Dylans persönlicher Retterin ernannt hat. Ich verstehe vielleicht, warum sie es tut, aber das heißt nicht, dass es mich nicht ankotzt.

„Das ist nicht dasselbe", sagt sie und zupft an einem losen Faden an ihrer Bluse. „Ich musste Dylan immer beschützen. Er ist alles, was ich habe."

Ihre Worte treffen mich wie ein Schlag ins Gesicht. „Wenn es das ist, was du wirklich glaubst, dann ist dieses Gespräch wohl beendet."

Candi schaut entsetzt zu mir auf und ergreift meine Hand, als ich aufstehe. „Hank, bitte, ich habe es nicht so gemeint."

„Das glaube ich schon, Prinzessin", maule ich. „Du vertraust mir nicht und hältst mich nicht für jemanden, auf den du dich verlassen kannst." Ich dachte, sie würde sich in mich verlieben, aber ich habe Abhängigkeit mit Liebe verwechselt.

„Aber ich vertraue dir, das tue ich wirklich."

„Ich habe dich gezwungen, bei mir einzuziehen, und vielleicht war das falsch." Ich wollte ihre Nähe. Ich wollte in der Lage sein, ihre Drachen zu töten und mich um sie zu kümmern, aber das war ein Fehler. „Ich werde dir helfen, eine eigene Wohnung zu finden. Nicht dieses Drecksloch, dass dein

Vater gemietet hat. Das Haus ist ein Schweinestall. Wir finden eine anständige Wohnung für dich."

„Was? Du willst, dass ich ausziehe?"

„Ich bin kein Masochist. Ich werde meinen Kopf nicht gegen eine Wand schlagen. Ich habe versucht, dir zu helfen. Dich zu lieben. Wir sind nicht auf der gleichen Wellenlänge. Ich verstehe es."

„Es liegt nicht an dir, Hank. Ich bin im Moment völlig durcheinander. Ich hätte dir sagen sollen, was mit mir los ist, aber ich hatte Angst."

„Ich verstehe." Ich nehme ihre Hände, ziehe sie hoch und küsse ihre Stirn. „Ich kann dir nicht helfen. Ich dachte, ich könnte es, aber offensichtlich willst du das nicht von mir." Ich zucke mit den Schultern, als sei es in Ordnung, obwohl ich ein Loch in die Wand schlagen möchte. Es ist alles andere als in Ordnung. „Warum fahren wir nicht nach Hause?"

„Nein, wir müssen noch reden, ich bin noch nicht bereit, nach Hause zu fahren."

„Ich schlafe heute Nacht auf der Couch."

„Ich will nicht, dass du auf der Couch schläfst." Eine Träne rollt über ihre Wange.

„Warum sagst du mir dann nicht, was zum Teufel du willst, denn ich bin kein Gedankenleser. Alle Anzeichen, die ich sehe, deuten auf ein Mädchen hin, das keine Beziehung haben möchte."

Ihr Mund öffnet und schließt sich und ich wende mich zum Gehen. „Komm, lass uns nach Hause gehen."

„Ich will, dass du mich bestrafst", sagt sie mit leiser Stimme. „Ich brauche es."

Ich glaube nicht, dass ich sie richtig verstanden habe, aber ein Blick in ihr Gesicht so voller Schmerz und Qual, und ich weiß es. „Jetzt?"

„Gott, ja. Bitte."

„Glaubst du wirklich, dass du dazu bereit bist?"

Sie nickt. Sie nimmt meine Hand und legt sie an ihre Wange. Sie küsst meine Handfläche. „Ich spüre, wie sich dieses Taubheitsgefühl einschleicht. Es wird immer schlimmer. Manchmal habe ich das Gefühl, dass es sich um meine Kehle schlingt und mich erwürgen will.

„Jedes Mal, wenn ich die Augen schließe, liege ich wieder auf dem Boden des Geländewagens und ringe nach Luft, oder ich sehe meinen Bruder gefesselt und blutüberströmt oder ..." Tränen laufen über ihr Gesicht, aber sie hält meine Hand wie eine Rettungsleine fest. „Ich weiß, dass es falsch war, Cody nicht anzuzeigen, aber damit konnte ich nicht auch noch klarkommen. Nicht nach allem, was passiert ist.

Kat wird mir nie verzeihen. Und ich mache ihr keinen Vorwurf. Ich glaube nicht, dass ich mir selbst jemals verzeihen werde, dass ich wusste, was Cody getan hat und nichts gesagt habe. Aber wenn du mir verzeihen könntest ... Du musst mir verzeihen, bitte. Verzeih mir, dass ich dir nicht vertraut habe. Vergib mir, dass ich dir Dinge vorenthalten habe. Hilf mir, mir selbst zu verzeihen, denn so wie ich mich jetzt fühle, bin ich so ... leer."

„Candi", sage ich und halte dann inne, weil mir die Worte fehlen.

Sie bittet nicht nur um Vergebung. Sie bittet mich, sie zu bestrafen. Sie zu fordern. Die Dämonen aus ihrem Kopf zu vertreiben.

Ich reibe mir den Nacken, um die ansteigende Spannung zu lösen. Ich dachte, ich hätte ihr geholfen, ihre Drachen zu töten, aber ich bin es ganz falsch angegangen. Indem ich sanft zu ihr war, habe ich sie offensichtlich im Stich gelassen.

„Bitte, Daddy", flüstert sie. Ihr Gesicht ist so ernst. So wunderschön.

Ich habe mich zurückgehalten. Aber ich werde mich nicht länger zurückhalten.

Ich packe ihren Nacken, ziehe sie zu mir hoch und nehme ihren Mund mit all dem rauen Verlangen in Besitz, das in mir angestaut ist, bis sie nach Luft schnappt. Ihre Augen sind voller verzweifelter Sehnsucht nach der Art von Erlösung, die nur ich ihr geben kann.

Ich reibe mit dem Daumen über ihre bereits geschwollenen Lippen. „Keine Sorge, meine Kleine. Daddy weiß genau, was du brauchst."

Ich hoffe nur, dass es reichen wird.

Kapitel Dreiundzwanzig

Candi

Als ich fünfzehn war, brachte mir mein älterer Bruder Robbie das Autofahren bei. Ich revanchierte mich dafür, in dem ich sein Auto stahl. Es war ein alter Pontiac Firebird, Baujahr 1993, und sein ganzer Stolz. Ich fuhr damit über die Landstraßen und fühlte mich wie auf dem Gipfel der Welt. Dann kam ein Stück Schotter und ich verlor die Kontrolle. Die Freude schlug in Entsetzen um, als ich mich im Kreis drehte und nicht wusste, wann ich zum Stehen kommen würde. Ob ich mit etwas zusammenstoßen würde.

Irgendwann hörte ich auf, mich zu drehen. Ohne Zusammenstoß. Aber Robbies Wagen war völlig zerkratzt und der Auspuff war eingedrückt.

So fühle ich mich jetzt auch. Als ob ich außer Kontrolle gerate. Ich hoffe, dass ich es unbeschadet überstehen werde, aber aus Erfahrung weiß ich, dass selbst wenn man keinen Unfall baut und nicht verbrennt, man nie unbeschadet davonkommt.

Das Einzige, was mich jetzt vor dem Absturz bewahrt, ist

meine Hand in Hanks Hand. Sie ist ein Anker. Eine Rettungsleine.

Die Fahrt hierher war still. Sein Gesicht ist hart und ich kann nicht sagen, was er denkt. Aber seine Augen ... Der Funke des Feuers, der gefehlt hat, ist wieder da. Es ist dieses Feuer, das mich mit der Hoffnung füllt, dass alles gut werden wird und dass er wirklich weiß, was ich brauche. Dass er mehr als bereit ist, es mir zu geben.

Wir betreten seine Wohnung, aber er schaltet das Licht nicht ein. Er führt mich durch die Dunkelheit in sein Zimmer. Erst dort knipst er eine Lampe an.

Das Innere seines Schlafzimmers ist genauso schlicht wie sein Zimmer bei John, aber anstatt eines Doppelbettes hat er ein Kingsize-Bett. In der Ecke steht ein Holzstuhl mit einem ausgeschnittenen Herz auf dem Sitz und einer niedrigen Rückenlehne. Er sieht aus wie etwas, das er auf einem Land-flohmarkt gekauft hat. Er nennt ihn den Stuhl für unartige Mädchen, aber ich habe noch nie gesehen, dass er ihn für etwas anderes als zum Sitzen benutzt, wenn er seine Stiefel anzieht.

Er lässt meine Hand los und kramt im Schrank herum. Er wirft einen Stapel Sachen auf das Bett, und bevor ich eine vollständige Bestandsaufnahme machen kann, packt er mein Kinn und zwingt mich, zu ihm aufzusehen. „Augen auf mich. Zieh dich aus und knie am Fußende des Bettes nieder."

Plötzlich erinnere ich mich daran, wie ich mich für Dom ausziehen musste, und ich frage mich, ob ich sexy sein sollte. Meine Hände zittern und ich glaube nicht, dass ein Striptease im Moment gut ankommen würde. Bluse, Rock, BH und Höschen werden auf einen Haufen geworfen, bevor ich vor Hanks Füßen zu Boden sinke.

„Ich sagte, Augen auf mich, junge Dame." Er hebt mein Kinn an und zwingt meinen Blick wieder zu sich. Seine Stimme ist kalt, aber die Art, wie er mich ansieht, ist alles andere als das. Allein sein Blick heizt mich auf. „Meine kleine Prinzessin will also, dass ich sie bestrafe", sagt er und fährt mit dem Daumen über meine Unterlippe.

Wenn ich höre, wie er laut sagt, was ich will, frage ich mich, ob ich verrückt bin. „Ja, Daddy." Meine Stimme ist ein zittriges Flüstern.

„Hände hinter den Kopf."

Ich hebe meine Hände und beobachte, wie er ein Stück Seil vom Bett aufhebt. Ich entdecke Nippelklemmen, bevor er meinen Blick wieder zu sich hochreißt. „Welchen Teil von ‚Augen auf mich' hast du nicht verstanden, junge Dame?"

„Es tut mir leid, Daddy."

„Oh, das wird es", sagt er und bindet meine Handgelenke hinter meinem Hals zusammen. Das Seil ist weich und ich erschrecke, als er einen doppelten Strang um meinen Hals schlingt und dann die Enden an meinen Handgelenken befestigt. Ich ziehe meine Handgelenke versuchsweise zurück und fühle, wie sich die Seile vor meiner Kehle zusammenziehen, was sofort meine Atmung behindert. Ich spüre, wie mein Geschlecht mit feuchter Hitze überflutet wird, während mein Herz vor Angst aus meiner Brust zu schlagen scheint.

Mein panischer Blick schießt zu ihm hoch.

Sein Lächeln ist wild, während er mit einem Finger über meine Wange streicht. „Ich weiß, wie gern mein kleines Mädchen an Daddys Schwanz würgt. Das könnte dir auch gefallen." Als er den letzten Teil sagt, streicht er mit den Fingerkuppen über das Seil an meinem Hals. „Aber täusche dich nicht. Dies ist Teil deiner Bestrafung. Du hast mir nicht genug vertraut, um mir zu sagen, was los ist. Jetzt wirst du mir vertrauen müssen, dass ich dich atmen lasse ... Das wird mehr als alles sein, was wir bisher gemacht haben, Prinzessin. Bist du bereit dafür?"

Fast hätte ich genickt, aber dann überlege ich es mir anders. „Ja, Daddy."

„Wenn es zu heftig wird, hebst du zwei Finger, und ich höre sofort alles auf. Die Seile können abgenommen werden. Wir können für heute Nacht fertig sein. Ich werde nicht enttäuscht von dir sein."

„Zwei Finger. Verstanden", sage ich, aber ich habe nicht vor, ein Safeword oder ein Signal zu benutzen. Ich brauche das hier mehr, als ihm bewusst ist.

Er krallt seine Hand in mein Haar und nähert sich meinem Gesicht. „Ich meine es ernst, Candi. Ich bin dein Daddy, ich bin dein Dom. Ich werde alles stoppen, wenn ich denke, dass du genug hast und es selbst nicht sagst. Dann werde ich wirklich enttäuscht von dir sein. Hast du das verstanden?"

„Ja, Sir", stoße ich eilig hervor. Es ist schon so lange her, seit Hank so war, dass es mich überrumpelt. Ich hatte vergessen, wie furchterregend er sein kann.

„Jetzt bettle für mich", sagt er mit seiner Hand immer noch fest in meinem Haar. Mit der freien Hand greift er nach meiner Brustwarze, kneift und verdreht sie so fest, dass es mir den Atem raubt. Tränen steigen mir in die Augen und ich versuche, zurückzuzucken, aber ich bin gefangen. „Bettle um das, was du willst, Prinzessin."

„Bitte, bitte, Daddy." Ich kann nicht mehr klar denken, als er meine andere Brustwarze auf die gleiche grobe Art behandelt. Er zwickt und verdreht sie, bis sie pulsiert.

„Du bist so hübsch, wenn du bettelst, meine Kleine. Ich brauche mehr als das."

„Bitte, Daddy, bitte, wirst du mich bestrafen?"

„Warum?"

Seine Frage wirft mich aus der Bahn. „Weil ich es brauche", sage ich ehrlich. „Weil ich es verdiene."

„Kann jemand anderes das für dich tun?"

„Nein, nur du."

„Denke daran, wenn du das nächste Mal glaubst, dass du mir nicht vertrauen kannst. Dass du niemanden hast, auf den du dich verlassen kannst."

Ich habe ihn mit meiner Gedankenlosigkeit verletzt. Ich habe ihn weggestoßen, obwohl ich ihm hätte sagen sollen, was in mir vorgeht. „Es tut mir leid."

„Ich weiß, Prinzessin. Und jetzt hast du genug geredet." Ein Stoffstreifen wird über meinen Mund gezogen und an meinem Hinterkopf festgebunden. Er hilft mir, aufzustehen, lehnt sich zu mir und flüstert mir ins Ohr. „Ich möchte nicht, dass die Nachbarn dich schreien hören."

Ich reiße die Augen weit auf und er grinst, als er nach den Nippelklemmen greift, die mit einer Kette verbunden sind. Meine Brustwarzen pulsieren immer noch, als er eine Klammer an meiner linken Brustwarze befestigt. Ich muss darum kämpfen, stillzuhalten, als sich kleine Metallzähne in meine Brustwarze bohren. Mit jeder Umdrehung wird sie fester und sendet überraschende Stöße in meine Klitoris, die mit schmerzhaftem Bewusstsein pulsiert. Als die Klemme an meiner Haut befestigt ist, nimmt er die andere und lässt die Kette zwischen meine Brüste fallen. Der schockierende Ruck lässt mich nach Luft schnappen.

Ich versuche, mich zurückzuziehen, aber ich schaffe es nur, mich selbst zu würgen. Der Schmerz lässt mich schwindlig fühlen und ich gerate in Panik. Ein stechender Schlag gegen meinen äußeren Oberschenkel lässt mich die Augen schlagartig aufreißen.

„Beruhige dich", sagt er und hält meine Taille fest, während ich um meine Fassung kämpfe. Als meine Atmung ruhiger wird, legt sich der überwältigende Schmerz in meinen Brustwarzen und breitet sich in Wellen flüssiger Hitze aus.

„Da ist ja mein Mädchen", sagt er. „Ich glaube, du bist jetzt bereit für mehr, nicht wahr, Prinzessin?"

Ich antworte nicht und er wartet auch nicht auf eine Antwort. Er führt mich herum und beugt mich über die Lehne eines Stuhls, wobei er darauf achtet, meine Blutergüsse nicht zu berühren. Ich wimmere, als die Nippelklemmen mit meinen Brüsten nach vorn schwingen. Die dicke Kette sorgt für zusätzliche Spannung.

Er drückt meine Beine hüftbreit auseinander und befestigt meine Knöchel an den Stuhlbeinen. „Du hast wirklich die wunderschönste Muschi aller Zeiten, Prinzessin." Ich spüre, wie er die Worte gegen mein sehnsüchtiges Geschlecht haucht. Ich weiß, dass er genau da ist, aber er berührt oder leckt mich nicht.

Ein Lufthauch und ich warte, angebunden und gefesselt. Ich bin mir nicht sicher, was er macht. Ich muss nicht lange darüber nachdenken, als ein stechender Schlag auf meinem Hintern landet. Es ist nicht seine Hand und auch nicht sein Gürtel. Das mysteriöse Gerät erzeugt bei jedem Schlag ein feuriges Brennen.

Wieder schlägt er zu, auf beide Pobacken, und ich schreie und zucke. Ich würge mich und meine geklammerten Brüste schwingen. Mein Körper wird von Empfindungen überflutet, während ich versuche, stillzuhalten und jeden Schlag zu ertragen. Mit dem Brennen zu verschmelzen. Es über mich ergehen zu lassen. Aber er macht es mir schwer. Ich kann nicht voraussagen, wann der nächste stechende Schlag kommen wird.

Die Zeit bleibt stehen und ich ertrage jeden schockierenden Hieb, bis ich ein verschwitztes, keuchendes, sabberndes Chaos bin.

„Das machst du so gut, meine Kleine." Er geht zur Vorderseite des Stuhls herum und streicht mir die Haare aus dem nassen Gesicht. „Bist du bereit für mehr?"

Ohne zu zögern, nicke ich, wobei ich darauf achte, mich nicht selbst zu würgen.

„Also dann denke ich, wir können mit denen hier fertig sein." Er greift nach unten und löst schnell die eine und dann die andere Klammer von meinen Brüsten. Ich krümme meinen Rücken und quietsche hinter meinem Knebel, als das Blut in pulsierenden Wellen durch meine Brustwarzen flutet.

Als sich meine Atmung beruhigt, schlägt er auf die eine Brust und dann auf die andere, bis ich unter meinem Knebel schreie und gegen meine Fesseln ankämpfe. Als er aufhört, erschlaffe ich und hänge über der Stuhllehne, während er mein Haar streichelt, bis meine Atmung sich wieder beruhigt hat.

„Aber, aber, aber, Baby, du bist ja ganz feucht." Er fährt mit einem Finger über meinen Schlitz und streicht über meine Klitoris, sodass ich zusammenzucke und mich würge. Ich spüre, wie noch mehr Feuchtigkeit aus mir herausquillt, als er einen dicken Finger in mich hineinschiebt. Hinein und heraus gleitet er mit seinem Finger. Er drückt gegen meinen G-Punkt, bewegt sich aber zu langsam. Dann zieht er den Finger, kurz bevor ich Erlösung finden kann, zurück. Er quält mich.

Das ist ein Teil des Schmerzes. Ein Teil der Bestrafung. Er wird mich nicht kommen lassen.

Ich weiß es und versuche trotzdem, meine Hüfte zu bewegen und seinen Fingern nachzujagen. Ich will betteln, um mehr betteln, um Erlösung betteln. Als ich spüre, wie etwas Kaltes und Metallisches in mich eindringt, möchte ich schreien. Er wirbelt es herum und macht es feucht. Jeden Moment wird er mir einen Analplug einführen, aber das hält meine inneren Muskeln nicht davon ab, sich um das gerundete Spielzeug zu klammern, um die Reibung zu finden, die ich brauche.

„Netter Versuch", sagt er, zieht ihn heraus und lässt meine arme Muschi nach Luft schnappen. „Mein Gott, Prinzessin.

Du bist so verdammt schön, wie du jetzt bist." Ich glaube, er schaut dabei auf meine Muschi und möchte gern in mir stecken – tief in meinem nassen, geschwollenen, pulsierenden Inneren. In dem Teil von mir, der danach schreit, gefüllt zu werden.

Ich verkrampfe meinen ganzen Körper, als er den Analplug an meine Rosette drückt und auf meinen empfindlichen Arsch klatscht. „Sei ein braves Mädchen und öffne dich für Daddy." Es ist so lange her, dass er dies getan hat, dass es das gleiche Brennen verursacht wie beim ersten Mal. Nur dieses Mal schiebt Hank ihn ohne Gnade in mich hinein. Ich schwöre, dieser Plug ist größer. Ich fühle mich weit aufgespreizt und der Schmerz schickt Pulse heißer Verwirrung durch meinen Körper.

Ich gewöhne mich immer noch an dieses neue Gefühl, als ein Schlag auf meinen Hintern trifft, der mich zusammenzucken und aufschreien lässt. Der Gürtel. Der Lederriemen peitscht über meinen geschundenen Arsch und brennt bei der Berührung. Er versengt mich mit glühenden Striemen.

Ich versuche, stillzuhalten, aber ich kann nicht anders, als in meinen Fesseln zu zucken, während ich hinter meinem Knebel schreie. Meine Schreie verwandeln sich in Schluchzen.

Er stellt sich an meine Seite und zieht die Fesseln an meinen Handgelenken hoch, sodass meine Luftzufuhr unterbrochen wird. Mein Körper hört auf, sich zu wehren. Der Gürtel beißt in meinen Hintern. Schwarze Ränder lassen meine Sicht verschwimmen. Sterne tanzen vor meinen Augen und dann lockert er seinen Griff um meine Halsfessel.

Ich schnappe nach Luft, aber er tut es wieder und wieder, bis ich einen Rhythmus gefunden habe, in dem ich Luft hohle, bevor er das Seil zusammenzieht und Blitze über meine Haut zucken.

Meine Welt beruhigt sich, sinkt in einen Nebel, bis ich aus der Dunkelheit, die mich umgibt, herausschwebe. Ich fliege.

Die ganze Zeit über spricht er zu mir, lobt mich. Ich kann seine Worte nicht verarbeiten. Tränen laufen über mein Gesicht. Erlösung durchströmt mich. Sie durchflutet meine Adern. Hebt mich in neue Höhen.

Sie webt sich um meine Seele und strickt Flicken über die leeren Stellen.

Hank hat mich durch die Dunkelheit geführt.

Endlich kann ich das Licht sehen.

* * *

Hank

Ich habe noch nie gesehen, wie eine Frau in den ‚Subspace' gleitet, aber ich weiß, was es ist. Ich weiß, dass meine Prinzessin in diesem Moment darin fliegt. Ein euphorisches Glühen pulsiert durch meine Adern und ich bin mir ziemlich sicher, dass ich mich im ‚Domspace' befinde.

Ich löse ihre Fesseln. Mein Fuß schreit aus Protest, als ich Candi in meine Arme hebe und sie zum Bett trage. Ich hülle sie wie einen Burrito in meine Decke, bevor ich Wasser und einen Snack aus der Küche hole, für wenn sie aufwacht. Ich ziehe mich aus, steige zu ihr ins Bett und schließe sie in meine Arme.

Ich wusste nicht, dass ich mich so zufrieden fühlen kann. So friedlich.

Sie blinzelt mich mit ihren großen, blauen, müden Augen an. Dieses Mädchen, mit dem ich nichts zu tun haben wollte, ist jetzt meine Welt. Sie fährt mit ihren Fingern über meinen

Bart. Ich werde ihn niemals abrasieren, weil ich es verdammt noch mal liebe, wenn sie mich so streichelt.

„Verlass mich nie", haucht sie ihre Bitte und es schmerzt in meiner Brust, dass sie das sagen muss.

„Für nichts auf der Welt, Prinzessin."

„Ich liebe dich. Ich hätte nicht gedacht, dass ich jemals jemanden so lieben würde, wie ich dich liebe, aber ich tue es."

„Ich liebe dich auch", sage ich, aber ihre Augen sind geschlossen und ich bin mir ziemlich sicher, dass sie bereits schläft.

Ich verbringe die nächste Stunde damit, ihrem Schlummer zuzuschauen. Sie ist so friedlich, wie ich sie noch nie gesehen habe. Ihr Brustkorb hebt und senkt sich mit schweren Atemzügen. Hoffentlich schläft sie dieses Mal die ganze Nacht durch. Als ich sie beobachte, kann ich nicht anders, als ein triumphierendes Gefühl zu verspüren. Vielleicht wird sie immer noch schlechte Nächte haben. Tage, von denen sie sich wünscht, sie würden einfach enden. Aber für den Moment habe ich ihre Drachen getötet.

Und um sie so hier bei mir zu behalten ... würde ich noch eine Million mehr töten.

Epilog

Sechs Monate später

„Au, Hank, ich habe mich doch entschuldigt. Ist das wirklich nötig?"

„Entschuldige, was glaubst du, mit wem du sprichst?" Ich schiebe ihren Rock hoch und ziehe ihr das Höschen hinunter, das bereits einen feuchten Fleck aufweist. Ich reiße meinen Arm zurück und schlage fest zu. Ich genieße es, wie ihr ganzer Körper zusammenzuckt, als sie aufschreit.

„Daddy, Daddy, es tut mir leid. Ist das denn nötig?"

„Oh, ja, es ist nötig." Mein Schwanz schmerzt, so hart ist er, als mein Handabdruck auf ihrer Arschbacke aufblüht. Ich habe sie in meinem Büro in der Bar über meinen Schreibtisch gebeugt. Meine Hand klatscht erneut auf ihren Hintern und es verschafft mir eine unheilige Befriedigung, sie schreien zu hören und sich winden zu sehen. „Ich habe etwas, an dem du saugen kannst, wenn du so dringend etwas im Mund brauchst."

„Ich wollte nur eine Zigarette."

„Du hast aufgehört." Ich versohle ihr den üppigen Hintern noch fester.

„Unter Zwang!"

„Nun, jetzt ist dein Arsch unter Zwang." Ich treffe sie erneut und sie stöhnt. Ihr Hintern ist schon glühend rot. Der Anblick des Honigs, der aus ihrer süßen Muschi tropft, macht meinen Schwanz härter als Stahl. Als sie mit ihrem süßen Hintern wackelt, weiß ich, dass sie mich reingelegt hat.

Ich sollte wütend sein, aber das macht mich nur noch schärfer darauf, meinen Schwanz in sie zu stoßen.

Ich greife in ihr Haar und ziehe sie hoch. „Oh, Prinzessin. Wenn du versuchst, Daddy mit ‚Große Mädchen'-Spielchen zu manipulieren, wirst du wie ein großes Mädchen bestraft werden."

* * *

Candi

Ein elektrischer Funke durchzuckt mich bei seinen Worten und ich weiß, dass er mich erwischt hat. Ich habe mich absichtlich mit dieser Zigarette ertappen lassen. Ich hatte nicht wirklich vor, sie zu rauchen. Sicher, ich würde gern, aber ich habe viel zu hart daran gearbeitet, nicht mehr zu rauchen, um jetzt der Versuchung nachzugeben. Es ist nur so, dass ich tief in meinem Herzen ein böses, böses, böses Mädchen bin und mich danach sehne, wie ein solches bestraft zu werden.

Es ist ganz allein seine Schuld. Bei ihm fühlt es sich so gut an, böse zu sein.

„Ich weiß nicht, was du meinst, Daddy", sage ich mit falscher Aufrichtigkeit.

Er drückt mich auf *meinen* Schreibtisch in *meinem* Büro in *unserer* Bar hinunter. Sekunden bevor seine heiße Länge in mich eindringt, höre ich einen Reißverschluss. Er füllt mich mit einem harten Stoß. Er presst seine Hand zwischen meine

Schultern, während er in mich hämmert, bis mein Körper sich fest um ihn zusammenzieht.

Er reißt seinen Schwanz heraus und ich möchte vor Frustration schreien. „Bitte, Bitte, Daddy, lass mich kommen?"

Mit seinem Daumen streicht er meine Feuchtigkeit über meine Rosette und ich verspanne mich, weil ich weiß, was kommt, bevor sein Finger in meinem Arsch versinkt. Ich versuche, mich von dem Gefühl wegzuwinden, aber er hält mich fest, bevor er seinen Schwanz wieder in meine Hitze gleiten lässt.

„Darfst du entscheiden, ob und wann du kommst?", knurrt er.

„Nein, nein, darf ich nicht." Ich möchte meinen Kopf gegen den Schreibtisch schlagen, während er seinen Schwanz gemächlich in mir bewegt.

„Und wo Daddy dich fickt? Welches Loch dein Daddy mit seinem Sperma füllt, darfst du das entscheiden?"

Mein Körper erstarrt vor Angst bei seinen Worten, auch wenn ich dagegen ankämpfe, mich um seine Länge zusammenzuziehen. „Nein, Daddy."

„Und wenn Daddy dich mit seinem Schwanz würgen wollte, bis er in deine Kehle spritzt?" Er schlingt eine Hand um meine Kehle und drückt sie wie zur Verdeutlichung zu. Bei dieser Bewegung läuft noch mehr Feuchtigkeit aus mir heraus, während sein bösartiges Glucksen in meinen Ohren klingt. Er spielt mit mir und das macht mich nur noch heißer. „Wessen Entscheidung wäre das, Prinzessin?"

„Deine, Daddy. Nur deine." Und ich liebe es so. Seine Macht über mich. Die Art, wie er mit meinem Körper spielt.

Er entzieht sich mir wieder und ich versteife mich, als ich seine feuchte Spitze an meiner Rosette spüre. Mein ganzer Körper zittert, als er durch den Muskelring stößt und in mich eindringt. Ich wimmere bei der Dehnung, auch wenn ich mich ihm entgegenstreckte, um mehr von ihm aufzunehmen.

„Scheiße, du bist so eng, Prinzessin." Und seine Worte bringen mich dazu, meine Muskeln um ihn herum zusammenzuziehen, was ihm ein Stöhnen entlockt. Seine große Hand landet heftig auf meinem Hintern und ich pulsiere bei jedem seiner Schläge um seinen Schwanz.

„Fühlt es sich gut an, von Daddys Schwanz gedehnt zu werden?"

Keuchend nicke ich mit dem Kopf, unfähig zu sprechen.

„Glaubst du, dass du so kommen kannst? Mit Daddys Schwanz in deinem Arsch?"

Er schiebt seine Hand zwischen meine Beine und schließt seine Finger um meine Muschi. Ich greife nach seinem Handgelenk und bete, dass er mich kommen lässt.

Ich nicke energisch mit dem Kopf.

„Benutze deine Worte."

„Ja, Daddy ... Oh Gott ... Bitte lass mich kommen ..."

Er kneift mit seinen Fingern in meine Klitoris. Ich schreie auf, als er bis zum Anschlag in mich stößt. Mit der Hand bedeckt er meinen Mund, um mein Schluchzen zu ersticken, während er mich hart fickt, ohne den Druck von meiner Klitoris zu nehmen. Feuchtigkeit läuft in einem Rinnsal an der Innenseite meines Oberschenkels bis zu meinen Knien hinunter und meine Augen tränen.

Ich versuche, mich zurückzuhalten. Ich versuche, nicht zu kommen. Nicht bevor er mir sagt, dass ich kommen darf.

Er reibt mit seinen Fingern und kneift fest in meine Klitoris, während er gleichzeitig tief in mich eindringt.

Mein Körper explodiert. Seine Hand dämpft meinen Schrei. Ich erschaudere. Ich bebe. Mein Orgasmus durchzuckt meinen Körper.

Daddy stöhnt tief und heftig, als er mich nah an sich festhält. Sein Schwanz zuckt in Schüben, heiß und tief.

„Jemand ist ohne Daddys Erlaubnis gekommen", knurrt er in mein Ohr. Sein Atem rast genauso wie mein eigener.

„Es tut mir leid", sage ich mit leiser Stimme. Und dieses Mal stimmt das wirklich.

Er küsst meine Schläfe, zieht seinen Schwanz heraus und holt ein paar Feuchttücher aus der Schublade, um uns damit sauber zu machen.

„Du hast Glück, dass wir noch so viel zu tun haben, bevor wir nächste Woche die Stadt verlassen", sagt er.

Mein Bruder wird aus der Grundausbildung entlassen und wir wollen ihn besuchen, bevor er zur weiteren Ausbildung aufbricht.

„Ansonsten", fährt er fort „würdest du in der nächsten Stunde in der Ecke sitzen und darüber nachdenken, warum du nicht versuchen solltest, deinen Daddy zu manipulieren."

Ich lasse den Kopf hängen. „Ja, Sir." Ich schaue zu ihm auf. „Ich liebe dich, Daddy. Danke, dass du mir den Hintern versohlt hast." Das Grinsen, das meine Lippen umspielt, ist völlig unfreiwillig.

Hank stöhnt, als er mich zu einem Kuss hochzieht, der mir den Atem raubt und mich dahinschmelzen lässt. „Ich liebe dich auch, Prinzessin. Du bist eine Nervensäge und du verdienst weit mehr als nur einen versohlten Hintern, aber ich liebe dich."

„Ich glaube, du hast es mir gegeben, Sir. Du hast es mir richtig gut besorgt."

Hank lacht die Art von Lachen, die selten für ihn ist, und ich lächle zufrieden. Dieser Mann hat meine Drachen getötet und liebt mich wie kein anderer. Das Mindeste, was ich tun kann, ist, ihn glücklich zu machen. Er schaut auf mich herab und sein Grinsen verwandelt sich zu einem fragenden Stirnrunzeln, als er mir eine Träne von der Wange wischt.

„Warum weinst du?"

Peinlich berührt schüttle ich den Kopf. „Du machst mich einfach so glücklich. Das ist alles."

„Du weinst, weil du glücklich bist?"

Ich nicke. „Ja." Mein ganzes Leben lang habe ich mich danach gesehnt, dass einmal etwas richtig läuft. Hank ist das für mich, das eine Richtige.

Ich studiere, John hat mir die halbe Bar überschrieben – worüber Hank immer noch verärgert ist – und ich habe Hank. Es gibt immer noch schlechte Tage. Manchmal machen mich meine Albträume fertig, aber er ist immer da. In all meinen Höhen und Tiefen, dem Auf und Ab, er ist immer da.

Ich weiß nicht, was die Zukunft bringen wird, aber ich kann hoffen, dass wir zusammen sein werden, was auch immer kommen mag. Und ausnahmsweise habe ich keine Angst davor, auf etwas Gutes zu hoffen.

Er hat mir das gegeben.

Er hat mir Tage geschenkt, von denen ich mir wünsche, dass sie nie enden werden.

Er hat mir Liebe geschenkt, die hoffentlich nie sterben wird.

Er hat mir Hoffnung gegeben.

HOLEN SIE SICH IHR KOSTENLOSES BUCH!

Tragen Sie sich in meine E-Mail Liste ein, um als erstes von Neuerscheinungen, kostenlosen Büchern, Sonderpreisen und anderen Zugaben zu erfahren.

https://geni.us/jungfrauunddervampir

Bücher von Aubrey Cara

Über die Autorin

USA Today-Bestsellerautorin Aubrey Cara mag es süß und dreckig. In Bezug auf Liebesromane, versteht sich. Sie liebt es, über die versaute, sexy Art der Liebe zu schreiben, die so selten und schön ist wie ein Vierfarben-Mistelfresser.

Sie lebt mit ihrem gartenverrückten Ehemann, einem allwissenden Teenager und einem Hund, der einfach nur die Nachbarn anbellen möchte, in den USA.

Mehr von Aubrey Cara findest du unter aubreycara.com

www.ingramcontent.com/pod-product-compliance
Lightning Source LLC
Chambersburg PA
CBHW050024120726
47903CB00006B/1897